KB102830

있는 그대로의 글쓰기

WILD WORDS

Copyright © 2019 by Nicole Gulotta
All rights reserved.

Korean translation copyright © 2020 by Antares Co., Ltd.
This translation is published by arrangement with Shambhala Publications, Inc.,
Boulder through Sibylle Books Literary Agency, Seoul.

"Morning" by Mary Oliver from New and Selected Poems, Vol. 1 by Mary Oliver.
Published by Beacon Press, Boston. © 1992 by Mary Oliver. Reprinted by permission
of The Charlotte Sheedy Literary Agency Inc.
"Air" by W. S. Merwin © 2017 by W. S. Merwin. Reprinted by permission of the Wylie
Agency LLC and Bloodaxe Books.

있는 그대로의 글쓰기

Wild Words

니콜 굴로타 지음 ◈ 김후 옮김

안티레스

프롤로그

작가의 삶은 계절로 이루어진다

I

이 책의 씨앗을 뿌린 때는 내 아들 헨리(Henry)가 태어난 지 몇 달 지나지 않아서였다. 아이는 조립식 요람에서 잠들어 있었다. 남편은 일하러 나갔고, 나는 배가 고파져서 느릿느릿 주방에 들어가 전날 먹다가 남겨둔 커다란 호박 빵 반 개에 씌워놓았던 랩을 벗겨내 한 덩이 잘라냈다. 그러고는 조심스럽게 종이 타월에 싸서 돌아와 책상 위에 내려놓은 다음, 촉촉한 부분을 벗겨내면서 이메일을 확인했다. 그때 구독 중이던 시문학 뉴스레터에 올라온 메리 올리버(Mary Oliver)의 〈아침(Morning)〉이라는 시가 내 눈길을 사로잡았다.

유리병 속 반짝이는 소금.

파란 그릇에 우유. 노란 리놀륨.

베개에서 까만 몸을 펴는 고양이.

앙증맞고 상냥한 몸짓은 곡선미.

자기 그릇을 깨끗이 닦는다.

그러고는 세상 속으로 나가고 싶다.

훌쩍 뛰어올라 이유도 없이 잔디밭을 가로지르더니.

완벽하게 가만히, 풀 위에 앉는다.

그 모습을 보고 나는 생각한다.

있는 그대로의 말로써 무엇을 더할 수 있을까?

차가운 주방에 서서, 나는 녀석에게 인사한다.

차가운 주방에 서서, 나를 둘러싼 온통 멋진 것들을 둘러본다.

아침에 날이 밝았을 때 고양이가 돌아다니는 단순한 풍경을 어쩌면 이렇게도 아름답게 묘사할 수 있을까? 잠에서 깬 고양이가 기지개를 하더니 파란 그릇에 담긴 우유를 마신다. 유유히 정원에 나가 잔디밭을 거닐다가 앉는다. 그리고 시인은 마지막 무렵에 질문 하나를 던진다.

"있는 그대로의 말로써 무엇을 더할 수 있을까?"

그 순간 나는 대답해야 하는 사람이 나라고 느꼈지만, 어떻게 답해야 할지 분명히 알지 못했다.

갓난아이를 돌보느라 한동안 나 자신을 위해서는 짧은 시간조차 낼 수 없었다. 아이가 잠들어 따뜻한 차라도 한 잔 마실라치면 귀신같이 알아채고는 울음을 터뜨렸다. 아주 드물게 차 한 잔을 다 마시게 되면 마치 대단한 승리라도 거둔 기분이었다. 턱없이 모자란 잠 때문에 언제나 취한 듯했다. 그런데도 나는 올리버가 말한 만족감에 깊이 빠져들곤 했다. 그녀는 "나를 둘러싼 온통 멋진 것들"이라고 이야기하지 않았던가.

정말로 내 주변은 온통 멋진 것들로 가득 차 있었다. 나는 행복했으며, 내 품에 안긴 사랑스러운 아이를 보며 출산의 또 다른 면에 감사하고 있었다. 나는 자리에서 일어나 고개를 들고 집 안을 둘러봤다. 싱크대 위 선반에서 물기를 말리고 있는 갖가지 병들이 돋아난 풀처럼 보였다. 주방 크기보다 조금 큰 창문으로 쏟아져 들어온 빛줄기가 조리대를 비추니 먼지가 예쁘게 반짝였다. 식탁 위 커다란 접시 주위로 아침에 잘라낸 호박 빵 부스러기가 흩어져 있었다.

〈아침〉은 삶에 주목하고 있는 시인 자신을 모습을 담아낸 작품이다. 이것이 바로 작가의 일이다. 작가가 하는 특별한 작업이다. 관찰하고, 주목하고, 기록하는 일이다. 이 일을 계속하면 결국 평범한 순간들 속에서 가장 깊은 의미를 찾을 수 있다. 나는 올리버가 말한 '있는 그대로'의 말을 마음속에 간직했다.

그렇지만 이 책의 씨앗이 싹을 틔우기까지는 그때로부터도 여러 해가 걸렸다. 당시 나는 첫 번째 책《이 시를 먹어라: 시에서 영감을 얻은 레시피로 차린 문학의 향연(Eat This Poem: A Literary Feast of Recipes Inspired by Poetry)》원고를 1차로 마감한 지 얼마 되지 않은 상황에 있었다. 그리고 곧바로 출산 휴가에 들어갔는데, 이 기간에 지루한 편집 과정이 이어졌다. 그렇게 장장 석 달 만에, 원고를 다섯 차례나 수정하고 커피 케이크를 다섯 번이나 구워낸 뒤에야 엄청난 용량의 파일을 첨부한 이메일을 출판사에 보낼 수 있었다. 마침내 내가 책을 쓴 것이다.

나는 언제나 작가가 되기를 바랐지만, 지금 이 책을 쓰며 비로소 말할 수 있는 것은 그때 나는 다시는 이 일을 하지 못할까 봐 겁을 잔뜩 먹고 있었다는 사실이다. 머리 감고 드라이할 시간도 없는 내가, 3시간 단위로 아이에게 계속 젖을 먹여야 하는 내가 무슨 수로 또 책을 쓸 수 있을까? 내 삶은 돌이킬 수 없이 변해버렸는데, 기저귀 갈고 육아 책 읽고 아이의 배변 기록을 스마트폰 앱에 입력하는 이런 모든 것들을 하면서 계속 책을 쓸 수 있을지 두려웠다. 고단한 삶은 그저 이어지고 또 이어질 뿐이었다.

이후 내 일과는 더는 아이에게 젖을 먹이는 시간 단위로 측정되지는 않았지만, 글쓰기를 계속할 수 없다는 두려움은 어찌 된 일인지 여전히 마음속 깊은 곳에 남아 있었다. 그 두려움이 나를 늘 괴롭힌 것은 아니었으나, 내 어딘가에 숨어 있는 그림자처럼 느껴졌다. 가족과의 생활은 행복하고 만족스러웠지만, 나의 창작력은 흡사 임신했을 때 위축되었던 여러 장기들처럼 지속적인 불편함과 부딪히면서 무너져가는 것 같았다.

그러나 내가 글쓰기를 원하는 이상 나는 작가이므로, 여의치 않다면 하루에 한 번, 한 번에 한 단어씩이라도 쓰면서 앞으로 나아가야 했다. 다른 방법을 알지 못한다는 사실을 인정하고 다시 시작하는 것 말고는 선택의 여지가 없었다. 글을 쓰게 되면 주변 환경이 어떻든 계속할 수밖에 없었고 환경 변화는 늘 나를 불편하게 만들었지만, 역설적이게도 글쓰기라는 행위 자체가 큰 위안이 되었다.

새로운 곳으로의 이사, 새로운 직장, 새로운 파트너, 또 한 번의 임신, 사랑하는 사람들을 잃는 것과 같은 삶의 전환이 펼쳐질 때, 우리는 스스로 우리가 가진 창작력과 새로운 관계를 정립함으로써 운명의 부침에 맞서 싸우는 무기를 손에 들게 된다. 우리의 글쓰기는 이 모든 전환점에서 매번 우리를 지원해줄 수 있는 것이다.

II

몇 년 전, 내가 아직 엄마가 되기 전에 함께 일하던 동료가 내 평생

잊지 못할 말을 한 적이 있다.

"여자의 삶은 계절로 이루어져 있어."

이 말은 마치 어릴 적 했던 게임처럼 친구와 친구 사이로 전해진 비밀 같이 느껴졌으며, 인생의 지혜를 하나씩 깨우치던 그 시절의 기억들을 떠올리게 해주었다. 그때 나는 그 말을 비망록에 옮겨 적었고, 한동안 잊고 있다가, 출산 후 100일쯤 되었을까, 아이를 안고 한 손으로 아마존 킨들 페이지를 넘기려고 애쓰던 때 문득 떠올랐다. 그리고 이렇게 되뇌었다.

"작가의 삶도 계절로 이루어져 있지."

이 사실은 나를 지탱해주고 내게 희망을 주었다. 특히 밤에 글을 쓰고 싶은데 너무 지쳐 있을 때 그랬다. 저녁에 수유하고 씻기고 재우고 정리하고 나면 내게 주어진 시간은 보통 30분이 고작이었지만(양육의 계절), 예전에 출퇴근하면서 길에다 쏟아버리는 시간은 매일 2시간이었다(불만의 계절).

아이를 갖기 전에도 글을 쓰는 삶에서 좌절을 맞봤지만, 지금 와서 헤아려보면 그나마 통제가 가능했던 것 같다. 그때는 그렇게 피곤하지 않았다. 오롯이 한 아이를 위해 살지는 않았으니까. 그나마 상황이 많이 좋아진 지금은 시간을 융통성 있게 사용할 수 있게 되었다. 이제 헨리도 막 두 살이 지났다. 나는 달라진 일상과 글쓰기 작업이 공존하는 새로운 생활방식에 정착하고, 각각의 '계절'에 따른 접근 방식을 받아들여 창작력을 발휘한다면 모든 것을 바꿀 수 있다고 확신한다. 이 방식은 소셜 미디어에서 동력을 얻으면서도 거기에 매몰돼 명예 훈장의 쟁탈전으로 치닫고 있는 요즘 문화에서 벗어나 우리 스스로 타고난 고유한 삶의 리듬에 뿌리를 내리게 해준다. 이를 통해 우리는 전보다 넓어진 삶의 공간을 확보할 수 있으며, 특히 육아와 글쓰기를 병행하는 여성들에게 좋은 조언이 될 수 있으리라고 생각한다.

계절이 여름에서 가을로 바뀔 때 우리는 그 변화의 결실을 피부로 느끼고 눈으로 즐기며 입으로 만끽한다. 이와 같은 시간을 몸소 맞이하고 그다음에 무엇을 향해 갈지 분명히 알게 되면 어느 정도 마음의 평안을 얻을 수 있다.

우리가 얻을 수 있는 가치 있는 것들 대부분은 시간을 요구한다. 나는 사람들에게 지속 가능한 글쓰기 방법을 전파하면서, 글쓰기야말로 그 시간을 명예롭게 만들 수 있는 가장 품위 있는 방식이라는 사실을 깨달았다. 물론 회의감이 드는 순간이 올 수도 있다. 주의가 산만해지는 시기에 맞닥뜨릴 수도 있다. 예상치 못한 이유로 생기는 갖가지 도전도 여전히 남아 있을 것이다. 하지만 그렇더라도 우리는 그 경험을 통해 우리 자신의 이름을 얻게 된다. 우리의 목표는 그것을 가리키고 있다. 나는 당신을 본다. 우리는 함께 이야기할 수 있다. 함께 그 목표를 향해 나아갈 수 있다.

III

나는 '있는 그대로'의 것들을 생각할 때면 언덕 위에 활짝 피어 있는 꽃들과 파도가 굽이치는 광활한 해안, 활짝 펼쳐진 도로 위로 피어오르는 아지랑이와 같은 '자연'이 떠오른다. 그런데 이따금 이런 종류의 '있는 그대로'가 조금은 색다르게 다가와서, 내가 그것들에 가까이 있지만 그 일부가 되지는 못하는 것처럼 느껴지기도 한다.

그렇지만 우리 또한 '있는 그대로'의 존재다. 쇼핑을 하고 자동차에 기름을 넣고 아이를 치과에 데려가는 우리의 일상도 '있는 그대로'의 모습들이며, 꾸준히 우리에게 감동을 전달하고 삶을 이야기하며 여러 심오한 질문을 던지면서 작가로서의 심장을 갖고 있음을 환기시킨다.

우리는 창조를 위한 그릇인 '몸'을 갖고 있다. 여성은 매달 자궁의 깊은 곳에서부터 변화하는 사계절을 추적한다. 겨울에 머물 때는 어두운 고치 속에 있으면서 자유롭게 에세이를 쓰거나 다른 글을 읽으면서 스스로를 따뜻하게 유지한다. 봄을 맞이하면 우리는 보드라운 흙에서 싹이 트듯이 새 노트의 새 페이지를 연다. 여름이 오면 뜨거운 열정과 폭발적인 감성으로 넝쿨에서 잘 익은 토마토를 따듯이 매일 새로운 것들을 만들어낸다. 가을에 접어들면 우리는 바람이 속삭이듯 자신의 생각들을 수확하면서 시작했던 일들을 마무리한다.

심리학자 브레네 브라운(Brené Brown)은 '있는 그대로'의 곳들을 일컬어 "길들일 수 없고 예측할 수 없는 고독과 탐색의 장소"이며 "숨이 멎을 만큼 위험한 공간"이라고 이야기했다. 그런데 역설적이게도 이곳이 바로 우리가 진실을 풀어놓아야 하는 장소다. 우리가 살아가는 대부분의 나날은 모든 것들이 그저 평범하게만 보이는 우리의 일상과 더불어 나아간다. 하지만 그 속에서 우리는 내면의 목소리에 귀를 기울이게 된다. 나는 내 안에 자리 잡고 있던 온갖 '있는 그대로'의 문장들에 다가설 때 심리학자 매리언 우드먼(Marion Woodman)의 "서로 반대의 긴장감을 유지하라"는 조언을 되새겼다. 삶의 양쪽 반대편에서의 팽팽한 긴장감을 유지하면서 한 번에 한 계절씩 꾸준히 길을 찾아갔다.

이제부터 이어질 페이지에서 당신이 접하게 될 내용은 이미 '있는 그대로'의 곳들에 있었고 여전히 그곳에 머물고 있는 사람의 이야기다. 몇 년 전 나는 다른 직업의 일을 하면서 내가 첫 번째 책을 쓸 수 있는 방법을 개발했다. 그런데도 지금 당신이 읽고 있는 이 두 번째 책을 쓰기 시작할 무렵, 앞서 이야기했듯이 내 삶이 너무나도 극적으로 바뀌어버려서 내가 두 번 다시 글을 쓸 수나 있을지 도저히 확신하지 못하고 있었다. 그러나 다행히 아주 잠깐 내 욕망이 두려움을 압도했던 순간 다시 한번 시도해보기로 결심했다. 다만 그 방법을 보다 유연하게, 차근차근, 처음부터 따르기로 했다.

그때 '계절'이라는 개념이 다시 떠올랐다. 이미 나는 그 구조를 좇아 글쓰기에 접근하는 새로운 방식을 경험하고 있었고, 그 덕분에 늘 내가 있는 곳에서 나를 만나게 되었다. 나는 글쓰기를 하면서 각각의 계절들을 살아보고 또 살아봤다. '의심(self-doubt)'의 계절은 내가 이 책의 첫 번째 문장을 쓰자마자 들이닥쳤는데, 이때 나는 워크숍에 참가해 그동안 나를 괴롭혔던 글쓰기 두려움과 싸웠다. 또한 나는 상당히 오랫동안 줄곧 '양육(raising)'의 계절에 머물러야 했는데, 내 일과 집안일과의 내면 협상을 통해 중단 없는 글쓰기 시간을 확보할 수 있었다. '불만(discontent)'의 계절일 때는 내가 '있는 그대로'의 나라는 사실을 깨닫기 위해 반성의 공간을 마련했지만, 솔직히 아직도 이 계절에서 빠져나오지 못하고 있는 것 같다. 이 계절만 제외한다면 나는 당신 스스로 각각의 계절을 무사히 지낼 수 있는지 잘 알고 있다. 나는 당신 역시 이런 식으로 삶을 살아왔으리라고 생각한다. 변화가 당신의 몸과 마음을 장악했음을 느끼고, 스스로 통제할 수 있는 것뿐 아니라 통제할 수 없는 것과도 싸우려고 했을 것이다. 힘을 내자. 당신과 내가 이 소명을 향한 첫 번째 도전자는 아니다.

어느 순간 모든 것이 순조롭게 돌아가기 시작할 것이다. 내게도 그랬듯이 당신에게도 리듬이 생기게 될 것이다. 나는 비록 아직도 온전히 글쓰기에만 전념할 수 있는 여유를 갖지 못하지만 이제 나는 그 이유를 안다. 나의 시간은 부드럽게 흘러가고 있으며, 나의 영혼은 진정으로 열망하는 것을 분명하게 드러내고 내가 가야 할 길에서 벗어나지 않도록 내 산만한 주의력을 억제해준다.

아이를 갖는다는 것은 세상을 더욱 넓은 관점에서 보게 해주지만, 그렇다고 필수 조건은 아니다. 내가 당신에게 꼭 말해주고 싶은 것은 당신이 글을 쓰고 싶다면 반드시 그렇게 할 수 있다는 사실이다. 더 정확하게 말하자면 꼭 그러자는 것이다. 글이 완성되는 시간은 생각보다 더 오래 걸릴 수도 있다. 당신은 글을 쓰는 시간을 어떻게 보낼지 결정해야 할 것이다. 넷플릭스(Netflix) 드라마 시리즈를 몰아서 볼 기회가 줄어들어 아쉬울 것이다. 그렇지만 이 세상에는 당신의 이야기를 위해 할애된 공간이 있으며, 당신은 자신의 목소리를 감출 필요가 없다.

당신은 당신을 이루는 여러 자아를 분리할 필요도 없으며, 삶에 의미를 가져다주는 다른 즐거움이나 책임을 위한 욕망과 당신의 창작욕을 애써 화해시킬 필요도 없다. 스스로 긴장한 채 울타리 위에 서서 휘청거리는 것 같은 느낌의 균형은 당신이 추구해야 하는 목표가 아니다. 오히려 그 모든 것들에 뒤섞여버리기를 권한다. 글쓰기, 가족, 일 등은 각기 분리된 요소가 아니라, 정보를 주고받으면서 서로 도움을 주고 심지어 서로를 향상해주는 삶의 일부다.

내가 올리버의 〈아침〉을 처음 접했을 때는 '문턱(liminal space)'의 계절, 즉 이미 지나간 시간과 앞으로 다가올 시간이 겹치는 시기였는데, 그때는 그 계절을 어떤 이름으로 불러야 할지 몰랐다. 헨리가 이제 막 태어나 세 식구의 삶에 적응해야 할 때였고, 내 원고 마감일이 다가오고 있던 시기였다. 올리버의 시는 작가로서의 삶에 대한 모든 아름다운 것들에 관해 말하고 있었다. 나는 그 여정에 올랐고 앞으로도 언제까지나 계속할 것이다. 시인은 내가 아무런 창작 활동을 하지 못하고 있는 동안에도 나의 이야기는 땅속 깊숙이 묻힌 채 봄이 오기만을 기다린다는 사실을 일깨워주었다. 당신이 가진 '있는 그대로'의 이야기 역시 마찬가지임을 나는 알고 있다.

나는 약속을 하는 데 무척 신중한 편이다. 우리 자신의 직관이 가져다주는 지혜 말고는 따라야 할 비법 따위란 애초에 존재하지 않는다고 믿기 때문이다. 그럼에도 불구하고 나는 방법이 있다고 말하고 싶다. 내게 효과적이었던 글쓰기 방법, 내게 시련이 되었던 상황, 그리고 내 삶을 보다 명확하게 보기 위해 내가 바꾼 사고방식을 당신에게 '있는 그대로' 밝히겠다고 약속한다.

본격적인 이야기를 시작하기 전에 미리 언급해두자면, 이 책에는 중간중간 잠시 멈춰가는 곳이 있다. 당신이 나의 몇 가지 제안을 실행할 준비가 되면 '의식과 루틴'이라는 이름을 달고 나타나게 될 것이다. '의식(ritual)'은 당신이 처해 있는 계절에 도움을 주거나 당신 자신과 더욱 깊게 연결해주기 위한 표식과 같은 것이며, 당신의 글쓰기 삶을 정착시키기 위한 활동이라고 받아들이면 된다. 그리고 '루틴(routine)'은 당신이 매일 아침 모닝커피에 크림을 섞어 마시는 등의 반복적인 행동이나 손에 펜을 쥐고 무의식적으로 돌리는 것과 같은 자신만의 '비트(beat)'를 말한다. 그래서 루틴은 매일매일 생활하다 보면 자연스럽게 생겨난다. 이러한 과정을 통해서 나는 당신이 접하게 되는 각각의 계절을 받아들일 수 있도록 안내할 것이다. 내가 묻고 싶은 유일한 질문은 당신이 얼마나 열린 마음과 깊은 호기심을 갖고 있는가 하는 것뿐이다. 준비되었다면 다음 페이지로 당신을 초대하고 싶다.

차 례

~~~~~

～～～～～

새로운 글쓰기 프로젝트가 시작될 때마다 생각의 씨앗
은 어둡고 영양가 많은 토양에 심어진다. 에너지가 가
득 차면 우리는 첫 번째 초안을 만들어내고, 신선한 문
장을 즐기며, 여백에 글을 채우는 법을 배우게 된다.

제 1 장

시작의

The Season of Beginnings

계절

당신은 나아갈 길을 확신하지 못한다.

당신은 다음 발걸음이 어디로 향할지 알지 못한다.

무언가 시작할 때는 스스로에게 속삭이자.

나는 아무것도 알지 못한다고.

_ 대니 샤피로

잡초 뽑기

지난 3월 유별난 초봄의 더위 속에서 나는 자원봉사자들과 함께 잡초를 뽑고 있었다. 모자를 챙기지 않은 게 후회스러웠다. 동시에 로스앤젤레스 글래셀 파크(Glassel Park)의 좁고 굽은 길을 통과하면서 GPS 신호를 놓쳤는데도 결국 목적지에 잘 도착했다는 사실이 감사하게 느껴졌다.

오롯이 내 방향 감각만 믿어야 하는 짜릿함은 아침에 일어나 구름만 보고 날씨를 알아내는 것만큼이나 덧없었겠지만, 긴 진입로를 따라 천천히 내려가다 마침내 약속 장소가 눈에 들어오자 지리에 대한 내 감각만큼은 충분히 증명되었다고 생각했다. 농장 주변을 따라 집들이 옹기종기 모여 있었고, 옹이가 많은 나무들이 둥글게 원을 그리며 서 있는 한 가운데 온갖 채소가 줄지어 자라고 있었다.

우리는 이랑이 긴 밭을 먼저 갈아엎어야 한다는 말을 들었다. 나는 괭이를 들고 발을 단단히 디디면서 어깨 힘을 이용해 단단한 금속 날을 땅에 박아 넣었다. 오전 내내 흙먼지를 피우다 보니 노획물이 쌓여갔다. 대부분 호박과 양파였다. 내 주변에는 봄이 왔다는 신호로 가득했고, 목이 마르다는 느낌이 들 때쯤 잡초들이 속삭였다.

내가 밭 가장자리를 따라 걷다가 몇 안 되는 그늘진 곳에서 일하려고 몸을 웅크리자, 우리를 인솔하던 여성이 따라와 '잡초 뽑기'는 자기가 굉장히 좋아하는 일 중 하나라면서 마치 '움직이는 명상' 같다고 말했다.

몇 해 전 나는 잡지 칼럼을 쓰기 위해 인터뷰하면서 그녀를 처음 만났다. 그때 나는 지역 학교에 웰빙 과목을 신설하고자 애쓰는 그녀의 모습에 깊은 인상을 받았다. 그것이 인연이 되어 이렇게 자원봉사를 나올 수 있었다.

그녀 말대로 밭에 앉아 잡초를 뽑고 당기다 보니 점점 빠져들었다. 농부들이 외바퀴 수레에 내 머리보다 큰 양배추를 가득 싣고 가는 모습도 보였다. 잡초 뽑기에는 리듬이 있었다. 손목의 움직임이 리듬을 만들어냈다. 뽑고, 뽑고, 또 뽑았다. 숨을 고르고 나니 마음이 열렸다. 기름진 토양이 웅얼거리는 것만 같았다.

"다른 건 중요하지 않아. 지금은 그냥 여기에 있을 뿐이야. 땅을 가꿔봐. 뽑아, 뽑아, 계속 뽑아."

모든 식물은 씨앗으로 시작한다. 그 씨앗 속에는? 생명의 가장 작은 알갱이, 뿌리 하나, 줄기 하나, 새싹 하나, 우리가 먹을 음식의 요람. 첫 단어를 쓰기 전 우리의 이야기는 기억, 희망, 질문 그리고 차가운 찻잔과 함께 깊은 어두움 속에서 기다리고 있다.

적절한 조건에서 적절한 주의만 기울인다면 생각의 씨앗은 열매를 맺을 수 있을까? 생각의 싹이 흙을 뚫고 올라가 눈 부신 태양 아래 자라나서는 연이어 늘어선 밭고랑 사이로 삐죽 튀어나온 잡초들을 제치고 기어이 열매를 맺고야 마는 인내와 용기를 갖고 있을까? 혹시 그 생각이 독자들에게 아무것도 전해주지 못하는 잡초였다면? 통째로 지워야 하는 문장이 된다면? 기껏 키웠더니 채소밭이 아니라 잡초밭이 되었다면? 글쓰기를 시작할 때마다 마음속 생각의 밭을 가꾸고 다듬어야 한다. 이는 어렵고도 놀라운 과제다.

나도 그렇지만, 아마도 당신 또한 다듬어지지 않은 단상을 노트에 적어두었거나, 컴퓨터에 문서 파일로 저장해둔 반쯤 쓰다 만 시라든지 차례라든지 플롯 같은 것들을 갖고 있을 것이다. 하지만 우리의 삶은 우리가 심어놓은 모든 생각의 싹을 돌보는 것이 불가능하다는 사실을 일깨워주곤 한다.

정기적으로 비망록을 쓰거나 매일 시를 한 편씩 음미하는 것과 같이 어떤 활동은 여러해살이풀처럼 1년 내내 자라는 것도 있다. 봄에 씨를 뿌리고 적당히 물과 거름을 주면 돌아오는 여름과 가을에는 열매를 수확할 수 있다. 1년 동안 소설의 초고를 구성할 수도 있고 에세이 제안서를 완성할 수도 있다.

그런데 만약 할애할 수 있는 시간이 하루에 몇 시간이 아니라 고작 몇 분 정도라면 당신은 무엇을 써야 할까? 이 점을 분명히 인지해야 한다. 1년 농사를 위해 씨앗을 뿌린 다음에 가꿔야 하는 것은 우리가 뿌린 바로 그 씨앗이다. 다른 종자가 아니다. 나는 스스로에게 묻곤 한다. 내가 뿌린 씨앗은 어떤 이야기가 될까? 어떤 책이 될까?

고백하자면 나도 내 질문에 제대로 답하지 못했다. 사실 이 책만 하더라도 원래 계획에는 없던 프로젝트였다. 내가 잘못된 질문으로 시작했기 때문이다. 꽉 짜인 생활에 숨이 막힐 듯 느껴질 때 스마트폰에 10분씩 글을 써가면서 작가로서의 삶을 정리해보게 되었는데, 그러다가 글쓰기 책으로 연결된 것이다. 돌이켜보면 그때는 낯설기만 한 엄마 노릇을 정신없이 해야 할 때였고, 몇 주 동안 아무것도 쓰지 못하면서 시간 없음을 한탄했었다. 그래도 글을 쓸 때는 무척 즐거웠다. 어쨌든 이렇게 운을 떼게 되었으니 당신도 나와 이 책에서 처음부터 끝까지 함께하기를 바란다.

≋ 의식과 루틴 ≋
당신의 이야기를 심는 법

"당신은 지금 무슨 이야기를 쓰려고 하는가?"

교육자이자 저술가인 L. L. 바캐트(L. L. Barkat)는 오늘 준비된 이야기를 '지금의 이야기(now-stories)'라고 불렀다. 다른 이야기들도 있겠지만 마치 8월이 되어야 잘 익은 복숭아 꼭지를 비틀어 나뭇가지로부터 그 탐나는 과일을 따내듯이, 완전한 준비가 되기 전까지는 그대로 두어야 한다.

당신의 생각들을 적어서 펼쳐놓으면 그 생각들 역시 당신을 응시하고 있다는 사실을 깨닫게 될 것이다. 그 가운데 어떤 것에는 동그라미, 또 어떤 것에는 가위표, 다른 것에는 밑줄을 그어보자. 이렇게 해서 표식을 얻은 것들이 바로 한 시즌 동안 당신과 함께할 키워드다.

한편으로는 그저 바로 그 순간 어느 것이 가장 큰 목소리를 낼 것인지의 문제일 수 있지만, 다른 한편으로는 당신이 앞으로 1년이나 2년 또는 그보다 오랜 시간 동안 탐구해나가기를 바라고 있는 것일 수도 있다.

영양분을 잘 공급해준다면 당신이 성장할 수 있도록 도와줄 생각들은 어떤 것일까? 걸림돌에 대해 지나치게 집착하면 스스로 글쓰기를 포기하게 될지도 모르지만, 당신의 내면이 말하는 이야기에 귀를 기울인다면 앞으로 나아가게 될 것이다. 그것이 바로 당신이 향해야 하는 유일한 방향이다.

한계 상황에서의 글쓰기

새로운 노트를 열고 첫 번째 페이지를 부드럽게 써내려가노라면 긴장감에 등이 뻐근해지곤 한다. 어떤 이야기든 낙관적으로 시작하기 때문에, 가능성이라는 자궁에서 형성된 새롭고 순수한 낱말들은 아직까지는 완성시켜야만 한다는 중압감에 짓눌리지 않는다.

그러나 불행하게도 낙관주의는 이내 사라지고 그 자리에 대신 현실이 들어서는데, 이때 유연하면서도 신중하게 대처해야 한다. 당신은 서로 대립하는 에너지를 양손으로 잘 붙잡으면서 낱말들이 스스로 길을 찾아 흐르도록 공간을 만들어주어야 한다. 그러려면 당신의 리듬과 조율해야 하는데, 도움이나 지원을 받는다고 느낄 때까지는 최선을 다해 다만 몇 분이라도 글을 쓸 수 있는 시간을 붙잡아야 한다. 나는 이를 '한계 상황에서의 글쓰기'라고 부른다. 내가 꾸준하게 글쓰기를 계속하는 데 도움이 되었다.

설령 당신이 아직 작가로서 이름을 얻지는 못했더라도 이미 이런 식으로 글을 쓰고 있는지도 모르겠다. 나는 다른 일 때문에 주의력이 분산되는 날(너무 자주 있는 일)이나 두 걸음 정도 물러나 있는 것처럼 느끼는 날(이 또한 너무 자주 있는 일)이 워낙 많아서 글쓰기를 공식 일정으로 만들어두는 것을 선호하는 편이다. 몇 년에 걸쳐서 한계 상황에서의 글쓰기에 정착할 수 있었고, 세 문장에 불과한 글이 어떻게 해서 세 구절로 바뀌어갔는지 잘 기억하고 있다. 씨앗에서 싹이 솟아나기까지 얼마나 많은 시간이 걸릴까? 초고를 쓰는 데는 시간이 어느 정도 필요할까? 아마도 그 씨앗이 어떤 식물인가에 따라서, 그리고 영양분을 얼마나 공급했는가에 따라서 달라질 것이다.

당신이 우리 집에 방문한다면 온다면 정원을 배회하고 있는 나를 볼 수 있을 것이다. 나는 우리 집 정원이 화려한 색깔의 꽃들로 가득했으면 좋겠다. 그러나 어떤 꽃은 멋지게 피지만 내 열정에는 아랑곳하지 않고 허무하게 시들어버리는 꽃들도 많다. 하지만 이런 과정을 통해 글쓰기에 대해서도 무언가를 배우게 된다.

당연하게도 꽃을 잘 피우기 위해서는 매일 또 매주 단위로 잘 돌봐야 한다. 일요일은 물을 주는 날이다. 온 집안을 돌아다니며 화분과 화병을 모아서 싱크대 위에 정렬한다. 깨끗한 물을 뿌려 먼지를 말끔히 씻어내고 물이 흙의 표면에서 작은 웅덩이를 만들다가 깊숙이 스며들어 뿌리를 깨우는 모습을 살펴보곤 한다.

나는 글쓰기 또한 이런 식으로 해나가야 한다는 사실을 염두에 두려고 애쓰며, 한 번에 단 한 문장이라도 쓰면 그것으로도 충분하다는 믿음을 버리지 않는다. 어떤 경우에는 그 정도가 내가 하루 내내 쓴 전부일 때도 있지만, 이런 식으로라도 결국 책 한 권을 완성할 수 있다. 이제 막 시작했을 뿐이다.

≋ **의식과 루틴** ≋
시간의 여백을 찾는 방법

이와 같은 접근 방식은 우리가 확보해야만 하는 시간의 작은 틈새를 만드는 데 도움이 된다. 한계 상황에서의 글쓰기는 내가 자주 들었던 질문에 대한 대답이기도 한데, "언제 다 쓴 거야?"라고 물으면 "조금씩 보태다 보니 됐어"라고 답한다. 당신도 하루에 10분씩만 할애하면 책 한 권을 쓸 수 있다. 무엇이 효과가 있는지 발견할 때까지 계속해서 새로운 것을 시도해보자.

이번 달, 오늘, 바로 지금의 삶에 초점을 맞춰보자. 지금부터 앞으로 1년 동안만 연습한다면 필연적으로 기회는 달라질 것이다. 완벽하게 글만 쓸 수 있는 날을 꿈꾸어봤자 얻을 것은 거의 없다. 옴짝달싹하지 못하는 자신을 발견할 뿐이다. 그러니 당신의 삶에 '있는 그대로'의 여유를 만들 가능성을 열어놓고 있어야 한다.

한계 상황에서의 글쓰기는 작가가 되기로 한 삶에서 맞춰가야 할 궁극적인 리듬 가운데 하나다. 어느 순간 당신은 그것을 즐기고 있을 것이며 능숙하게 잘하고 있다고 느낄 것이다. 그렇게 되기까지 믿음을 갖고 창작력을 펼쳐보자. 한계 상황 속에서 여유를 찾는 데 몇 가지 방법이 있다.

첫 번째는 '일정 관리'다. 우선 평일과 주말을 나눠놓고 비교적 고정된 일정부터 체크해보자. 출퇴근 시간, 업무 시간, 점심 시간, 아이를 학교에서 데려오는 시간 등을 채워 넣는다. 그런 다음 자신에게 질문한다.

내 일정은 대체로 예상 가능한가? 매주 지정된 시각에 진행되는 정기 회의 같은 건가, 아니면 예측 불가능한 미팅 같은 건가? 아침에 일어났을 때 하는 일과는 무엇이고 퇴근 후에는 어떤 일상을 보내는가? 점심이나 저녁 또는 더 늦은 시각에 친구나 동료들과 얼마나 어울리는가? TV 시청은 어느 정도 하는가? 운동에 시간을 할애하는가? 피할 수 없는 일정은 무엇이고, 포기하거나 시간 조정을 할 수 있는 일정은 무엇인가?

이런 질문을 스스로에게 던지면 내 일상생활의 흐름과 패턴을 알 수 있고 그 속에서 틈을 발견할 수 있을 것이다.

두 번째는 '공간 마련'이다. 여기에서 '공간'은 물리적인 공간과 심리적인 공간을 모두 포함한다. 마찬가지로 자신에게 질문한다.

직장에서 내 업무 공간은 독립적인가? 인근에 공원이나 공유 공간이 있는가? 집에서 내 책상은 어느 위치에 있는가? 약속 장소에서 상대방을 기다리는 동안이나 대중교통을 이용할 때 글을 쓸 수 있는가? 잠자리에 들기 전 메모할 수 있는 환경이 되어 있는가?

스스로에게 던지는 질문을 통해 당신만의 몇 가지 아이디어가 떠올랐다면 바로 실행해볼 수 있다. 물론 나는 당신이 여기저기에 흩어진 자투리 시간을 활용할 수 있다고 확신하지만 그게 언제인지는 모른다. 한계 상황은 한 가지만 있는 게 아니다. 그 상황은 막내 아이가 낮잠을 자는 토요일 오후 1시 35분에서 3시 사이가 될 수도 있고, 유치원에 등원한 아이가 집에 돌아오기까지의 시간일 수도 있다. 세탁기 타이머가 도는 시간일 수도 있으며, 당신이 비혼이고 연애 중이라면 연인과 데이트 약속이 없는 때일 수도 있다. 글쓰기는 당연히 시간을 요구하므로 각자의 상황에 맞게 한계 상황에서 시간의 여백을 찾아내는 것이 매우 중요하다.

만약 변화가 생겨 직장에서 새로운 프로젝트가 시작되거나, 학교가 방학에 들어가거나, 당신이 자신을 돌보는 데 시간이 필요하다거나 해서 여백을 다른 시간대로 옮겨야 한다면 주저 없이 수정하면 된다.

한계 상황에서도 글을 쓸 수 있는 시간 여백을 찾자는 것이지 그것에 얽매어 스트레스를 받자는 것은 아니다. 마음도 비우고 기대치도 버리고 그저 당신이 옳다고 느끼는 그대로 행동하면 된다.

가장 낯선 공간 가장 이상한 시간 동안에라도 글쓰기를 할 수 있다는 마음가짐이 가장 크다. 내 경우에는 어느 날 오후에 쿠키를 구우려고 오븐에 팬을 올려놓고 기다리는 5분 동안 타이머를 맞춰놓은 뒤 랩톱 컴퓨터를 열고 알람이 울릴 때까지 두 문장을 쓴 적이 있다.

일보 전진을 위한 이보 후퇴

어느 일요일, 남편 앤드루(Andrew)가 직장에서 프로젝트를 마무리
하느라고 며칠째 야근을 계속하고 있을 때 갑자기 전화벨이 울렸다.
시어머니께서 병원 응급실에 실려가신 것이다. 우리는 급히 계획을
세워 남편이 다음날 연차를 내서 시어머니께 갔다가 화요일 밤에 돌
아오기로 했다. 나는 그깟 36시간 정도야 혼자서 잘해낼 수 있다고
생각했다.

그런데 자정이 조금 지난 시간, 헨리가 고열로 잠에서 깼다. 나는
아이를 미지근한 물에 담그고 차디찬 타일 바닥에 앉아 동요를 불
러주었다. 그러고는 헨리를 다시 침대로 옮겼지만 통 잠이 들지 않아
몇 곡을 더 부르고서야 아이를 재울 수 있었다. 나는 그날 잠을 이룰
수 없었다.

나는 이른 아침 들어온 남편에게 식사를 챙겨주었고, 앤드루는 서
둘러 배낭에 갈아입을 속옷과 칫솔만 챙겨서 떠났다. 그때 몸에 신
호가 오기 시작했다 몸살기가 느껴지더니 편도선부터 부어올랐다.
목이 아파 아무것도 삼킬 수가 없었다. 헨리에게 아침을 먹이고 주방
으로 가서 설거지를 했다. 그런 다음 부은 목을 가라앉히려고 뜨거
운 물에 꿀을 타서 마셨다. 좀 나아진 것도 같았다. 세수를 하고 옷
을 갈아입은 다음 헨리가 낮잠을 자는 시간(내가 가장 쉽게 예측할 수

있는 시간 여백)에 잠깐 침대 위에 누워 스마트폰 메모 앱을 실행해 지금까지 일어났던 일을 기록했다. 이렇게 하지 않으면 나는 금세 잊어버리고 만다.

화요일 아침, 헨리를 어린이집에 데려다준 다음부터 몸 상태가 더 나빠져 온종일 허리를 숙이고 발을 질질 끌면서 다녔다. 눈꺼풀에서 심장에 이르기까지 모든 게 무겁게 느껴졌다. 다시 헨리를 데리고 집에 돌아오고 나서는 얼려두었던 토마토 소스를 녹여서 파스타를 만들어 먹었다. 그리고 간신히 목욕을 시켜준 뒤 침대에 뉜 다음 "잘 자, 푹 자, 내일 아침에 만나는 거야"라고 말하려고 했지만 아이는 곰 인형에서 손을 놓지 않았다. 헨리는 떼쓰고 소리 지르고 방 곳곳을 돌아다니며 손으로 도리깨질을 하다가 구석에 앉아서 울음을 터뜨렸다. 나는 아이에게 "동화책 두 권을 고르면 엄마가 읽어줄게" 하고 달랬지만 헨리는 온몸으로 거부했다. 인내심의 한계에 다다른 나는 꾹 참고 심각한 목소리로 "이제는 잘 시간이야, 그러니 침대에 누워야 해"라고 말했다. 그러나 기어코 아이는 말을 듣지 않았다.

결국 분노가 가슴속에서 쓰나미처럼 솟구쳐 머리끝까지 도달하고 말았다. 그 순간 나는 내가 마치 내가 아닌 것처럼 느껴졌지만 멈출 수가 없었다. 나는 "그래, 오늘 밤에는 책 안 읽어줄 거야!" 하고 외치면서 아이가 손에 든 곰 인형을 낚아채 던져버렸다. 하지만 헨리는 더 많은 눈물과 콧물을 쏟아냈고 울음소리는 더 커졌다. 정신을 차린 나는 눈물 콧물을 닦아주고 아이의 등을 토닥여줄 수밖에 없었다.

나는 헨리의 손을 꼭 잡고 사과하면서 "하고 싶은 대로 하지 못하면 실망스럽지만, 그래도 내일 다시 좋아질 거야"라고 다독인 뒤 "내일 엄마랑 새롭게 시작해볼까?" 하고 물었다. 그러자 아이는 조용한 목소리로 "응"이라고 대답했다. 나는 헨리의 부드러운 이마에 입맞춤하고 머리카락을 쓰다듬어주면서 말했다.

"잘 자, 푹 자, 내일 아침에 만나는 거야"

그리고 나니 배가 고파져서 팝콘을 만들어 먹고 싶었지만, 너무나 피곤해 주방에서 시간을 보내는 것은 무리였다. 나는 허무해졌다. 원고를 제대로 만져본 지도 1주일이 지났고, 이번 주 역시 아무것도 할 수 없었기 때문에 2주일을 흘려보낸 셈이었다. 구글 문서(Google Docs) 탭에 자료는 열려 있는 상태일 테지만 랩톱은 초절전 모드다.

내가 책을 쓰고는 있었을까? 일단 오늘은 분명히 아닌 것 같다. 오늘 나는 몸살과 씨름하면서 사랑하는 아들 헨리에게 화까지 냈다. 나는 초고를 이번 달 말까지는 끝내려고 했지만 억지로 몇 자 끼적여놓은 게 전부다. 생각은 아직도 정리되지 않았다. 어느 날엔 하루 날을 잡아서 진득하게 써야 할 텐데, 내가 조용히 의지를 갖고서 다시 시작하는 날이 얼른 와야 할 것이다. 그날이 내일이면 얼마나 좋을까? 그때 앤드루가 돌아왔다.

문장을 시작하는 방법

나는 일종의 패턴을 발견했다. 이 패턴은 내가 막 포기하려는 순간에 나타났다. 잔혹하지만 진실이었다.

초고를 끝낸다면 무척이나 만족스러울 것이다. 그렇지만 할 일이 산처럼 쌓여 있었다. 글의 구성도 제대로 잡지 못했고, 글감도 정리가 안 된 상태였다.

2주일 동안 아무것도 하지 못한 상황이라 정신부터 가다듬어야 했다. 운전하면서, 잠들기 전, 점심 시간에 산책을 하면서 계속 생각했다. 천천히 아이디어가 떠올랐다. 나는 그것들을 모두 적어놓고 조금씩 활력을 되찾았다. 그래도 이야기에 들어가는 방법에 대해서는 명확하지 않았다.

그러던 어느 날 오후에 나는 메리 올리버의 시를 다시 펼쳤다. 나는 시 속의 시인에 감정을 이입했다. 그리고 나 자신의 새로운 버전에 관해 글을 쓰기 시작했다. 타이핑을 하면서 몸이 부드러워지는 것을 느꼈다.

내 몸은 내가 이렇게 책상 앞에 앉아 랩톱 자판을 두드리는 행동을 기억하고 있었다. 모든 것이 제자리로 돌아온 느낌이었다. 나는 다시 시작했으며 가야 할 길을 찾았다. 마침내 잡초를 뽑아내 그 자리에 씨앗을 심고 촉촉한 흙으로 덮어놓았다.

우리는 쓰고, 파고, 기다린다. 이 과정이 끊임없이 계속된다. 다음은 내가 글쓰기 워크숍 때 제안하는 연습방식인데, 에세이나 시, 단편소설 등 대부분의 분야에 적용할 수 있으며, 글을 시작할 때 무언가 꼬였다는 사실을 인지했지만 어떻게 해야 할지 확신이 생기지 않는 경우 큰 도움이 된다.

① 타이머를 5분에 맞춘다.
② 같은 문장을 다섯 가지 다른 문장으로 바꿔본다.

처음에 나는 너무 간단하게 보여서 별것 아니라고 생각했지만 놀라울 정도로 효과적이었다. 깊게 생각하지 말고 첫 문장을 쓴 다음 다섯 가지 문장으로 바꿔본다. 제한 시간은 5분이다. 첫 문장을 쓴 다음 다른 문장 다섯 개를 확보할 때까지 멈추지 않는다. 그런 다음 가장 강렬하게 느껴지는 문장을 골라 글을 써내려간다.

중간에 문장이 막히는 경우에도 같은 방법을 시도해본다. 나는 지금도 수시로 이 방식을 실행하고 있으며, 이 책에서도 몇몇 부분은 그렇게 시작했다. 간단하지만 무척 유용하다. 내가 이런 식으로 쓴 몇 가지 문장을 예로 들면 이렇다.

- 나는 체크 리스트를 작성하는 데 집착한 적이 있다. 새해 첫날 저녁이면 그해 12월이 오기 전까지 완수해야 할 목표를 최소한 10개는 만들었다. 그 목표는 내게 나름의 만족감을 선사하기도 했지만, 어느 순간 나는 그 목표가 늘 똑같다는 사실을 깨닫게 되었다. 더 자주 운동하기, 더 많이 글쓰기, 더 다양한 요리 레시피 익히기와 같은 목표가 올해에서 이듬해로 복사되곤 했다. 그래서 나는 접근 방식을 바꿔보기로 했다. 내가 외적으로 성취하기를 원하는 목표에 초점을 맞추지 말고 좀 더 내적인 문제에 집중하기로 했다. 나는 스스로에게 무엇이 더 필요한지 물었다.

- 지난번 목표였던 리스트: 목적, 개방성, 관계, 확장.

- 몇 달 전 나는 워싱턴 주의 '호 우림지(Hoh Rainforest)'에 관한 에세이 포스팅을 읽었다. 그곳의 아름다움이 나를 잡아당기는 것처럼 느껴졌다. 이끼로 뒤덮인 나무들과 광대한 숲. 나는 그 포스팅 화면을 닫지 못한 채 한참 더 들여다보고 나서야 내가 왜 이런 마음이 드는지 불현듯 깨닫게 되었다. 나에게는 공간이 필요했다. 물리적인 공간, 정신적인 공간, 양쪽 모두가.

- 올해 나의 글쓰기 주제는 '공간(space)'이다.

- 내 비망록에서 인용: 글쓰기를 시작할 때는 글의 아름다움에 관해서 다 알지 못한다. 1년 정도 꾸준히 글을 쓰다 보면 그 아름다움은 조금씩 모양이 잡히면서 완전히 새로운 것이 된다. 글은 순수한 잠재력을 구현하는 시작과도 같다.

신성한 시작

얼마 전의 일이었다. 나는 박물관 개장 시간 15분 전에 주차장에 도착했다. 쉽게 나갈 수 있는 곳에 후진 주차한 뒤 앤드루에게 도착했다는 문자 메시지를 보내려고 했다.

우리는 이 일을 한 달 전에 가족 나들이를 하면서 계획했다. 나는 남편을 압박해 내가 박물관을 얼마나 좋아하는지 장황하게 이야기했고, 앤드루는 가벼운 한숨을 내쉬면서 마침내 내 편을 들어주었다. 그는 글쓰기에 도움이 된다면 그렇게 하라고 말했다. 남편이 헨리와 몇 시간만 놀아준다면 나는 이곳에서 여기저기 둘러보면서 영감을 얻을 수 있을 것 같았다.

그때 나는 왼편에서 하얀색 트럭 한 대가 천천히 다가오는 것을 힐끔 봤지만 보고 여전히 스마트폰으로 앤드루에게 문자 메시지를 보내는 와중이었다.

"이봐요!"

차창 밖에서 흐릿한 목소리가 들려왔다. 나를 부르는 건가.

"이봐요, 부인!"

나는 자동차 창문을 반쯤 내리고 무슨 일인지 물었다.

"표지판 못 보셨어요?"

"네?"

"전면 주차하셔야 해요. 거기 튀어나온 부분 때문에 차가 망가집니다."

"엇, 그… 런가요. 제가 못 봤어요. 다시 대… 댈게요. 고맙습니다."

나는 당황해서 말을 더듬기까지 했다. 트럭이 지나가자 나는 황급히 메시지 보내기 버튼을 누른 뒤 다시 안전띠를 매고 차를 뺐다가 앞으로 다시 집어 넣었지만 심장은 계속 쿵쿵댔다. 심호흡을 크게 다섯 번 하고 나서야 조금 진정되었다. 이날 아침 나는 작가로서 마땅히 해야 할 일을 하지 않은 탓에 이런 실수를 하고 말았다. 그것은 다름 아닌 주변에 주의를 기울이는 것이었다.

마음을 가라앉힌 나는 박물관 입구까지 느리게 움직이는 트램을 타고 올라간 다음, 중앙에 화려한 분수가 설치된 연못 주변의 둥근 테이블에 자리를 잡았다. 갤러리로 걸어가는 사람들에게서 들리는 백색소음이 묘한 평온함을 느끼게 해주었다. 나는 옆에 있는 기념품 매장에 들어가 보라색 볼펜 하나와 미술 작품이 인쇄된 소책자 세 권을 구입했다. 펼쳐서 코를 갖다 대니 내가 좋아하는 종이 냄새가 났다. 마치 오븐에서 막 구워낸 카다멈(cardamom) 머핀을 꺼낼 때의 냄새 같았다. 더욱이 겉 부분의 그을린 그 완벽한 갈색은 얼마나 경이로운가. 쿠키를 챙겼어야 했다는 생각이 들었다.

박물관 입구에는 이정표가 있다. 나의 문장은 어디를 향할까? 나는 랩톱을 열어 원고 파일을 불러들였다. 낱말 몇 개가 마음에 들지 않아 지우고 어떤 문장은 나중에 검토하려고 밑줄 표시를 해두었다. 생각보다 집중이 잘되었다. 지난번까지만 해도 애를 먹었던 구절이 신기하게 연결됐다. 그렇게 첫 번째 단락을 정리하고 다음 단락으로 들어가려고 하는 순간 문맥이 부자연스러워졌다. 방금까지만 해도 충만했던 의지가 무너져내리기 시작했다. 이 책을 완성해나갈 수 있을지 회의감이 들었다.

어쩌면 이렇게 고작 몇 시간 동안 감정의 양극단을 왔다 갔다 할 수 있을까? 이곳에 겨우 2시간 있었을 뿐이었다. 머리가 복잡해진 나는 원고 파일을 저장한 후 랩톱 덮개를 닫고 자리에서 일어났다. 애써 원고 생각을 머릿속에서 치우고 부겐빌레아가 한창 꽃을 피우고 있는 중앙 정원으로 발길을 옮겼다. 그리고 기다란 벤치에 홀로 앉아 천천히 오렌지 껍질을 벗긴 다음, 과즙이 새콤하다는 생각을 하면서 여자아이들이 셀카를 찍고 몇몇 가족들이 햇볕을 피해 유모차를 밀고 가는 모습을 한동안 지켜보았다.

그래도 원고 작업할 마음이 들지 않자 나는 갤러리로 들어가 평소 좋아하던 인상파 작품 코너로 가서 세잔(Cézanne)의 명작 〈사과가 있는 정물(Still Life with Apples)〉 앞에 멈춰 섰다. 멈춰 있지만 언제라도 굴러떨어질 것만 같은 윤기 나는 과일을 한참 동안 응시하고 있으니 내 온몸이 구겨진 식탁보 위의 사과와 푸른색 꽃병처럼 느껴졌다.

며칠 후 나는 결국 정신을 놓고 말았다. 이미 써놓은 글 대부분이 아무짝에도 쓸모없었다. 나는 어떻게 하면 글쓰기 컨디션이 좋아질지 고민하면서 이틀을 초조한 마음으로 보냈다. 심란하고 답답한 마음에 남편에게 너무 힘들다고 토로했다.

"당신 책 이야기지?"

앤드루가 물었다.

"맞아, 엉망진창이야. 요즘 통 갈피를 못 잡겠어. 초고라서 더 그런 것 같아."

"써놓은 걸 계속 읽다 보면 어느 순간 방향이 보이지 않을까?"

"그렇겠지? 차분하게 계속 읽어봐야 할 것 같아."

"그럼, 시작은 원래 어렵잖아. 이후로는 괜찮아질 거야."

시작은 신성하다. 그래서 더욱 어렵다. 글이 나아가야 할 방향과 목적을 잃지 않도록 유의해야 한다. 그러면서도 자신감을 가져야 한다. 처음의 열정을 놓지 말아야 한다. 차가운 물에 처음 발을 담글 때 두근거렸던 마음을 잊지 말자. 박력 있게 시작했더라도, 머릿속 생각을 그대로 펼치면 된다고 자신만만했더라도, 앞으로 가야 할 길이 순탄한 것만은 아니다.

'시작의 계절'은 겹겹이 쌓인 낙엽처럼 페이지 사이사이에 흩뿌려져 있는 당신의 언어를 방향과 목적에 맞도록 추스르는 시기이므로 그 과정에서 나약해지는 감정을 느낄 수 있다. 이쯤에서 진실 한 가지만 짚고 넘어가자. 당신은 누군가의 부탁이나 요구로 글을 쓰는 것이 아니다. 당신이 쓰고 싶어 하는 글은 기획서나 업무 보고서가 아니다. 당신의 이야기를 당신이 '원해서' 쓰는 것이다. 당신의 '있는 그대로'의 이야기가 마침내 읽는 이에게 가치를 갖는다는 것은 약속이 아니라 바람이다. 하지만 그 바람은 훗날 약속이 될 수 있다.

글쓰기의 시작은 언제나 당신 혼자만 겪는 일이다. 당신의 글이 수많은 사람에게 연결되고 전달될 잠재력 또한 당신에게 달려 있다. 어두운 숲속을 천천히 통과해, 가까이 가기 전까지는 보이지 않지만 분명히 아름다운 그곳으로 들어가야 한다. 첫걸음을 내디뎌 첫 문장을 썼다면, 이제 숲에서 나오는 유일한 방법은 그곳을 통과하는 것뿐이다.

자신에 대한 의심이 심해졌다면 감정을 잘 다스려야 한다. 이 계절을 무사히 보내기 위한 방법은 우리가 스스로에게 말하는 신화를 다시 쓰고, 페이지를 넘기지 못하게 만드는 약해진 믿음을 한편으로 제쳐두는 것이다.

제 2 장

의
심
의

The Season of Self-Doubt

계
절

어떤 부름이나 행동이

우리 영혼의 진화에 더 중요할수록

그것을 추구하는 데 더 강한 저항을 느끼게 된다.

_ 스티븐 프레스필드

다섯 번째 차크라

나는 종종 침술원을 찾는다. 그날 나는 침술사 선(Sun)에게 침을 맞으면서 이틀 뒤 시애틀에서 있을 북토크 이벤트에서 강연해야 하는데 3주 동안 마른기침이 계속되어서 걱정이라고 말했다. 생꿀을 먹어보기도 하고 미지근한 소금물로 가글도 해봤다고 설명했다. 나는 선에게 강연을 망치는 것은 둘째 치고 내게 어떤 문제가 있는 것인지, 내가 너무 열이 많고 습한 체질인지, 비장이 좋지 않으면 스트레스 조절이 어렵다는 게 맞는 말인지 물었다. 그리고 내 혀를 보여주었다.

선은 내 배 위로 동그란 모양의 따뜻한 조명을 비추고는, 재빠르고 자신만만한 손동작으로 엄지손가락과 집게손가락 사이, 안쪽 발목, 정수리, 안쪽 손목에 가느다란 침을 꽂더니 40분 동안 가만히 있으라고 말하면서 조명을 껐다. 적당히 어두워지자 캐비닛 위 스피커에서 신비로운 멜로디의 플루트 연주가 흘러나왔다. 그리고 자그마한 실내용 분수에서 떨어지는 물소리가 이따금 머리 위로 날아가는 비행기 엔진 소리를 묻어주었다.

나는 두 눈을 지긋이 감고, 두 손을 배 위에 모은 다음 깊게 천천히 심호흡했다. 40분은 아무것도 하지 않고 가만히 있기에는 너무 긴 시간이라고 느낀 적도 있었지만 어디까지나 엄마가 되기 전의 이야기다. 이제 나는 잠깐 잠이 들거나, 가만히 졸거나, 명상하면서 이 이간을 충분히 즐길 줄 안다. 호흡에 집중하며 온몸에서 조금씩 힘을 빼기 시작하자 몸이 침상 안쪽으로 가라앉는 느낌이 들었다.

며칠 전 앤드루는 최대한 조심스러운 말투로 요사이 내가 변덕스러워 보인다고 하면서 서로에게 부정적인 영향을 미칠 것 같다고 걱정했다. 또한 최근 대화 내용이 주로 우리에게 결여된 것들에 집중되었다고도 말했다. 남편 말이 맞다. 나는 감정 기복이 심한 편이다. 어떤 때는 행복한 기분이 들다가도 또 어떤 때는 분노에 휩싸여 평범한 일상조차 힘들게 느껴지곤 한다.

침술원에 다녀온 그날 밤 나는 소파 깊숙이 몸을 묻고 스마트폰으로 페이스북 피드를 훑어보다가 내가 속한 그룹의 한 사람이 올린 게시물을 발견했다.

"누구 다섯 번째 차크라(chakra)가 막힌 것 같다고 생각되는 사람 있나요? 이유를 알 수 없는 기침 때문에 미치겠네요."

'여기요.'

나는 생각했다. 다섯 번째 차크라는 목 부분에 있고 의사소통, 타이밍, 의지를 관장하는데, 이곳에 이상이 생긴 것이다. 나는 무작정 밀어붙이기만 했고 충분히 들으려고 하지 않았다. 내 몸은 이미 진실을 알고 있었다. 내 마음도 점차 진실에 다가가고 있었다.

나는 주방으로 들어가 벽에 걸린 달력 앞에 서서 내가 언제 처음

기침을 하게 되었는지 날짜를 거꾸로 추적하면서 기억해내려고 애썼다. 내가 창작력에 관한 책을 써야겠다고 결심한 때는 자기회의감이 들기 1주일 전이었고, 그때까지만 해도 기침은커녕 몸이 날아갈 듯 가벼웠다. 그런데 내가 이 책을 어떤 식으로 서술할지 설명하고자 새 문서 파일을 여는 순간 뼛속 깊은 곳에서부터 목소리가 들려왔다. 그 목소리는 "너는 이 책을 쓸 자격이 없다"고 이야기했다. 에이전트와 내 저술 계획에 관해 통화하고 출간 제안서를 작성한 이후로 이 두려움은 나의 모든 생각과 행동을 이끌고 있었던 것이다.

내 본능은 일테면 욕실에서 벌레를 봤을 때 호들갑을 떨며 밟아 죽인 뒤 화장지에 싸서 변기에 넣고 물을 내려버리는 것처럼 즉각적으로 두려움을 억누르는 것이었다. 벌레는 습하고 어두운 곳으로 끌린다. 자기회의는 글을 쓰는 사람들에게 끌린다.

하지만 최근 들어서 나는 한 줌의 분노로 자기회의에 겁을 줘서 쫓으려는 시도는 아무 소용이 없다는 사실을 알게 되었다. 그렇다고 무시하는 것도 마찬가지로 이 딜레마를 해결하지 못한다. 자신을 향한 의심은 당신이 글을 쓰는 이상 언제라도 또다시 돌아오기 때문이다. 제일 나은 방법은 당신이 모을 수 있는 최대의 사랑을 두려움에 주는 것이다. 그렇게만 할 수 있다면 자기회의는 즉시 사라질 수도 있고 며칠 또는 몇 주가 걸릴 수도 있다. 서둘러서는 안 된다.

나는 그래서 내 몸의 에너지를 다시 한번 올바른 방향으로 흐르도록 하고자 침을 맞은 것인데, 나에게는 이것이 내 두려움에 대한 친절한 배려였다. 선은 내가 침술원을 떠나기 전에 기침을 멎게 해주는 데 도움이 될 만한 약초와 비파나무 열매를 권하면서 유기농 전문 홀마트에서 구할 수 있다고 말했다. 그런데 나는 내일 아침 비행기를 타야 했기에 온라인으로 주문하기에도 너무 늦었고, 굳이 그럴 필요도 없을 것 같았다. 내 목소리가 돌아오기 시작했다.

편도체와 친해지기

라이프 코치 케이트 스보보다(Kate Swoboda)는 두려움은 상처라고 말한다. 그 말이 사실이라면 부모님이 작가는 유망한 직업이 아니라고 말씀하신 것, 학창 시절 선생님께 받은 작문 점수, 장학금을 신청했다가 떨어진 일 등이 모두 상처로 남아 지금도 그 상처를 안고 사는 셈이다. 타인의 의견, 편집자의 취향, 세간의 시선처럼 외부에서 받는 상처도 있지만, 스스로를 옥죄는 우리 자신의 억측처럼 두려움은 가장 취약한 순간에 우리 내부로 미끄러져 들어오기도 한다. 그렇게 두려움은 우리 자신에게 과연 작가가 될 수 있는지 의심에 빠뜨리고 회의감에 사로잡히게 만든다.

그렇다면 내부에서는 어떤 일이 일어나고 있을까? 우리의 의식은

'편도체(amygdala)'와 싸우고 있다. 편도체는 뇌의 측두엽 안쪽에 있는 아몬드 모양의 기관인데, 주로 두려움과 같은 감정을 담당한다. 편도체의 기능은 스트레스를 받는 상황에서 싸울 것인지 피할 것인지를 결정하는 투쟁-도피 반응을 활성화하고 식별하는 데 도움을 주는 것이다. 이는 긴급 상황에서는 유용하지만 편지를 쓰거나 초고 작업을 하는 데는 큰 쓸모가 없다.

저널리스트 케이트 머피(Kate Murphy)는 편도체를 두려움 대신 예측력을 담당하는 기관으로 재정의하자는 제안을 한 바 있다.

"만약 당신이 재해나 질병 또는 사회적 혼란과 같은 두려움을 감지하거나 예측할 수 있다면, 그것은 편도체가 당신에게 임박한 파멸을 예고한다기보다 더 많은 정보를 수집하라는 요구로 봐야 한다. 당신을 더 의식적이고 논리적인 사고로 이끄는 셈이다."

그러므로 다음번에 당신이 편도체의 쿠션에 기대는 경우가 생긴다면, 두 다리를 단단히 버티고 서 있는 이 아몬드에게 인사하면서 도움을 줄 수 있는지 물어보기 바란다. 편도체의 도움으로 내 창조적 본능에 회의감이 들 때면 나는 해변을 찾는다. 부서지는 파도가 내 마음을 열게 하고, 나는 광활한 바다를 바라보며 조용히 기도하거나 마음속으로 간청한다. 바다가 응답한다.

"버리고 가라."

나는 내 두려움을 바다에 제물로 바친다.

두려움 나열하기

무엇이 두려운지 나열해보면 그 비밀스러운 폭풍을 잠재우는 데 효과가 있다. 자기회의를 극복하고 두려움을 상처에서 흉터로 변화시켜준다. 시간은 걸리지만 결국 흉터는 사라진다. 만약 모든 시도가 실패했다면 계절이 바뀌기를 기다려야 한다. 탁하고 습한 공기가 맑고 상쾌하게 바뀌길 기다려도 늦지 않다. 나뭇잎이 무성해지고 꽃을 피우는 것은 언제나 우리에게 내적 변화의 잠재력을 환기시킨다. 가능한 것들, 도달할 수 있는 목표, 따를 수 있는 생각 등 우리가 무엇이든 심으면 자라날 수 있음을 깨닫게 해준다.

나는 이 책에 관해 구상할 때 내면의 두려움으로부터 내가 이런 유의 책을 쓰면 안 된다는 소리를 들었다. 나는 일단 내 두려움이 내는 소리에 저항하지 않고 귀담아 들었다. 그리고 그대로 써보기 시작했다. 내가 두려워한 것들은 다음과 같았다.

- 나는 책을 쓸 시간이 없을까 봐 두렵다.
- 나는 내 목소리가 아무런 가치도 없을까 봐 두렵다.
- 나는 사람들이 이 책을 조목조목 분석할까 봐 두렵다.

- 나는 이 책에 통찰력이라고 할 만한 것이 없을까 봐 두렵다.

- 나는 아무에게도 하지 않았던 내 이야기를 나누는 것이 두렵다.

- 나는 이 책이 좋은 반응을 얻지 못할까 봐 두렵다.

만약 당신 내부 비판가의 목소리가 무시할 수 없을 정도로 커지진다면, 몇 분 정도 시간을 들여서 두려움의 이름을 구체적으로 나열해보자. 그 과정에서 하나씩 제거할 수 있게 된다. 영원히는 아니어도 당분간은 당신을 괴롭히지 않을 것이다.

안녕하세요, 나는 작가입니다

내가 대중 앞에서 당당한 목소리로 나를 작가라고 소개한 때는 글을 쓰기 시작한 지 20년이 넘은 시점이었다. 그만큼 용기가 필요했다. 수십 종의 베스트셀러를 쓴 사람만 작가는 아니다. 글을 쓰고 있다면 누구나 작가다. 하지만 그 사실을 밝히는 게 쉽지만은 않았다.

앤드루와 함께 남편과 한 비영리 단체의 자선 바자회 만찬에 참석한 적이 있다. 당시 나는 임신 6개월이었다. 펑퍼짐한 푸른색 드레스를 입고 나 혼자서만 무알콜 소다수를 홀짝거리면서 바자회에 나온 물건들을 살펴보고 있었다. 그때 누군가 우리에게 인사했고, 내게 어떤 일을 하느냐고 묻기에 작가라고 대답했다. 그렇지 않아도 지역 단체에 관한 칼럼을 쓰고 있었기에 합리적인 답변이라고 생각했다. 그런데 내가 세계 최대의 인도주의 시상식을 주관하는 가정재단에서도 일한다는 이야기는 의도적으로 하지 않았다. 나는 단지 작가였고 그 사실에 만족했다.

집에 돌아오는 길에 나는 왜 그동안 '작가'라는 직함을 내세우는데 주저했을까 하고 생각하다가 몇 가지 이유를 발견했다.

첫째, 그동안 나는 글쓰기를 내 삶의 중심에 놓은 적이 없었다. 학창 시절 들었던 선생님 말씀이 뇌리에 콕 박혀 있었기 때문이다.

"현실적으로 생각해야지. 글쓰기가 멋진 취미이긴 해. 하지만 매달 받게 될 청구서를 생각한다면 다른 일을 찾아야 할 거야."

사실 영어 선생님 몇 분을 제외하면 롤 모델로 삼을 만한 작가들을 알지 못해서, 내가 선택할 수 있는 일은 교직 과목을 이수하거나 뉴욕으로 건너가 작은 아파트에서 참치 통조림으로 버티며 작가로서의 꿈을 키우는 것뿐이었다.

둘째, 그때는 내 이름으로 출간된 책도 없었고, 운영하던 블로그도 널리 알려지지 않은 상태였다. 그래서 글을 쓴다는 사실을 꽁꽁 감추고 있었다. 그럼으로써 "어떤 책을 쓰셨죠?", "제목이 뭐죠?"와 같은 질문에 대답할 상황을 만들지 않아도 되었다.

궁색한 변명이고 구차한 태도였다고 비난받을 만하다. 나도 당신과 마찬가지로 성장하기 위한 시간이 필요했다. 이런 것들이 모두 극복해야 할 걸림돌이었고 다시 써야 하는 이야기였다. 그렇지만 동시에 훗날 내가 쓸 글감이기도 했다. 지금도 이렇게 그 이야기를 하고 있으니까. 당신이 쓸 '있는 그대로'의 이야기에 삭제할 에피소드란 없다. 나도 계속 그 작업을 하고 있으며, 내가 되고 싶어 하는 작가를 구현하기 위해 노력하고 있다.

≈ **의식과 루틴** ≈
스스로를 작가라고 부르기

자신을 일컬어 '작가'라고 부르는 것은 간단하게 보이지만 공개적으로는 꽤 복잡한 일이다. 우리 대부분은 기본적으로 직업을 갖고 있으며, 미팅이나 회의 자리에서 모두 직함을 말하고 직함으로 불린다. 물론 이런 관행이 이상한 것은 아니다. 사회생활을 하는 인간에게 자연스러운 일이다.

내가 말하려는 요지는 당신이 스스로 '작가'라고 부를 기회를 찾으라는 것이다. 표지에 당신 이름이 적힌 책을 서가에서 몇 종이나 가져올 수 있는지의 여부는 중요하지 않다. 글을 쓰는 작가라고 자신을 소개해보자. 우리는 이 단어를 말하지 못하고 침묵해왔다. 이제부터는 이야기하자. 나는 작가라고 말이다. 네일아티

스트, 헤어스타일리스트, 오고 가며 만나는 사람들, 휴가지에서 보고 다시는 볼 것 같지 않은 커플 등에게 작가라고 밝혀보자.

이는 자기회의의 효과 빠른 해독제다. 다른 사람들에게 당신이 작가라고 말하면, 당신 자신도 그 사실을 확신할 가능성이 높아진다. 그러면 정말로 꾸준히 글을 써야겠다는 의지도 생긴다. 쭈뼛대면서 "조금씩 글을 쓰고 있어요" 하지도 말고 당당하게 "나는 작가입니다"라고 말하자.

숨결이 그곳에 닿도록

작가는 기본적으로 이야기꾼이기에 우리 자신의 이야기에 관해서는 신화 창조자나 신화 신봉자 또는 양쪽 모두가 되어야 한다. 우리는 자신의 이야기가 진실이라고 스스로 확신해야 하지만, 그 믿음 자체가 자신을 붙잡고 있다는 사실을 깨닫기 전까지는 번번이 그 안에 깊게 빠져서 헤어나지 못하곤 한다.

나 또한 이런 상황을 수 년 동안 겪었고, 그 경험을 되새기는 일이 편하지는 않지만, 그래도 지금 당신과 공유하고자 한다. 당신을 깨우치게 할 수도 있고 자유롭게 할 수도 있다고 믿기 때문이다. 어떻게 하면 우리를 꽉 움켜쥐고 통 놓아주려고 하지 않는 자신에 대한 의심으로부터 벗어날 수 있을까? 무엇이 진실이고 아닌지를 알면 된다. 이것이 무슨 의미인지 보여주려고 한다.

그리 긴 기간은 아니었지만, 나는 한때 박물관에서 일했다. 물론 박물관은 오래전부터 좋아했다. 언젠가 내가 속한 부서에서 연례 초청 이벤트를 진행하게 되었다. 내가 맡은 업무는 고객 데이터베이스를 철저히 검토해 초청 명단을 보고하고 초청장을 만드는 일이었는데, 이름과 주소를 넣는 공간 사이에 초청 문구를 넣을 수 있다는 말을 들었다. 지난해의 테마는 서커스에 관련된 것이었고 나는 그때보다 더 기발한 카피를 뽑아내겠다고 마음먹었다.

며칠 뒤 운영위원회 임원들이 회의에 참석하면서 잠깐 사무실에 들러 후원금 관리자와 초청 이벤트 진행 등에 관해 대화를 나누는 듯했다. 그때 나는 내 자리에서 초청장 봉투에 라벨 작업을 하고 있던 터라 등 뒤로 말소리만 들을 수 있었다.

"아, 이게 초청 문안이군요."

그 순간 나는 그들이 대화를 나누고 있던 공용 테이블 위에 내가 실수로 회의 때 보고할 초청장 카피 문안 출력물을 놓고 왔다는 생각이 들었다.

"그런데 문장이 좀…, 여기 한번 보시죠."

잠시 후 함께 온 다른 위원도 고쳐 써야겠다고 맞장구쳤다. 후원금 관리자의 멋쩍은 웃음소리도 들렸다. 비록 그들 가운데 누구도 그 카피를 내가 썼다는 사실을 몰랐겠지만, 나는 너무 민망하고 창피해서 책상에 바짝 엎드려 라벨 작업에 집중하는 척할 수밖에 없었다. 좀 더 신경 써서 썼더라면 하는 후회와 동시에 이 사건이 내 기억 속에서 사라져버리기를 간절히 바랐다.

그러나 나는 이후 글을 쓰려는 다른 사람들이 '의심의 계절'을 헤쳐 나가는 방법에 대해 도울 때마다 다시 그때로 돌아가 그 일을 기억할 수밖에 없었다. 나는 나 자신의 신화와 기억을 확인해야 했고 그것의 실체가 무엇이었는지 살펴야 했다. 알고 보니 당시 내가 들을 수만 있고 볼 수는 없던 그곳에서 어떤 일이 일어났었다. 사실 그 카피는 후원금 관리자가 내민 것이었다. 아마도 VIP들의 마음을 움직일 수 있는 문장을 직접 써서 운영위원회에 좋은 인상을 주려고 했던 것 같다.

여기까지 기억했지만, 초청장 최종 카피 문안이 어떻게 되었는지는 끝내 떠오르지 않았다. 사실 그 일이 있고 나서 카피 생각을 접었기 때문에 나와는 아무 상관도 없는 일이었다. 정작 문제는 그 이후였다. 나는 이후로 내 글쓰기 능력을 경시해 업무에 활용할 시도조차 하지 못했고, 훌륭한 카피라이터가 될 수 없다는 개인의 신화를 받아들였다. 그런데 사실 진실은 더 단순했다. 나에게는 내가 하는 일에 대한 충분한 정보가 없었다. 조언해주는 사람도 없었고, 운영위원회와의 관계도 없었으며, 그 이벤트를 그들이 어떤 의미로 바라보고 있었는지 헤아리지 못했다. 하지만 그 일의 결과로 나는 오랫동안 전문적인 글은 쓸 수 없다고 믿게 되었다. 이와 관련해 당신에게 해줄 수 있는 이야기가 더 있지만 나중에 살펴보도록 하자.

이번엔 다른 이야기다. 나는 요가를 배울 때의 기억을 통해 글쓰기에 관한 통찰력을 얻을 수 있었다. 수업 시간에 자세를 잡는 동안 강사가 이런저런 코칭을 해준다. 깊게 숨을 쉬면서 내면의 목소리에 귀를 기울인다. 처음에는 내면의 목소리는커녕 내 몸에서 나오는 대양의 거센 물결 소리만 들릴 뿐 호흡에 집중하기가 어려웠다. 천천히 끊이지 않게 들이쉬고 내쉬는 기본인 호흡법을 놓치기 일쑤였다.

"몸 안의 불편한 부분이 어디인지 잘 찾아보세요."

요가 강사가 말했다.

"찾았다면 이제 숨결이 그곳에 닿도록 호흡해보세요."

나는 자주 목이 잠기고 마른기침을 하므로 내 목에서 꽉 조인 부분을 찾아 숨을 보낸다는 느낌으로 폐를 활짝 열었다. 그리고 내가 앉은 불편한 요가 매트와 내가 쓸 불안한 원고 모두에 숨결이 닿기를 바랐다. 사람이라면 대부분 불편함을 좋아하지 않기 때문에 좋지 않은 기억의 숨을 들이마시면 배 속이 거북해진다. 위장이 뻣뻣해지지 않도록 이완하면서 그 기억이 산소를 충분히 받아들일 수 있도록 해야 한다. 당신의 숨결이 그곳에 닿듯이 당신의 펜도 닿게 하자. 잊고 싶은 이야기를 솔직하게 쓰고 골똘히 생각해 그 이야기의 핵심적인 진실에 닿게 된다면 당당히 받아들일 수 있을 것이다. 우리의 모든 이야기는 스스로를 작고 하찮게 느끼려고 있는 것이 아니다. 우리가 모래 속으로 가라앉지 않도록 단단한 돌 위에 곧은길을 내기 위해 존재하는 것이다.

≈ 의식과 루틴 ≈

신화와 현실

당신이 개인의 신화가 가진 진실을 알기만 하면 당신의 글쓰기 삶이 마법처럼 변화를 일으켜서, 무엇이든 써야 하는 작가로서의 소명에 대해 추호의 의심도 하지 않게 된다고 약속할 수는 없다. 그렇지만 당신의 글쓰기에 상처를 입힌다면 무언가 바뀔 것이다. 왜냐하면 우리가 자신의 이야기를 하고 정서적 걸림돌을 발견하기 위해 진정한 노력을 기울일 때마다 통찰력을 얻을 수 있기 때문이다. 따라서 당신이 자기 자신을 의심하거나, 한 줄도 쓰지 못하거나, 받은 편지함에 또 다른 거절 메일이 도착한 것처럼 느껴질 때, 비망록의 새로운 페이지를 열어 당신이 처한 문제를 다음의 단계와 같이 풀어나갈 수 있다.

① **기억**: 무슨 일이 일어났는지 기록하고 그 순간 느꼈던 감정을 옮겨 적는

다. 명확하지 않거나 확신하지 못해도 괜찮다. 기록하는 행위 자체가 당신에게 그 기억을 더 넓은 눈으로 바라볼 수 있게 해준다.

② **신화**: 당신이 자신에게 하려는 이야기는 무엇인가? 예를 들어 "나는 좋은 작가가 아니다", "내 가족은 내가 작가가 되려는 것을 지지하지 않는다"와 같이 되도록 구체적인 표현으로 쓴다. 나는 예전에 아빠가 나에게 왜 대학원에 가려고 하는지 이해하지 못하겠다고 말씀하셨을 때 "가족이 나를 믿지 못한다"고 느꼈었다. 하지만 내 첫 번째 책이 출간되자 아빠는 지인들에게 선물하려고 책을 너무 많이 산 터라, 정작 별 다섯 개짜리 리뷰를 올리려고 할 때 아마존으로부터 거절당했다.

③ **결과**: 그와 같은 경험의 결과가 무엇이었는지 명시한다. 당신이 세상을 바라보는 방식에 변화가 생겼는가? 아니면 여전히 당신의 목소리는 작아져 있는가?

④ **현실**: 마침내 찾아낸 진실을 기록한다. 오해였는가, 정보가 부족해서였는가, 아니면 좋지 않은 시기에 좋지 않은 장소에 있었던 것인가? 그것도 아니면 아무도 그렇게 기억하지 않는데 당신 혼자서만 그렇다고 생각했는가?

이 과정이 그리 즐길 만한 것은 아니지만 매우 중요한 작업이다. 나는 이 각각의 단계에 대해 이렇게 썼었다. 나는 당신에게는 감출 것이 하나도 없다. 당신을 도울 수만 있다면.

기억

지각한 나는 강의실 뒷벽에 기대어 미끄러지듯 맨 뒷자리에 자리를 잡고 수업에 열중하는 것처럼 보이기 위해 애썼다. 노트와 펜은 꺼내놓았지만 대화에 별로 필요할 것 같지는 않았다. 그날 오후 수업은 내가 거의 흥미를 느끼고 있지 않던 주제에 관한 학부 첫 문학 세미나였다(내용은 기억나지 않는다). 내가 그 수업에 참여한 이유는 다른 강의는 전부 마감되어 내가 처음 등록할 수 있었던 유일한 전공 과목이었기 때문이다. 그러나 나는 학기 말 보고서 곳곳에 빨갛게 표시된 첨삭 내용은 결코 잊지 못한다. 설마 했지만 학점은 D였고 사유는 표절이었다. 그 순간 나는 공포, 혼란, 좌절, 당황과 같은 감정을 한꺼번에 느꼈다. 내 심장은 돌처럼 뱃속으로 가라앉았다.

신화

나는 끔찍한 작가가 되었다. 자존심에 엄청난 상처를 입었다. 나는 대학 첫 번째 과목에서 형편없는 학점을 받았고, 다시 부모님 집으로 돌아가야 할지도 모를 일이었다.

결과

나는 온통 빨갛게 된 보고서를 들고 손을 부들부들 떨면서 수업이 끝난 뒤 교수님을 졸졸 쫓아 주차장까지 따라갔다. 바람이 내 머릿결 사이로 휩쓰는 가운데 교수님이 내 보고서에서 실수를 지적하셨다. 나는 괄호 표시를 한 페이지와 주석을 일일이 열거하면서 인용문에는 문제가 없다고 항변했다. 그러나 교수님을 설득하지는 못했다. 명백히 내가 제대로 하지 못한 것이었으며, 교수님은 내게 대학에서 제공하는 무료 글쓰기 강좌를 들어보라고 추천하셨다.

현실

내 글에는 문제가 없었다. 형식이 문제였다. 논문을 써본 적이 없어서 실수한 것이었다. 나는 교수님이 추천해주신 글쓰기 수업에 참여했고, 거기에서 대학 논문을 쓰는 데 필요한 모든 형식과 기법을 배울 수 있었다.

당신 자신의 신화를 풀기 위해 가장 좋은 방법은 이와 같은 괴로운 기억 일부를 밝히겠다는 의지를 갖는 것이다. 아마도 위 내 사례를 읽으면서 당신도 몇 가지 기억을 떠올렸을 것이다. 당신이 약간의 에너지를 할애해 지금까지의 여정에 대해 차분히 숙고해본다면 본다면 며칠이나 몇 주 안에 기억이 표면으로 드러나게 될 것이다. 어떤 기억이 떠오르든 가능한 한 서둘러 기록해두자. 그런 기억들이 빨리 확인될수록 당신을 속박하고 있던 기억에서 신속히 벗어나게 될 것이다.

'굴욕'을 뜻하는 영어 단어 'humiliation(휴밀레이션)'은 '흙' 또는 '땅'을 의미하는 라틴어 'humus(후무스)'에서 파생되었다. 시인 데이비드 화이트(David Whyte)가 우리에게 이 점을 환기해주고 있다.

"굴욕을 당할 때 사실상 우리는 우리 존재의 땅으로 돌아가는 것이다."

잃어버린 목소리

나는 하지 말았어야 할 일을 했다. 시작은 순수했다. 출간 제안서를 작성하면서 참고 도서 목록을 정리했는데, 이는 일반적으로 책을 기획하는 과정에서 통상적인 작업이다. 당연히 나는 글쓰기와 창작력에 관한 몇 권의 책을 새로 읽거나 예전에 읽었던 책을 재검토했다. 최대한 많은 정보를 수집해 전달하는 것이 독자를 위한 최선의 서비스라고 생각했다.

하지만 제안서를 제출하고 나서도 참고 도서는 계속 늘어났다. 그것이 올바른 연구 방식이라고 스스로를 설득했다. 글쓰기를 주제로 한 책을 쓰려면 그동안 나왔던 관련 내용을 섭렵하는 것이 옳고 나 자신을 위해서도 도움이 되는 일이라고 믿었다. 다다익선이라는 말이 있지 않은가.

그런데 내가 제출한 제안서대로 집필 작업을 진행하지 못하게 되었다는 사실을 인식한 순간 회의감이 들이닥쳤다. 나는 남들의 이야기를 받아 적고 있었다. 내가 말하고자 하는 이야기가 나보다 앞서 책을 쓴 작가들과 다른 점이 무엇인지 갈피를 잡지 못하게 되면서 일이 잘못돼도 한참 잘못됐음을 깨달았다. 나의 목소리를 잃어버린 것이다. 내 목소리가 들리지 않았다. 나 자신의 목소리에서 너무 멀리 떨어져 나와 그동안 가졌던 자신감을 완전히 상실했다.

글을 쓰다 보면 우리는 다른 사람들은 어떻게 생각했는지, 무엇을 써놓았는지, 어떤 활동을 하고 있는지 등에 사로잡히게 된다. 그리고 거기에 종속된다. 이는 새로운 생각을 저해하고 그저 엿듣게만 만든다. 심한 경우 그것을 나의 생각과 나의 결과물로 착각하기도 한다. 이런 식으로 진행되지 않았던가? 열정이 자신을 좀먹는 상황에 처하게 된다. 확대 재생산의 굴레에 빠지게 된다. 특히 건강한 정신을 가진 사람이라면 더욱 견디지 못한다. 설사 뻔뻔한 사람이라도 언젠가는 뼛속 깊이 후회하게 된다.

'나는 글을 쓰고 싶고 이제 막 본격적으로 쓰려던 참인데, 전에 다 나온 이야기가 되어버렸어. 누가 이 책을 읽겠어. 읽더라도 결국 나를 욕할 거야.'

그러고는 갑자기 글을 쓰려는 생각 자체가 잘못됐고 옳지 않다는 자괴감이 몰려온다. 그러나 나는 그 또한 작가가 되기 위해 겪는 통과의례라고 생각한다. 그렇지 않은 사람들이 부지기수로 많다. 지금 당장 서점에 가보면 내 말의 의미를 알게 될 것이다.

내 경우는 다른 책을 모두 덮어버리고 인스타그램 확인을 그만둔 뒤에야 비로소 나의 이야기는 나만이 할 수 있다는 자신감을 되찾았다. 사색하는 시간도 많아졌다. 그랬더니 좀 더 쉬워졌다. 절대적으로 쉬워진 것은 아니지만 분명히 더 쉬워졌다.

제출해주셔서 감사합니다

대학 2학년 때 출판 워크숍 과정에 참석한 적이 있다. 열성적인 학부 재학생 그룹에 합류해 우리 이름이 인쇄되어 나오는 데 무엇이 필요한지 배우려고 했다. 강의 첫날 교수님은 테이블 위에 두꺼운 황갈색 서류철을 내려놓으면서 말씀하셨다.

"지난 학기 때 내가 출판을 거절한 자료입니다."

우리는 돌아가면서 그 자료들을 살폈다. 일부는 편집자가 종이를 아끼려고 한 페이지에 네 가지 다른 기획안을 모아서 프린트한 것들도 있었다. 몇 개는 손으로 직접 작성한 것들이었고 거기에는 교수님

글씨로 보이는 격려의 말들이 적혀 있었다. 나머지 것들에는 전부 이렇게 쓰여 있었다.

"제출해주셔서 감사합니다. 하지만 출판에 적합하지 않습니다."

이 수업을 통해 나는 문학 잡지와 출판 에이전트에 관한 몇 가지 팁을 얻었지만, 인내심이 중요하다는 것 그리고 내가 쓴 글과 다른 사람들의 의견 사이에 약간의 거리를 두는 방법에 대해 더 많이 배웠다. 우리의 글이 항상 머물 곳을 찾을 수는 없을 것이다. 우리의 메시지가 모든 사람의 공감을 얻지는 못할 것이다. 그러므로 당신의 에세이가 선택받지 못했다고 해서, 당신의 시가 채택되지 않았다고 해서, 또는 블로그에 올린 글에 익명의 독자가 부정적인 댓글을 남겼다고 해서 모두 당신의 글쓰기에 문제가 있는 것으로 받아들일 필요는 없다.

거절 통보를 받았을 때 그것이 당신의 내면에 상처를 입히지 않도록 하는 몇 가지 방법이 있다. 가장 먼저 해야 할 일은 봉투를 밀봉하거나 이메일 보내기 버튼을 누를 때 시작된다. 그 순간 당신의 결과물이 더는 당신의 것이 아니라고 여겨야 한다. 이전까지 당신은 메시지의 전달자였지만, 이제 메시지는 당신의 손을 떠나 다른 사람들에게 전달된다. 그 메시지는 이제 받아들이는 사람의 몫이다. 어떻게 받아들이든 당신이 상관할 바가 아니다.

당신의 작품이 출판에 적합하지 않다고 해서 당신이 작가로서 적합하지 않다는 의미는 아니다. 그 사람의 생각일 뿐이다. 당신은 작품을 수정하거나 기존 것 그대로 다른 곳에 제출할 수 있다. 어떻게 하든 당신 마음이다. 거절을 수정을 위한 기회로 받아들인다면, 당신이 쓴 글을 다른 관점으로 살펴보고 향상할 수 있는 부분을 찾아보자. 소설가 엘리자베스 길버트(Elizabeth Gilbert)는 자신의 작품 《빅매직(Big Magic)》에서 이렇게 썼다.

"작품을 완성하는 것은 작가의 일이다. 작품이 출판에 적합한지 판단하는 것은 에이전트와 편집자의 일이다. 당신이 해야 할 일은 단지 당신의 마음이 드러나도록 쓰고, 나머지는 운명이 알아서 하도록 놓아주는 것이다."

행여 아무도 당신의 책을 출판하지 않을까 봐 걱정된다면 이 이야기를 해주고 싶다. 나는 지금도 그 생각만 하면 웃음이 나온다. 내가 첫 책 《이 시를 먹어라》 계약에 성공하기 전, 나도 마찬가지로 내 차례는 과연 언제쯤 올 것인지 불안해하고 있었다. 그러던 어느 날 서점에서 고양이들이 쓴 에세이 모음집을 보게 되었다. 그런 책이 출간되어 있었다. 서점에서 버젓이 팔리고 있었다. 내 책은 언제 서점 매대에서 볼 수 있을지 알 수도 없을 때였지만, 그 순간 나는 확신할 수 있었다.

'고양이도 책을 내는데 나라고 하지 못할 게 뭐람.'

걱정하지 말자. 당신은 할 수 있다. 더욱이 당신의 이야기가 훨씬 더 좋을 것이다.

좋은 기억 찾기

할아버지는 잠이 오지 않을 때면 이집트 가족 여행이나 내 결혼식에서 춤추신 것과 같은, 우리 가족이 자라면서 함께했던 좋은 기억들에 대해 생각한다고 말씀하신 적이 있다. 그 말씀 이후 나도 밤에 잠들기 전 지난 기억들을 회상하곤 한다.

'기억 찾기'는 작가에게도 유용한 연습이 된다. 앞에서 괴로운 기억을 밝히는 작업을 했으니 이제 반대로 해보자. 좋은 기억에 관해 생각했지만 떠오르지 않는다고 해도 괜찮다.

만약 비난이나 실망감과 관련 없는 순수하게 좋은 기억들을 찾는 것이 어렵다면 아마도 '부정 편향(negativity bias)' 때문일 것이다.

우리의 뇌는 불쾌한 정보에 민감하도록 진화해왔다. 이는 수많은 긍정적 피드백보다 단 하나의 냉혹한 댓글을 더욱 잘 기억할 수밖에 없다는 의미다.

조급해질 까닭은 없다. 그 대신 당신의 기억 저장소에 깊숙이 들어가고 싶다는 생각을 하면서 마음이 이끄는 대로 따라가보자. 그렇게 좋은 기억이 떠올랐다면 그 내용을 쓰고 그에 대한 감정을 나열해보자. 좋은 기억들을 기록해두면 의심의 계절에 빠졌을 때 그것을 확인하면서 마음을 추스를 수 있다. 나는 다음 과 같이 기록해두었다.

기억: 비밀의 문

내가 초등학교 6학년일 때 무어(Moore) 선생님은 점심 식사 후 조명을 어둡게 했고 우리는 노트를 꺼냈다. 나는 그때 어떤 소녀에 대한 소설을 쓰고 있다. 그 아이는 피아노로 화음을 연주해 과거로 가는 통로의 열 수 있는 시간 여행 능력자였다. 피아노는 오래전에 버려진 어떤 집에 있었는데, 그 집은 한때 소녀의 조부모님이 소유했었다. 그때 내가 쓴 소설은 겨우 몇 페이지를 넘기지 못했지만, 그날 오후의 감정은 마치 마법처럼 내가 어디에 있든지 내 마음속에 살아있다.

감정: 행복감, 호기심.

기억: 생선 장수와 함께한 일출

어느 날 나는 물고기에 관한 이야기를 쓰기 위해 한밤중에 일어나 로스앤젤레스 시내에 있는 생선 창고까지 운전해 새벽에 도착했다. 그곳 바닥은 갓 벗겨낸 물고기 비늘로 반짝였고, 일본에서 막 도착한 생선들이 뻣뻣한 채로 상자에 담겨 있었다. 나는 그날 아침 한 레스토랑 셰프와 함께 그곳에서 일하는 생선 장수와 인터뷰를 진행했다.

아직 서툴러 수시로 녹음이 잘되고 있는지 확인하던 중 요리가 나왔다. 나도 모르게 눈이 휘둥그레졌다. 셰프는 페루의 대표적 요리인 세비체(ceviche)라고 알려주었다. 세피체 접시는 먹을 수 있는 꽃으로 장식되어 있었다. 간밤에 많이 못 잔 탓에 인터뷰를 마치고 차로 돌아가면서 약간 피곤함을 느꼈지만 감사한 마음에 무척 기분이 좋았다. 바다의 맛이 계속 혀끝에서 맴돌고 있었다.

감정: 자신감, 충만감.

내 목소리는 이미 내 안에

비행기로 시애틀에 도착하고 나서 맨 처음 한 일은 파이크 가(Pike Street)로 걸어 내려가 바다를 보는 것이었다. 그러고는 치즈 가게에 들러 신선한 커드(curd)를 얹은 뜨거운 토마토 수프 한 그릇을 먹어 치운 뒤, 몇 집을 더 이동해 갖가지 과일이 토핑된 요거트를 큰 컵으로 주문했다. 그때 비가 내리기 시작했다. 나는 아쉬운 마음으로 스푼을 내려놓은 뒤 서둘러 우산을 펴고 호텔로 돌아갔다.

다음날 나는 느긋하게 8시 15분에 일어나 아침을 먹으려고 밖으로 나갔다. 식사를 마친 후 1시간 동안 아무런 방해도 받지 않고 녹차 한 잔을 홀짝이면서 비행기에서 쓰기 시작한 글을 마무리했다. 한 달 만에 처음으로 충분한 휴식을 취했다는 기분이 들었다. 마음이 활짝 열렸고, 목이 깨끗해졌고, 몸이 편안해졌다.

택시 기사가 무슨 일을 하느냐고 묻기에 집필을 위한 북투어(book tour) 중이라고 대답했다.

"작가시군요. 작가는 처음 모셔보네요!"

나는 프리몬트(Fremont)에 있는 요리책 전문 서점 북라르더(Book Larder) 앞에서 내렸다. 북토크 이벤트가 계획되어 있었다. 서점은 로즈메리 브라운 버터 팝콘 향기로 가득했고 생각보다 많은 사람들이 자리에 앉아 있었다. 나는 청중에 인사하고 간단하게 내 소개를 한 다음 오늘 북토크 주제에 관해 설명했다. 친구인 메건(Megan)이 북토크 사회자로 그 자리에 함께했다. 능숙한 진행 솜씨로 글쓰기와 창의성에 관한 대화를 이끌었다.

질의응답 시간이 되자 청중 한 사람이 손을 들고 직장생활과 글쓰기의 균형을 잡는 문제에 관해 질문했다. 나는 쉽게 뒤집힐 수 있던 상황에서 계속 글을 쓸 수 있었던 유일한 요소에 대해 이야기했다.

"시도하기를 멈추지 말아야 합니다. 멈추는 순간 균형은 깨지고 말아요. 자신의 이야기가 가치 있다는 사실을 믿으세요. 스스로에게 친절하세요. 자신의 목소리에 귀를 기울이세요. 그러면 자신만의 방법이 생깁니다."

자신의 목소리에 귀를 기울이라는 말이 공허하게 들릴 수 있지만, 그것이야말로 진정한 비결이다. 하지만 정작 나는 이틀 전까지만 하더라도 침술원 침상에서 반쯤 잠든 채 내 이야기가 정말로 청중에 들려줄 가치가 있는지 확신하지 못하고 있었다. 기억은 순서를 따르지 않고 뒤죽박죽인 채 몰려들었고, 나는 내 안의 목소리를 들을 수 없었다. 그래도 나에게는 여전히 열정이 있었다. 다만 뮤즈(muse) 여신이 힘을 북돋아주어 그 과정을 단축하고 내가 세워놓았던 일정을 소화할 수 있도록 해주기를 바랐다.

당신은 무엇을 해야 하는지 알고 있다. 당신의 목소리가 이미 당신 안에 있으며, 당신이 들어주길 기다리고 있음을 믿어야 한다. 시애틀에서의 일정을 마치고 집으로 돌아온 나는 옷을 벗어 빨래통에 던져놓은 뒤 욕실로 들어가 뜨거운 물로 샤워를 했다. 샴푸를 듬뿍 짜 머리를 감으며 모락모락 피어오르는 증기를 즐기면서 나도 모르게 중얼거렸다.

"나는 충분해. 나는 충분해. 나는 충분해."

～～～～～～

당신이 글쓰기를 잠시 멈추었거나 창작력을 재충전할
필요가 있다면 이 계절을 작가로서의 삶에서 잠시 쉬
어가는 시간으로 삼아보자. 가던 길에서 옆으로 벗어
나 당신으로 시작된 이야기를 드러내는 데 할애하면서,
그동안 줄곧 당신과 함께했던 당신 자신과 다시 연결
해보자.

제 3 장

기억의

The Season of Going Back in Time

계절

우리가 가진 가장 강력한 도구는
우리 자신의 목소리다.
이것을 빼앗긴다면 우리에게 무엇이 남을까?

_조이스 메이너드

잃어버린 노트

나는 오래전 우리 가족이 길게 뻗은 캘리포니아 해안 고속도로를 달려 캠프장에 도착할 때까지 낙서하듯 끄적인 시와 노랫말이 적혀 있는 노트를 찾고 있었다. 광고를 냈다면 이렇게 썼을 것이다.

"2센티미터 두께의 노트를 찾아요. 스프링 제본된 분홍색 노트이고, 열 살 된 여자아이가 애타게 찾고 있어요."

나는 그 노트를 소중히 간직해왔다. 아무 데나 던져놓지도 않았고 몇 년 전 부모님 집에 갔을 때 어릴 적 내 방에서 물건들을 챙길 때도 분명히 봤었다. 적어도 나는 그렇게 기억하고 있는데, 어쩌면 짐을 옮길 때 상자 바닥으로 들어갔을지도 모르겠다.

선반과 서랍을 모두 뒤졌지만, 한편으로 그 노트가 그렇게 쉽게 나타나리라고 생각하는 것이 너무 이기적인가 하는 생각도 들었다. 그러면서 마치 그 옛날 연필로 써내려간 추억의 낱말들을 추적하는 임무가 시작된 듯한 느낌이 들었다. 내가 마지막으로 뒤져본 곳은 지하 창고의 보관용 나무 상자였다. 그때가 토요일 오후 헨리가 낮잠에서 막 깨어났을 때였는데, 아이도 계단 아래로 너무 내려가보고 싶어 했기에 난간을 꼭 잡을 수 있도록 도와주면서 세 식구가 함께 지하실로 내려갔다.

"그런데 비밀번호가 뭐였어?"

앤드루가 내게 물었다. 고등학교 때 내 사물함을 잠글 때 쓰던 그 자물쇠였다. 검은색 에나멜이 여전히 투명하고 반짝이는 광택제로 빛나고 있었다. 이 자물쇠 역시 나를 그 시절로 데려다주는 물건이었다. 곧바로 비밀번호를 기억해냈다.

"14, 23, 5."

번호를 불러주면서 "헨리야, 엄마 곁에 꼭 붙어 있어야 해" 하는데 자물쇠가 열렸고, 남편이 머리 위로 한껏 손을 뻗어 상자를 시멘트 바닥 위에 내려놓았다.

나는 떨리는 마음으로 희망을 품고 뚜껑을 열었지만 노트는 거기에 없었다. 헨리가 상자 안에 들어 있던 낡디 낡은 버지니아 울프(Virginia Woolf)의 《작가의 비망록(Writer's Diary)》을 집다가 바닥에 떨어뜨렸다. 나는 그 책을 주워주다가 존 애시버리(John Ashbery)의 시집을 챙겨서 위층으로 올라왔다.

잠시 후 나는 엄마에게 문자 메시지를 보냈다. 마지막 희망이었다.

"엄마, 다음번에 오래된 물건들 정리할 때 내 옛날 일기책 좀 찾아줘. 나 지금 일하고 있는 게 있는데 그게 꼭 필요해서."

나는 그 노트가 오래된 옷장, 낡은 화장대, 연극 대본, 내가 편집했던 문학 잡지와 같은 것들 사이에 있기를 바라고 있다. 몇 년 전 폭풍이 들이닥쳐 고등학교 졸업 앨범과 그 안에 끼워둔 손편지도 잃어버렸는데, 그럴 때마다 그 시절의 기억들이 하얗게 바래버리는 것 같다.

나는 내 노트를 찾고 싶다. 찾아서, 어릴 적의 있는 그대로 날 것 그대로의 내 이야기를 읽어보고 싶다. 출판이 거절되거나, 편집되거나, 두려움에 사로잡힐 것 없이 아무런 방해도 받지 않고 내 마음대로 쓰고 싶은 이야기를 썼던 그때의 감각을 다시 찾고 싶다. 어느 상자 속 어딘가에 내가 무언가를 창조했던 역사가 현재의 나를 기다리고 있다.

≈ 의식과 루틴 ≈
나만의 호수를 찾아서

당신 자신의 이야기가 담겼던 글쓰기 기억과 경험을 기억하는 일은 모든 작가로서의 삶에 매우 유용한 연습이다. 이 짧은 시각화 작업은 당신의 잠재의식이 자신을 도와주기 위한 방법이다.

나는 중요한 무언가를 기억하고자 할 때 내가 호수 앞에 서 있다고 상상한다. 늦은 여름, 나는 한쪽 눈을 손으로 가린 채 수평선을 응시하고 있다. 바람이 내 머리카락을 휘감아 목덜미를 간지럽힌다. 내 마음속 이 호수는 시원하고 깊다. 나는 천천히 호수로 걸어 들어가 발목으로 차오르는 시원한 호숫물을 느낀다.

호수 표면이 바람에 흔들리고, 저 멀리서 내 기억이 어렴풋이

흔들리고 있다. 나는 발가락에 힘을 주어 되도록 오래 서 있으려고 애쓰면서 투명한 파도가 내 다리에 튀길 때를 기다린다.

내 기억이 나타나지 않으면 나는 내일 다시 이곳을 찾을 것이다. 다음 날도 그 다음 날도 이곳을 찾아 기억이 나를 맞이할 때까지 기다릴 것이다. 내가 눈을 가늘게 뜨고 아무것도 하지 않을 때도, 헨리를 어린이집에 데려다주거나 새끼 오리들처럼 줄을 서서 마트에 들어갈 때도, 별다른 목적 없이 문학 잡지를 뒤적이고 있을 때도 호수는 언제나 그곳에 있다. 호수를 바라보다 보면 언젠가는 내가 무엇을 찾고 있는지 알게 될 것이다. 내 마음속 호수는 내가 이제 준비되었다는 사실을 환기해준다.

편안하게 두 눈을 지그시 감고 당신만의 호수를 찾아보자. 만나고 싶은 기억을 떠올려보자. 호수가 당신의 바람에 응답해주었다면 그것을 있는 그대로 자유롭게 적어보자.

나의 기원을 찾는 연습

잠시 앉아서 차를 마시는 시간을 가져보자. 당신의 취향대로 커피, 코코아, 홍차, 무엇이든 좋다. 나는 지금 캘리포니아의 한 모퉁이에서 이 글을 쓰고 있다. 이 책을 읽는 당신은 어디에 있는지 궁금해진다. 시간대도 다를 것이다. 한 가지 확실한 것은 내게 당신은 미래의 존재라는 사실이다. 그리고 당신이 이 대목을 읽고 있는 지금 나는 어디에 있을까?

나는 나의 기억 그리고 당신의 기억에 관해 이야기하고 있다. 만약 우리가 만나서 함께 여러 해 동안 생각지 못했던 기억들을 공유한다면 따뜻한 차 한잔쯤은 필요할 것이다. 아니, 다시 생각해보니 와인이 나을 수도 있겠다.

나는 열일곱 살 때 시를 쓰기 시작했는데, 그때부터 나는 만일 내가 글쓰기를 단 하루라도 멈춘다면 영영 글을 쓰는 능력을 잃게 되리라는 본능적인 두려움을 품게 되었다. 내게 그동안의 창작 과정이 어땠느냐고 묻는다면 쓰고, 쓰고, 또 썼다고 대답할 것이다. 마땅한 종이가 없으면 냅킨이나 전단지에도 내가 떠올린 것들을 적곤 했다. 내 모든 감정을 추적해 모든 단어를 붙잡으려고 안간힘을 다했다. 나는 늘 초조했다. 기다림과 믿음의 시간도 있어야 한다는 사실을 이해할 만큼 나 자신의 창의성에 대해 알지 못했으므로 그저 매일같이 맹렬히 무엇이든 채워 넣었다.

그러던 어느 날 오후, 나는 다음 수업을 위해 학교 안마당을 걸어가면서 잔뜩 화가 나 있었다. 벌써 사흘째 단 한 줄도 시를 쓰지 못하고 있었기 때문이다. 내가 다시 글을 쓸 수 있을까? 솔직히 알지 못했다. 그래서 이후 창의적인 에너지가 재충전되면서 다시 열정이 솟구침을 느꼈을 때 얼마나 기뻤는지 모른다. 이 또한 영원할 수 없다는 것을 잘 알았지만, 내 펜은 다시 종이와 만났고 두려움은 내 몸을 떠났다.

'기억의 계절'은 다른 계절과 다르다. 이 계절은 외부적 환경의 영향을 받지도 않고 인생에서 벌어지는 어떤 사건들에 의해 찾아오지도 않는다. 다분히 의도적이고 의식적으로 찾아 들어가는 계절이다. 당신 스스로에게 주는 선물이며, 꾸준히 작가의 길에 머물 수 있도록 해주는 계절이다. 자신의 기원을 밝히는 연습이다. 긴 시간 동안 글이 잘 써지지 않을 때 스스로의 이야기를 기억하고자 시도하면 당신 스스로에게 용기를 북돋아줄 수 있다. 무작정 힘들어하지 말고 당신의 호숫가로 가서 잠시 쉬어보자. 당신이 스스로 힘들어하지 말고, 호숫가로 가서 잠시 쉬어보도록 하라. 당신이 찾는 그 기억이 당신을 묶어줄 것이며, 당신의 의지가 어디로도 떠나지 않았다는 사실을 상기해줄 것이다.

≈ 의식과 루틴 ≈
기억의 고고학자가 되는 법

이제 우리는 파낼 것이다. 나는 이를 '기억의 고고학자'가 되는 과정이라고 부른다. 손을 흙 속에 넣어 파헤치다가 힘이 들면 물을 마시고 다시 파헤친다. 떠올려보자. 당신은 아늑한 소파에 앉아 따뜻한 차를 마시고 있다. 당신이 원하기만 하면 언제든지 찾아갈 수 있는 호수도 늘 거기에 있다. 두 눈을 감고 지금 그곳으로 가되 질문 한 가지는 가져가보자. 당신의 글쓰기 열망은 마치 야생마처럼 어느 날 당신에게 뛰어들었는가? 너무 빨라서 붙잡지도 못할 만큼?

　어쩌면 당신은 정확한 순간을 기억해내거나 아니면 아무것도 기억하지 못할 수 있다. 당신은 아른거리는 몇 개의 조각을 모을 뿐이다. 그러다가 어느 날 주방에서 당근을 자르거나 치과 진료를 받으러 걸어갈 때 문득 초등학교 5학년 시절 선생님의 이야기나 애지중지하던 책, 고모할머니 장례식장에서 다른 사람 눈에 띄지 않게 몰래 읽던 시가 기억나게 되는 것이다. 뙤약볕 아래에서 사막의 열기 속에 몸을 구부리고 열심히 뼈를 솔질하고 있는 발굴자들을 생각해보자. 무언가를 찾았지만 아직 그것이 무엇인지 알기 전에는 몸을 웅크린 채 조용히 묻은 흙을 벗겨내고서야 그 실체를 확인할 수 있는 법이다.

　당신의 창작 역사에 관해 기억해낼 수 있는 글쓰기의 타임라인을 재구성하기 위해 다음의 몇 가지 질문에 답하면서 스스로 마음을 흔들어보자. 제한 시간은 없으니 염려 말고 천천히 답을 써보자.

- 창의적인 충동을 받아본 적이 있는가? 누구에게 말했고 어떤 반응이었는가?

- 어릴 적 성장하면서 글쓰기가 당신의 삶에 어떤 역할을 할 것 같은 느낌을 받았는가?

- 용기를 북돋아준 선생님은 누구인가? 가정에서는 누가 당신을 지지했는가?

- 당신의 창작력에 대해 지금의 믿음을 형성해준 긍정적·부정적 경험은 어떤 것들이 있는가?

- 인상 깊었던 책들은 무엇인가? 그 각각의 책에 대해 가장 생생하게 기억하는 것은 무엇인가?

- 당신이 쓴 작품을 다른 사람에게 보여준 때는 언제인가?

- 그때 주로 어떤 것들을 썼는가? 시, 소설, 에세이, 또는 다른 장르? 시간이 지나면서 쓰는 장르가 달라졌는가?

- 출판사에 투고한 적이 있는가? 문학 행사에서 낭송한 적이 있는가? 블로그에 포스팅한 적이 있는가? 아니면 어떤 식으로든 당신의 작품을 세상에 공개한 적이 있는가?

- 경연 대회 등에서 상을 받은 적이 있는가?

- 개인적인 경험을 시나 소설이나 에세이로 쓴 적이 있는가?

- 누군가 당신에게 책을 선물하면서 꼭 읽어보라고 한 적이 있는가? 반대로 당신이 누군가에게 책을 주면서 읽도록 한 적이 있는가?

- 당신의 글이 첫 번째로 거절당한 때를 기억하는가?

- 재능 기부든 업무에서든 당신의 창작력을 다른 사람을 돕기 위해 발휘한 적이 있는가?

- 외우고 있는 시구나 책의 구절 등이 있는가?

- 학창 시절 가장 좋아하던 과목은 무엇인가? 당신에게 영감을 준 과목이나 선생님 또는 상황을 기억하는가?

기억을 찾는 일은 처음 시작할 때는 시간이 걸리지만, 며칠 정도 호숫가에 서 있으면 충분히 만날 수 있다. 명확하게 다가오는 때가 분명히 올 것이다. 기억이 떠오르면 곧바로 손을 뻗어 잡은 뒤 깨끗하게 말린 다음, 나중에 살펴볼 수 있도록 기록해놓자.

≋ 의식과 루틴 ≋
나의 창작 역사 추적기

기억이 떠오르기 시작하면 그것들을 순서에 맞게 배열한다. 앞의 질문들에 대한 대답과 함께 떠오른 다른 기억의 조각들을 모두 모아 당신 자신의 창작 역사에 대한 타임라인을 구성한다. 다음 내가 작성한 타임라인을 참조해보자.

- **1990년**: 담요로 독서 요새를 만들고 메리 히긴스 클라크(Mary Higgins Clark)과 마이클 크라이튼(Michael Crichton)의 미스터리 소설들을 읽으며 오후 시간을 보냄.

- **1992년**: 어린이 잡지에 투고했다가 생애 첫 거절 통지를 받음.

- **1995년**: 여름 방학 때 우리 가족의 역사 기록자로 임명됨. 당시 내가 기록한 여행 일지에서 기억나는 내용은 다음과 같음. 1995년 6월 23일 금요일. 우리는 오후 4시 28분에 집을 나섰고 기름을 채우기 위해 모빌 주유소에 들름. 우리는 10번 고속도로를 달려서 네바다 주 경계선에 있는 버펄로빌스(Buffalo Bills)로 향하고 있음. 그곳에서 숙박 예정. 그곳에는 세계에서 가장 높고 가장 빠른 롤러코스터가 있음. 위스키피트(Whiskey Pete)에서 먹은 뷔페는 엉망이었음. 심지어 랜치 드레싱도 없었음.

- **1996년**: 가장 친한 친구 매리사(Marissa)가 고등학교 입학 직전 이사함. 내 감정을 정리하기 위해 단편소설을 썼는데 등장인물들의 이름을 모두 바꿈.

- **1999년**: 고등학교 문학 잡지를 편집함. 고백시들을 두루 섭렵.

- **2002년**: 학교 과제를 위해 내가 쓴 시를 소책자로 출간. 학내 복사점 프린트로 인쇄해 중철 제본함.

- **2004년**: 나의 멘토 배리 스팩스(Barry Spacks) 교수님이 아마도 나를 포함 6명이 참여했을 워크숍에서 프랭크 오하라(Frank O'Hara)가 1964년에 발표한 시 〈그 여인이 죽던 날(The Day Lady Died)〉을 낭송하심. 시를 낭

송하시던 중 햄버거와 담뱃갑을 집어 드는 대목에서 교수님의 굵고 거친 목소리가 떨림. 빌리(Billie)의 얼굴이 〈뉴욕타임스〉 표지에 실리는 대목에서는 낭송을 멈추고 앞에 앉은 학생에게 부드러운 목소리로 대신 낭송해주기를 부탁하심. 교수님은 수십 년의 세월을 거슬러 그 시대로 가서 그대로 멈추심. 자신의 감정을 억누르지 않고 낭송 내내 그대로 두셨음.

• **2008년**: 스마트폰 화면에 아이오와 주 지역 번호가 뜨기 무섭게 전화를 받음. 내 시가 아이오와주립대학교 출판부 소책자 경연대회에서 우승했다는 소식. 블로그를 개설함.

또 다른 호수

기억을 찾기 위해 가볼 수 있는 또 다른 호수가 있다. 이번에는 마음의 호수가 아니라 진짜 호수다. 매사추세츠 주 콩코드(Concord)에는 월든(Walden) 호수가 있다. 나는 고등학교 3학년이 되기 전 여름에 그곳에 갔었다. 우리 가족의 공식적인 미국 역사 여행의 일환이었다. 우리는 미니밴에 짐 가방만 무려 13개를 싣고 3주 동안 북동부 일대를 돌아다녔다.

워싱턴에서 시작해 7월의 더위 속에서 몇 킬로미터를 걷기도 했고, 에어컨이 설치된 박물관에서 잠시 더위를 식히기도 했다. 버지니아 주를 여행할 때는 엄마가 가운뎃손가락을 삐었다. 샬러츠빌(Charlottesville)에서 정지 신호를 만나 대기하던 중 엄마와 남동생이 자리를 바꾸려고 했다. 동생이 조수석에 앉겠다고 졸랐기 때문이다. 두 사람은 급히 안전띠를 풀고 도로로 나갔다가 재빨리 각자 자리를 바꿔 앉았는데, 그때 신호가 녹색으로 바뀌었다. 엄마가 먼저 뒷자리에 앉았고 동생이 황급히 문을 닫아주는 순간 엄마의 비명이 터져 나왔다. 문이 닫히는 부분에서 미처 손을 빼지 못하신 것이다. 우리는 버지니아대학교를 탐방한다는 계획을 취소하고 가장 가까운 병원으로 차를 돌렸다.

엄마가 엑스레이를 찍고 붕대를 감는 동안 나머지 세 사람은 대기실에 앉아 있어야 했다. 다행히 나는 노트를 갖고 있었다. 내가 자리에서 일어나 분수 쪽으로 걸어가자 꼬마 여자아이가 나를 따라왔다. 친구를 찾고 있는 듯했다. 나는 그날 오후에 일어났던 일을 노트에 적었다. 짧은 소설 형식이었던 것 같다. 그것이 우리 작가들이 하는 일이다. 항상 촉각을 곤두세우고 무언가를 끄적이며 페이지 페이지마다 갖가지 생각을 채워 넣는다. 일상 한가운데 무엇이 벌어지는지 살펴보고 어떻게 바뀌는지 관찰한다. 1시간쯤 지나자 엄마가 이중문으로 걸어 나오셨다. 우리는 다시 북쪽을 향해 출발했다.

다음 목적지는 매사추세츠였다. 플리머스와 보스턴을 지나 마침내 콩코드에 도착했다. 월든 호수는 잔잔했다. 우리는 호숫가를 따라 걸으면서 수영하는 사람들과 피크닉을 즐기는 가족들을 지나쳤다. 그때 나는 숲속에서 유유자적하게 사는 삶은 어떤 것일까 생각했다. 이후 나는 그 호수에서 2년 2개월 남짓 살았던 헨리 데이비드 소로(Henry David Thoreau)가 호숫가 생활을 묘사한 《월든》을 다시 꺼내 들었지만, 읽는 속도가 느려서 한밤중에 읽으면 불과 몇 분 만에 잠들어버리곤 했다. 나는 형편없는 독자였다. 나는 요즘 잠이 들기 전 우리가 얼마나 많은 글을 쓰고 얼마나 빨리 쓰는지의 잣대로 평가되지 않고, 얼마나 노력하고 무엇을 전달하고자 하는지에 따라 평가된다는 사실에 새삼 고마움을 느낀다.

당신은 글을 쓰려는 생각을 하지 않았다면 좀 더 편안하지 않았을까 하고 고민해본 적 없는가? 아니면 모든 세세한 것들에 주의를 기울이지 않고, 가능한 한 질문도 하지 않으며, 미완성된 상태로 떠오르는 생각들을 기록하지 않으면서 산다는 게 어떤 것일까 하는 생각은? 나는 그런 적이 있다. 그러나 우리는 글쓰기를 떨쳐낼 수 없다. 당신의 열망은 흐릿해질지언정 사라지지 않는다. 우리는 최선을 다해 글을 써야 하고 그럴 수밖에 없다. 글쓰기 욕망이란 그런 것이다. 당신 자신의 창작 역사를 존중하는 것은 당신의 글쓰기 작업에 연료를 공급하는 한 가지 방법이다. 영향력 있는 흑인 여성 문학가로 활동한 마야 안젤루(Maya Angelou)는 이렇게 말했다.

"당신의 이야기를 내면에 간직한 채 참고 있는 것보다 더 큰 고통은 없다."

당신의 이야기를 저 멀리 내팽개치지 않고 사람들에게 말해주겠다고 다짐하자.

≈ 의식과 루틴 ≈
있는 그대로의 내 이야기 쓰기

기억의 계절을 지내면서 당신의 기억을 찾아냈고 용기 있게 자신의 이야기를 공개할 준비가 되었다면, '있는 그대로'의 내 이야기를 쓰는 연습을 다음과 같이 해보자.

- **제1단계**: 당신의 창작 역사에 대한 글쓰기 타임라인을 살펴본 다음, 확장해볼 만한 기억 가운데 가장 예전 것을 하나 선택한다.

- **제2단계**: 타이머를 5분에 맞춘다. 아무것도 쓰지 않은 백지에서 시작해 제한 시간 안에 당신이 쓸 수 있는 최대의 길이로 써본다.

- **제3단계**: 기억이 확장될 때까지 이 연습을 두세 번 반복한다.

- **제4단계**: 충분한 분량의 글을 쓰는 데 성공했다면 개인적으로 저장해두거나, 잘 다듬어서 블로그등에 포스팅해보자. 책으로 낼 정도라면 출판사에 투고해볼 수도 있다.

기억의 습작

나는 내가 기억하는 한 언제나 작가였다. 달리기보다 오래되었고, 탭댄스, 그림 그리기, 축구공 차기, 학교 뮤지컬에서 노래하기와 같은 것들도 모두 내가 자라는 동안 한 번씩은 해본 활동이었지만, 글쓰기는 언제나 별다른 노력을 하지 않아도 곧잘 할 수 있었고 마치 숨 쉬는 것처럼 자연스러웠다.

나는 일곱 살이던 초등학교 2학년 때 데이(Day) 선생님께 필기체 쓰기를 배웠는데, 그 무렵부터 나만의 이야기를 상상했고 운율이 있는 노랫말을 쓰기도 했다. 내가 지은 가사로 짧은 동요를 녹음한 적도 있다. 부모님은 그것을 회사 임원진에 보내서 다음 광고 때 사용하자고 제안하기도 하셨다. 아무런 답신도 받지 못했지만.

고등학생이 되자 글쓰기 욕구가 더는 무시할 수 없는 수준이 되었다. 2학기 영어 수업 시간에는 도서관에서 먼지투성이의 《노턴 시 선집(Norton Anthology of Poetry)》를 사본을 한 부씩 가져왔다. 오래된 책장을 넘기니 기분 나쁘지 않은 곰팡이 냄새가 났다. 그래도 환기가 필요할 정도라 창문을 활짝 열었다. 신선한 공기가 금세 교실 안으로 들어왔다.

선생님은 우리에게 책장을 넘기다가 눈에 띄는 첫 번째 시에서 멈추라고 하셨다.

나지막이, 황혼녘에, 한 여인이 나에게 노래한다.

노래는 나를 아득한 세월의 풍경으로 데려다준다.

D. H. 로런스(D. H. Lawrence)의 〈피아노(The Piano)〉라는 시였다. 시인은 자신의 어린 시절을 본다. 아이는 피아노 아래 앉아서, 노래하며 미소 짓는 어머니의 작고 가지런한 발을 지그시 누르고 있다.

나는 그 생생한 리듬감과 그리움의 선율에 완전히 매료되고 말았다. 나는 그날 저녁 내가 기억하는 첫 번째 진짜 시를 썼으며, 그로부터 9년 동안 시 짓기를 멈추지 않았다.

대학에 들어가서는 2,000페이지 시집 전체를 읽는 것이 그 학기 유일한 과제인 수업을 위해 다른 판본의 《노턴 시 전집》을 구입했다. 이후 오랫동안 책장에 꽂혀 있던 그 시집을 꺼내 주방 식탁에 내려놓았다. 쿵 소리가 났다. 무게가 족히 2킬로그램은 되었다. 그리고 나서 나는 그때 교수님을 떠올렸다. 키가 150센티미터 정도로 작은 여자 선생님이셨고 헤어스타일은 붉은 단발머리였다. 오버 사이즈 스커트에 짙은 버건디 립스틱을 즐겨 바르셨다. 수업 시간에 커다란 사전을 들고 오셔서 모르는 단어가 나오면 우리가 직접 찾아보도록 해주셨다.

2,000페이지짜리 시집에는 당시 내가 썼던 습작 시 몇 개가 곳곳에 끼워져 있었다. 나는 그중 하나를 펼쳐 읽으면서 아련한 추억에

빠져들었다. 15년 동안 나를 기다리고 있던 추억.

되찾은 보물

친정 부모님이 오셔서 앤드루와 내가 모처럼 친구들을 만나 저녁 식사를 할 수 있도록 헨리를 돌봐주시기로 했다. 현관문을 여니 아빠가 커다란 갈색 종이 상자를 안고 계셔서 얼른 받았다. 거실로 들어와서 상자를 열어보니 갖가지 선물이 들어 있었다. 대부분 헨리를 위한 것들로 보였다. 책도 몇 권 있었다.

"오오, 헨리가 이 책 좋아할 것 같아!"

내가 새로 나온 동화책《파란 꼬마 트럭(Little Blue Truck)》을 들어 보이면서 말했다.

"낮잠에서 깨어나면 읽어줘야지!"

그러자 아빠가 말씀하셨다.

"잘 찾아봐, 다른 것도 있어."

상자 맨 아래를 보니 아무것도 적혀 있지 않은 마닐라 봉투 하나가 겉이 약간 구겨진 채 놓여 있었다. 나는 무엇이 들었는지 전혀 감을 잡지 못하고 무심히 봉투를 열었다.

"오 세상에, 드디어 찾았네!"

보물을 발견한 기분이 이런 것일까? 그토록 찾았던 나의 보물. 분홍색 노트가 거기에 들어 있었다. 표지에는 두꺼운 필기체로 '시 1992'라고 쓰여 있었다. 가장자리가 약간 닳아 있었지만 전혀 문제 될 게 없었다.

나는 기억을 되찾았다. 흐릿했던 이미지가 한순간에 선명해졌다. 나는 한순간에 어린 시절로 돌아갔다. 내 마음이 흐르는 대로 따라 갔다. 나는 말리부(Malibu)에서 보냈던 가족 여행에 관한 노래를 썼 다. 나는 그때 우리 가족의 하루하루를 기록했다. 온종일 자전거를 타기도 했고, 밤에 텐트에서 보드 게임을 하다가 너무 시끄러운 나 머지 옆 사이트에서 캠핑하던 사람들로부터 조용히 해달라는 항의 를 받기도 했다. 다음 날 일찍 엄마는 비스퀵(Bisquick) 반죽과 베이 컨으로 팬케이크를 만들어주셨고, 우리는 엎드려 타는 부기 보드 (boogie board)를 옆구리에 끼고 바다를 향해 달려 나갔다.

어느 날 아침에는 시커모어 캐니언(Sycamore Canyon) 캠프장 바깥 쪽에 있는 모래 언덕을 찾았다. 그곳에서 나는 친구 키라(Kira)와 모 래 놀이를 했다. 커다란 티셔츠에 모래를 채우고 축구 반바지를 입히 니 배가 동그랗게 나와서 마치 임신한 것처럼 보였다. 우리는 그 모 습을 보고 깔깔대며 웃었다.

산에도 올랐는데, 몇 걸음 가지도 않고 우리가 얼마나 올라왔는지 뒤돌아보곤 했다. 그래도 낮은 산이라 기어이 꼭대기까지 올라갈 수 있었다. 산은 멋진 풍경으로 보상해주었다. 우리는 거칠게 숨을 몰아쉬며 서로를 보며 웃었다. 그리고 우리는 다시 구르다시피 산을 내려왔다. 몇 번을 엎어지면서도 마냥 좋았다.

~~~~~~~~~

우리 모두가 그렇듯이, 당신에게 가장 가까운 것들이
당신을 힘들게 한다. 당신이 일련의 불만족한 상황에
맞서 나아가고 있다면, 마음가짐을 바꿈으로써 당신의
글쓰기를 방해하고 있는 무언가로부터 벗어나야 한다.
다른 방법은 없다.

제 4 장

불만의

The Season of Discontent

계절

변화는 당신에게 당신 자신이 아니기를 요구하지 않는다.

변화는 이미 당신 안에 있는 진정성과 강인함을 찾기를 바랄 뿐이다.

당신은 그저 더 성숙해지기만 하면 된다.

_셰릴 스트레이드

사막에서 길을 잃어

W. S. 머윈(W. S. Merwin)의 시 중에 〈공기(Air)〉라는 작품이 있다. 한밤중에 사막을 걷는 내용이다. 한 줄 한 줄이 부드러운 바람처럼 내 마음을 쓸어내리는 것만 같다.

이쪽으로 모래, 저쪽으로 모래.

나는 양쪽에 귀 기울인다.

그러나 나는 계속 나아간다.

당신은 올바른 낱말이 올바른 시간에 나타날 때를 좋아하지 않는가? 이 시는 내가 읽어야 할 때를 알고 있었음이 틀림없다. 내가 일하고 있던 회사가 사무실을 옮긴 것은 2013년의 일이었다. 집에서 이사한 사무실까지의 거리는 50킬로미터였다. 이 사건은 나에게 '불만의 계절'을 안겨주었다.

교통 체증의 땅 로스앤젤레스에서 거리는 매우 중요한 요인이다. 매일 왕복 10킬로미터가 아니라 100킬로미터를 운전한다는 것이 삶에 큰 영향을 미치지 않는다고 한다면 심각한 거짓말일 것이다. 어쨌든 우선은 노력해볼 텐데 그 영향이 언제 어떻게 밀어닥칠지는 알 수 없었다.

새로운 리듬은 일찌감치 나타났다. 해가 뜨자마자 북쪽으로 운전하면서 좌석 아래로 무언가 떨리는 느낌이 들었다. 이런 생활이 몇 달 계속되었다. 그러던 어느 날 안개가 심했던 아침 출근길 이후 허리 아래쪽에서 통증이 시작되었다. 쿡쿡 쑤시는 듯한 욱신거림이 퇴근 후 집으로 운전하는 도중에 처음 나타났다. 공영 라디오 NPR의 보도 프로그램 〈올 씽스 컨시더드(All Things Considered)〉에서 진행자 오디 코니시(Audie Cornish)가 전해주던 그 날의 가장 중요한 소식을 듣다가 채널을 지역 교통방송 KNX1070로 돌리는 순간 시작되었다.

그보다 몇 주 전에는 책상을 정리하고 오래된 문서를 파쇄하던 중에 놀라운 소식을 받았다. 어떤 출판사 편집자가 이메일을 보내와 내가 운영하던 음식 블로그 콘텐츠를 책으로 출간할 의향이 있는지 물었다. 그렇지 않아도 봉투에 라벨 붙이는 것 말고 그런 일을 하고 싶었다.

하지만 나는 무엇 하나 결단을 내리지 못하고 있었다. 나는 계속해서 두 세계 사이에 걸쳐 있었다. 브로셔 글꼴을 바꿔야 한다는 제안을 몇 주나 걸려 겨우 승인받는 이 세계와 내가 책을 쓰고 있는 세계. 나는 이 두 세계에 양다리를 걸친 채 위태롭게 서 있었다. 양쪽 세계 모두에서 변화는 고통스러울 정도로 느렸다. 출간 제안을 받은 출판사와 하기로 한 편집회의는, 한 번은 기상 악화로 한 번은 편집자의 병가로 연기되다가 결국 취소되었다. 편집자로부터 유감스럽지만 없던 일로 해야겠다는 이메일을 받기 전까지 나는 강박적으로 받은 편지함을 '새로 고침'하면서 미팅 일정이 잡히기를 기다렸다. 나는 스스로를 미치게 만들고 있었다. 나는 그때 사막 어딘가에서 길을 잃어 헤매고 있었다.

첫 번째 할 일: 평화 이루기

당신이 처한 상황이나 환경과 화해하고 평화를 이루기란 쉽지 않은 과제다. 당신이 앞으로 나아가는 것을 방해하는 과거의 이야기를 밝혀내려는 결연한 노력이 있어야 하며, 당면한 난제를 푸는 데 도움이 되는 새로운 방법을 시도할 때 겪게 되는 고통을 참아내야 한다. 당신은 유망해 보이는 날과 쓸데없는 날을 모두 경험할 것이다.

그렇지만 그 모든 것은 정상이다. 그래도 두렵다. 그리고 아마도 가장 어려운 부분은, 화해에는 굴복하는 듯한 기분을 느껴야 하는 것이 포함된다는 사실이다. 당신은 지금까지 두 팔을 활짝 펴고 그것과 포옹해본 적이 없을 것이다. 나 역시 분명히 그랬었다.

자신의 마음가짐을 바꾸는 데 필요한 것이 무엇인지 알게 되는 순간 비참한 감정에 빠질 수 있다. 대개 작가들은 자신의 발전을 늦추는 것들을 향해 한탄하는 데 전문가들이다. 다른 곳에 비난을 퍼부으면 어느 정도 편안한 마음이 생긴다. 그렇지 않은가? 당신이 전업으로 글을 써서 삶을 영위하든 다른 본업이 있든 간에 상관없이, 언제나 글쓰기에 필요한 시간이 절대적으로 부족할 것이기 때문에 주변의 상황에 대해 불만을 가질 수밖에 없는 것이다.

불만의 계절은 부정적인 성향이 크게 지배하며 당신이 알던 자신과 충돌한다고 느끼는 매우 불안한 시기가 될 수 있다. 족쇄에 채워진 기분이 들 것이다. 비록 며칠 또는 내 경우에서처럼 몇 달 동안 위장이 꼬이고 심장에 분노가 끓어올라 몸부림친 뒤에는 맹목적으로 쫓아내려던 좌절감이 결국 당신에게 아무 위해도 끼치지 못한다는 사실을 깨닫게 되겠지만, 막상 불만의 계절에 빠지면 쉽게 뿌리치기가 어렵다. 당신의 지난 기억과 경험 속에 위안이 있다는 사실을 믿기 어려운 것이다.

그래도 낙관적 상태를 유지할 수 있는 방법이 있는데, 나보다 앞서 불만의 계절을 극복한 사람들이 있다는 사실을 아는 것이다. 팟캐스트 〈디어 슈가즈(Dear Sugars)〉의 한 에피소드에서 작가 셰릴 스트레이드(Cheryl Strayed)와 스티브 아몬드(Steve Almond)가 선배 작가이자 시러큐스대학교 교수인 조지 손더스(George Saunders)에게 전화해, 예전에 그와 부인이 어떻게 전기 요금을 냈고 자녀를 양육하면서도 창작 작업을 지속할 수 있었는지 물었다. 손더스는 오래전에 수년 동안 일반 대중에 글쓰기 기법을 가르치며 생계를 이어갔었는데, 어느 날 문득 내가 스스로 작가라고 말할 수 있으려면 내가 하는 일에서 글을 쓰는 데 필요한 자료를 찾을 수 있어야 한다는 생각이 들었다고 했다. 이후 그는 문학적으로 크게 성공한 작가가 되었지만, 사실 지금도 글쓰기에 필요한 하루 너덧 시간을 확보하는 데 어려움을 겪고 있단다. 그 어떤 작가도 이런 환경에 면역된 사람은 없다.

사실 이런 조언은 내가 스물두 살 때, 대학을 갓 졸업하고 스스로의 삶을 개척해나갈 희망에 부풀어 있을 때 들었어야 했다. 그러나 설령 작년에서야 이 이야기를 들었더라도 그동안 내가 믿어 의심치 않았던 사실을 다시금 확인하는 기회가 되었을 것이다. 모든 삶의 경험은 소중하고 유용하다. 경험은 우리에게 무언가를 가르치기 위해 존재하며, 우리가 세심한 주의를 기울이는 그 시간은 우리에게 영감과 지지라는 선물을 안겨줄 것이다.

≈ 의식과 루틴 ≈
걸림돌과 기회

불만의 계절에서 맴돌고 있을 때 어려운 부분 중 하나는 환경 탓을 하고 싶은 충동에 저항하는 일이다. 외부 요인에서 문제를 찾으려는 생각은 마치 담요를 둘둘 말고 있으면 편안함을 느끼는 것과 같은 후천적 천성이 될 수 있다. 그럴 때는 당신이 당면한 걸림돌의 리스트를 만들어보자. 예를 들면 다음과 같다.

- 무엇에 관해 써야 할지 명확하지 않음.

- 글쓰기에만 전념할 시간 부족.

- 긴 출퇴근 시간.

- 만성 피로.

- 아이 양육 문제.

- 업무를 집에 가져옴.

- 직장을 바꾸려는 욕구.

이제 당신의 마음가짐을 전환할 기회를 살펴보자. 이와 같은 걸림돌을 어떻게 좋은 쪽으로 활용할 수 있을까? 어떻게 하면 걸림돌이 역작용하지 않고 당신에게 도움이 되게 할 수 있을까? 당신은 운전할 때 영감을 얻을 수 있는 팟캐스트를 재생할 수 있는가? 지하철을 이용할 때 시를 읽거나 시의 초고를 쓸 수 있는가? 주말에 몇 시간 동안 누군가에게 아이를 맡기고 글쓰기에 전념할 수 있는가? 지금 당장 직장을 옮겨야 하는가, 아니면 얼마간 더 다닐 수 있는가? 이런 질문들에 대해 모두 대답할 필요는 없지만, 몇 가지 정도는 생각해보기 바란다. 걸림돌인지 기회인지 판단해보자.

두 번째 할 일: 우선순위 정하기

나는 대학을 졸업하고 지역 차터 스쿨(charter school) 보조 교사직을 얻으려고 면접을 볼 때부터 줄곧 직장 업무와 창작 작업을 병행하기 위해 애써야 했다. 당시 나는 나 자신을 행복하게 만드는 것이 무엇인지 거의 알지 못했고, 이후에도 여러 직장을 전전했지만 만족스럽지 않았다.

그런데 돌이켜 생각해보면 나는 그 지난날에 감사한다. 나의 불만은 내가 블로그를 운영하게 해주었으며, 그것은 내 첫 책 출간으로 이어졌다. 그리고 그 첫 책은 내가 이 책을 통해 당신에게 조금이라도 도움을 줄 수 있는 기회를 만들어주었다.

나는 샌타바버라(Santa Barbara) 소재의 공보 회사에서 미디어 연구원으로 일한 적이 있다. 이른 아침 시간에 고객사가 언급된 일간지 헤드라인과 기사를 스캔하면서 보냈다. 사무실은 늘 조용했다. 커피 머신이 쉭쉭거리고 전화벨이 울려대기 전인 오전 7시 30분에는 사무실에 나 혼자만 출근해 있었다. 나는 그날의 기사들을 수집해 스캔한 뒤 맞춤형 템플릿에 맞게 편집한 다음 PDF로 저장해서 고객사에 이메일로 전송했다.

언젠가 친구 애덤(Adam)와 만나 함께 저녁을 먹으면서 이런저런 대화를 하다가 그만 내 일이 만족스럽지 못하다고 고백해버렸다. 대학원 과정까지 마치고도 글을 쓰지 못한다고 푸념했다. 그래도 요리는 즐기고 있다고 말하자 애덤은 블로그를 시작해보면 어떻겠느냐고 제안했다. 그렇게 해서 퇴근 후 요리를 콘셉트로 '쿠킹 애프터 파이브(Cooking After Five)'라는 블로그가 나오게 되었다. 내가 직접 레시피를 개발하고 요리 과정을 사진에 담아 음식이라는 렌즈를 통해 삶을 이야기한 첫 번째 시도였다. 나는 거의 매일 주방에서 소금 옷을 입혀 튀긴 생선이나 대합 차우더(chowder)처럼 손이 많이 가는 저녁 식사를 만들었고 그 일이 너무 즐거웠다. 여전히 직장생활을 하면서도 업무 외에 내 마음을 사로잡는 다른 일을 갖게 되었다.

그러면서도 나는 직장을 그만두면 인생이 바뀔 거라고 나 자신에게 반복해서 이야기하곤 했다. 아마 당신도 그런 적이 있었을 것이라고 생각한다. 하지만 본업이 있는 것이 작가에게 좋은 이유도 무시하지 못할 것이다. 무엇보다 재정 안정을 부정할 수 없다. 직장생활은 글쓰기 생활에서 경제적 압박을 덜 받게 해준다. 몇 년 전부터 나는 직장생활을 내 창작력의 파트너로 여기기 시작했다. 내가 글을 계속 쓸 수 있도록 해주는 진정한 후원자라고 기꺼이 받아들이고 있다. 매달 날아드는 청구서를 글쓰기에 의존해서 해결하기보다는, 더 큰 심리적 자유를 누리면서 글쓰기를 추구할 수 있는 기회를 부여받을 수 있다는 것이 고맙다.

아울러 직장생활을 함으로써 얻을 수 있는 기술도 있다. 일테면 각종 소프트웨어 활용법을 획득할 수 있다. 전에 다니던 직장에서는 돈을 들여 내가 출판 편집 프로그램 인디자인(InDesign)을 배울 수 있도록 해주었다. 물론 업무에 필요한 기술이니 지원해준 것이었다. 이유야 어쨌든 모든 직장에서 내가 다음 번 직장에서도 활용할 수 있는 무언가를 가르쳐주었고, 어떤 것은 글쓰기에도 유익하게 활용할 수 있었다. 만약 당신이 마케팅 관련 기술이나 소프트웨어 활용법을 배웠다면 그 또한 도움이 된다. 쓰고자 하는 책의 세일즈 포인트나 출간 제안서 콘셉트를 잡을 때, 그리고 출판 편집자와 소통할 때 여러모로 쓸모가 있을 것이다. 책도 상품이므로 도서 시장에서 독자의 구매욕을 자극해야 한다. 세상에 중요하지 않은 것은 없는 법이다.

본질주의자의 생각 정리법

기업가이자 리더십 전문가 그렉 맥커운(Greg McKeown)은 자신의 책 《에센셜리즘(Essentialism)》에서 "나는 모두 할 수 있다"와 "모든 것이 중요하다"를 "정말로 중요한 것은 몇 가지다"와 "내가 선택하는 것이 중요하다"로 대체하는 이른바 '본질주의자(essentialist)'의 방식에 관해 설명했다.

이 말은 내가 영혼 깊숙이 진실이라고 알고 있던 것들을 증폭해주었다. 나는 글쓰기 계획을 축소할 필요가 있었다. 그것이 다음에 올 것들을 대비한 공간을 준비하고, 스스로의 생각에 집중하고, 엄마가 될 수 있는 유일한 방법이었다. 나는 엄마이자 작가다. 나는 엄마이자 아내다. 나는 엄마이자 콘텐츠 개발자다. 나는 엄마이자 친구다. 나는 엄마이자, 세상을 알고 싶지만 세상에 압도당하고 싶지 않은 사람이다. 나는 엄마이자, 요가를 연습하고 요리를 하고 강아지 밥그릇을 채워주는 사람이다.

이 책을 읽으면서 처음에는 거부감이 들었지만 이내 호기심을 갖게 되었다. 맥커운은 이렇게 썼다.

"우리가 우리 스스로에게 충분히 투자하지 않는다면, 우리의 마음과 우리의 몸과 우리의 영혼을 돌보지 않는다면, 우리에게 가장 크게 공헌하는 도구에 치명적인 손상을 입히는 셈이다."

내 경우에 대입해보니 매우 간단했다. 헨리와 함께 시간을 보내고, 내 몸을 움직이고, 글을 쓰는 것은 투자다. 스마트폰으로 스도쿠 게임을 하고 온라인 쇼핑몰에서 눈요기를 하는 것은 그렇지 않다. 대부분이 이를 알고 있지만 습관을 바꾸는 일은 쉽지 않을 것이다.

글을 쓰는 삶에서 무엇이 본질적인 투자인지 결정할 때 추천하고 싶은 방식이 있다. 다름 아닌 포스트잇과 같은 스티커 메모지를 활용하는 것이다. 메모지 한 장마다 추구하고 싶은 계획을 적어 넣는다. 예를 들면 출간 아이디어, 블로그 시리즈, 뉴스레터, 강의 주제, 이벤트, 워크숍, 팟캐스트 패널 등과 같은 키워드를 구체적으로 적는다.

왠지 가능성이 없을 것 같다는 생각이 들어도 하고 싶은 일이라면 적는다. 당신의 모든 바람, 모든 아이디어, 모든 마음의 흔들림을 적어서 벽에 붙여놓는다. 그리고 이제부터가 중요한데, 그냥 당신의 일상으로 돌아간다. 다만 그 벽을 지날 때마다 거기에 붙은 메모지를 본다. 오래 멈춰 있지는 말고 잠깐 훑어보다가 다시 할 일을 한다. 메모지에 적은 내용을 계속 생각할 필요도 없다. 지나가다 한 번씩 보기만 하면 된다. 그렇게 반복하다 보면 어느 순간 마음의 준비가 되었음을 느끼게 될 것이다. 그때 스스로에게 질문을 던진다.

"내가 정말로 원하는 것은 무엇인가?"

당신이 대답을 할 수 있게 되었다면, 그것이 책을 내는 것이든, 구독자나 팔로워 수를 늘리는 것이든, 1순위 강연자가 되는 것이든 간에 명확히 적어서 전에 붙여놓은 메모지 위쪽에 붙인다. 그것이 당신에게 필요한 본질적인 투자다. 다음으로는 당신이 그 목표에 도달하기 위해 해야 할 한두 가지 활동을 정해야 할 것이다. 내 경우를 사례로 들면, 이 방식을 처음 시도할 당시 나의 바람은 더 많은 책을 쓰는 것이었기에, 그 목표를 이루기 위해서 내가 할 일을 두 장의 메모지에 적어서 붙였다. "첫 번째 책 더 많이 알리기"와 "글쓰기 커뮤니티 만들고 육성하기"였다.

목표가 명확해졌다면 해야 할 일을 정렬한다. 각각의 조각들이 맞는 위치를 확인하고 당신이 에너지를 어디에서부터 써야 할지 결정한다. 아직 애매하고 확신이 없다면 다시 일상으로 돌아간다.

다시 내 경우를 예로 들면, 나는 "글쓰기 커뮤니티 만들고 육성하기"라고 쓴 메모지 아래에 내가 뉴스레터를 보내는 페이스북 팔로워들에 대한 메모를 붙였다. 하지만 기존에 하고 있던 프리랜서 일과 전자책 출간 같은 몇 가지 정리가 안 되는 메모도 있었다. 중요한 것 같긴 한데 본질적이지는 않은 것 같았다. 그래서 나는 그 메모지를 다시 예전 메모 그룹 옆쪽에 붙이고 그냥 일상적인 생활로 돌아갔다.

벽에 붙여놓은 메모 가운데 나중에 생각하니 본질적인 투자와 어울리지 않는다는 생각이 들더라도 상관없다. 나도 그랬고 아마 대부분의 사람들이 그럴 것이다. 지금은 그렇게 느껴도 다음번에는 본질적인 활동이 될 수도 있다. 없애지 말고 붙여두자. 그렇지만 당신의 자원은 무한하지 않으므로 선택은 해야 한다.

며칠이 지나면 당신은 뿌리가 내려진 듯한 느낌을 받게 된다.

당신은 이 계절에 무엇을 찾아야 하고 무엇을 고려해야 하는지 알게 될 것이다. 마음 같아서는 모든 것을 동시에 할 수 있으면 좋겠지만 삶이 그것을 전부 수용하지 못하기에, 언제나 선택의 갈림길에 서게 되면 이 방식을 활용하기를 바란다. 당신이 추구하고 싶은 것들을 솔직하게 꺼내서 풀어놓으면 그 자체로 이미 마음가짐을 바꿀 준비가 되는 것이다. 그리고 행동이라는 투자를 통해 이익을 극대화할 가능성이 높아진다. 글쓰기에 하루 단 5분만 할애하더라도 시간의 흐름 속에서 바로 그 순간 당신이 추구하려는 목표에 부합할 것이며, 당신이 다음 문장으로 넘어가기 전 반드시 말해야 할 이야기에도 크게 이바지할 것이다. 무엇보다 당신 스스로가 더욱 홀가분해질 것이다.

본질주의 철학과 친근해짐으로써 얻게 되는 또 다른 이점은 가정생활에서 의사결정을 할 때도 유용하다는 것이다. 일테면 내가 저녁에 소파에 앉아 쉬고 있다가 문득 내일 헨리가 먹을 달걀을 삶지 않았다는 사실이 떠올랐을 때, 나는 당장 일어나 주방으로 가서 달걀을 삶아야 할까, 아니면 내일 아침에 해도 될까? 내가 욕실로 들어가다가 빨래 건조대에 요가용 타이즈와 티셔츠가 걸려 있는 것을 봤을 때, 나는 그것들을 당장 걷어야 할까, 아니면 하루 이틀 후에 다른 옷들과 함께 정리해 옷장에 넣어도 될까? 거의 대부분의 상황이 그냥 기다려도 되는 경우가 많다.

보이지 않는 것들에 대한 믿음

나는 산책을 즐기지만 그날은 대신 차를 한 잔 만들었다. 전기 주전자는 정확히 100도에서 꺼졌다. 나는 뜨거운 물을 부어서 세이지 (sage)와 오렌지 껍질을 우려낸 뒤 머그잔에 따르고 향을 맡았다. 그런 다음 꿀을 조금 넣고 금으로 도금된 작은 스푼으로 잘 저었다. 무척이나 평온한 느낌이었다. 그 순간 이 도시 반대편에 있는 헤어숍까지 차를 몰고 가서 머리를 손질했던 때가 떠올랐다. 이곳으로 이사한 지 얼마 되지 않은 무렵이었다. 인근에 적당한 헤어숍을 찾지 못해 예전부터 익숙했던 곳에 가는 것이 자연스러웠다. 하지만 그것은 고속도로를 두 번 타고 먼 거리까지 운전해야 한다는 것을 의미했다.

집으로 돌아오는 길은 상당히 막혔는데, 오토바이를 탄 고속도로 순찰대가 차선을 이리저리 옮겨 다니면서 교통정리를 할 정도였다. 앞에서 사고가 난 것 같지는 않아서 더 의아했다. 1킬로미터 정도 서행으로 달리다가 아예 멈춰 서버렸다. 얼마 뒤 순찰대원 몇 사람이 오토바이를 갓길에 멈추고는 저 앞 고속도로 한가운데로 걸어갔다. 무슨 일인지 너무 궁금해서 차 밖으로 나와 확인해보니, 대형 트럭에서 둘둘 말린 커다란 양탄자가 떨어져 길을 막고 있었다. 순찰대원들이 힘을 합쳐 트럭 위로 올려놓았다.

그러더니 곧바로 뒤에 서 있던 차들에 계속 가라는 신호를 보냈다. 나는 황급히 운전석으로 돌아와 앉았다. 속도를 높이면서 나는 그날 내가 잃어버린 시간과 그 경험이 특별하다고 느꼈다. 그리고 새삼 기억해야 할 중요한 사실을 깨달았다. 고속도로는 어느새 뻥 뚫려 있었다. 액셀러레이터를 더 깊게 밟으면서 나는 생각했다. 내가 가는 길에는 언제나 걸림돌이 나타날 수 있고, 보이지 않을 수도 있지만, 그것은 시간이 지나면 반드시 사라진다는 사실을. 그리고 집 근처 헤어숍을 꼭 찾아야겠다고 다짐했다.

≈ **의식과 루틴** ≈

새로운 주문

당신에게 몇 주 또는 몇 달 동안 계속 용기를 북돋아줄 것들이 필요할 때면 무언가 붙잡고 있을 만한 새로운 주문이 있어야 할 것이다. 내가 예로 든 다음 중에서 고를 수도 있고, 당신에게 맞는 주문을 직접 쓸 수도 있다. 그것을 일테면 자동차 대시보드라든지 욕실 거울, 직장이나 집의 컴퓨터 모니터 같은 곳에 붙여보자.

- 내 이야기를 할 수 있는 사람은 오직 나뿐이다.

- 나의 경력은 내가 가진 창작력을 강화해준다.

- 완벽하지 않아도 끊임없이 진보하자.

- 글을 쓸 때마다 내 자아도 함께 성장한다.

- 좋은 계절은 반드시 온다.

- 한 번에 하나씩만 하자.

세 번째 할 일: 진보하기

에세이 《도주 차량(The Getaway Car)》에서 작가 앤 패칫(Ann Patchett)은 대학원 졸업 후 남편과 이혼하고 새로 얻은 교직도 그만둔 채 내슈빌의 어머니 집으로 돌아간 자신의 이야기를 들려준다. 이후 앤은 패밀리 레스토랑 TGI 프라이데이스 웨이트리스로 일하면서 자신이 작가가 되기를 바라고 있다는 사실을 깨닫게 된다. 더 나은 삶을 위해 글을 써야겠다고 생각한 것이다.

"그것은 사랑의 시험이었다. 내 방식대로 되지 않는 일에 얼마나 더 집착해야 할까?"

앤은 레스토랑에서 일하는 동안 소설을 구상했다. 애피타이저와 칵테일 주문을 받는 공간을 보면서 자신이 쓰고 싶은 소설의 등장인물들을 위한 공간도 만들어냈다.

나는 캘리포니아 욘빌(Yountville)에 있는 프렌치 런드리(French Laundry)라는 레스토랑에서 식사할 때 비슷한 경험을 했다. 음식이 너무 맛있어서 문득 그곳 주방이 궁금해졌다. 그래서 식사를 마친 뒤 슬쩍 지배인에게 주방을 구경할 수 있는지 물었다. 그는 흔쾌히 레스토랑 주방으로 안내했고, 입구에서 내가 머뭇거리자 안쪽으로 들어와도 된다고 말했다. 그곳은 무척 깨끗하면서도 왠지 친근했다. 반짝이는 스테인리스 조리대는 청결했으며, 화구가 많은 스토브 위에 냄비가 빠짐없이 올라가 있었다.

예상치 못한 차분함과 고요함이 공간 전체를 감싸고 있었다. 지글지글 끓고 있는 냄비와 요리사들의 칼질 소리가 속삭임처럼 들렸다. 홀로 나가게 될 접시들은 가지런히 줄을 이루고 있었다. 모든 것이 완벽했다. 최고의 맛이 탄생할 수밖에 없는 가장 효율적인 공간.

비행기를 타고 집으로 돌아오는 길에 나는 그런 공간에서 일하는 것은 어떤 느낌일지 생각했다. 공간의 경계 안에서 각각의 음식이 완성되고 일사불란하게 손님 식탁에 오른다. 그 모든 과정은 매우 자연스럽고 완벽하다. 음식의 질과 서비스의 효율성이 조화를 이룬다. 나는 경외감이 느껴졌다. 글쓰기의 삶도 마찬가지다. 우리가 마음대로 쓸 수 있는 시간을 무한정 확보할 수는 없다. 그 속에서 우리가 가질 수 있는 시간을 최대한 효율적으로 확장하는 것이 관건이다.

작가의 삶을 살고 싶다는 꿈이 시간과 환경의 허락을 받아야 하는 게 아닌 나 자신에게 달렸다는 진리를 인식하는 순간 나는 시작했다. 나는 출퇴근 시간을 이용해 시를 읽었고, 운전대를 잡는 시간에는 이야기를 구상했다. 점심 식사 후 자투리 시간에 한 줄이라도 글을 썼다. 카페에서 미팅 시간을 기다리면서는 새로운 레시피를 생각했고, 바람 쐬러 공원에 갈 때도 항상 랩톱을 챙겼다. 예전 같으면 늘 일정에 넣었던 주말 사교 활동도 크게 중요하지 않으면 잡지 않았다. 특히 TV와 넷플릭스 시청 시간을 대폭 줄였다. 대신 주방에 가서 메모해놓은 레시피를 테스트했다. 그러다 보니 습관으로 자리 잡았다.

이는 앞서 '한계 상황에서의 글쓰기'와 연결된다. 나는 내 시간을 들여다보고, 골짜기를 찾았으며, 최선을 다해서 그것을 붙잡았다. 결국 무언가를 창조하는 능력에 자극을 주는 것은 환경이 아니라 나의 선택이었던 것이다.

그로부터 이듬해까지 1년 반 동안 세 가지 일이 일어났다. 나는 내 시간과 평화를 이루었고, 책을 쓰겠다는 명확한 우선순위를 세웠으며, 글쓰기에서 실질적인 진보가 이뤄졌을 뿐 아니라 나의 정신 세계도 발전했다. 근본적이고 긍정적인 변화였고, 내가 매 순간 내리는 의사결정에도 영향을 미치고 있다.

당신도 세 가지 할 일 '3P'만 기억하면 된다. '평화(peace)', '우선순위(priorities)', '진보(progress)'. 나는 마음을 듬뿍 담아 이 과정을 '희망의 글쓰기 사이클(Writing Cycle of Hope)'이라고 이름 붙였다. 당신이 앞으로 나아갈 수 있는 길을 열어주는 것은 물론 계속 반복할수록 더 좋아지는 선순환 과정이다. 계절은 바뀌게 마련이고, 이 과정도 순환하므로, 희망의 선순환 사이클을 늘 반복하면 된다.

불만의 해독제

나가서 브런치를 먹든지 마사지를 받고 싶었다. 이것이 바로 그날의 솔직함이었다. 나는 일요일에는 웬만하면 일하지 않고 쉬고 싶다. 하지만 써야 할 요리 레시피 책이 있었고 주중에 일하는 것만으로는 모자랐다. 원고 마감일이 아직 5개월 정도 남아 있어서 꽤 많은 시간이 있는 듯 보였지만, 사실 불안할 정도로 짧은 시간이기도 했다.

그런데 좀 더 솔직해지자면, 그 밖에 다른 문제가 진행 중이었다. 나는 불만의 계절에 들어서 있었다. 이번이 처음도 아니었다. 5년 전 그 계절에서 빠져나오면서 나는 절망의 가장자리를 헤매고 다니는 것에서 스스로를 지킬 수 있을 정도의 충분한 가르침을 받았다고 생각했다. 평화를 이루고, 우선순위를 정하고, 진보하면 되는 것이었다. 나는 이 '희망의 글쓰기 사이클'을 잘 알고 있었지만, 다시 한번 내 결의가 시험받고 있었다.

어쩌면 당신은 이제 내게는 불만의 계절에 빠질 일이 없으리라고 생각할지도 모르겠다. 나는 작가로 활동하면서 직장도 갖고 있고 블로그와 웹사이트도 운영하고 있다. 근무 여건도 매우 좋아서, 출퇴근 시간이 자유롭고 휴가 사용도 탄력적이다. 오후 5시마다 헨리를 데리러 갈 수도 있다. 나는 내가 흔치 않은 배려와 혜택을 받고 있음을 잘 알고 있다. 당신에게 어떻게 비칠지도 안다. 배부른 소리라고 해도 전혀 틀린 말이 아니다. 내 상황은 좋다. 정말 좋다. 그런데도 불만의 계절에 빠지고 말았다. 며칠, 아니 몇 주 동안 불만족스러운 마음이 나를 억눌러 글쓰기를 방해하고 있다. 그 원인은 그럼에도 불구하고 내가 시간을 완전히 통제할 수 없다는 데 있었다. 글쓰기 시간은 내가 하는 다른 일, 가족을 위한 시간, 식사 준비, 빨래, 청소, 운동, 잠자는 시간 사이 어딘가에서 찾아야 했다.

한동안 매일 글을 쓰지는 못했다. 나의 에너지는 그것을 허락하지 않았다. 사실 솔직히 말하면 나는 매일 글을 써왔지만 내가 가장 하고 싶었던 것이 매순간 글쓰기는 아니었다. 몇 년 전부터 나는 더 강인해져야 했고, 나의 영혼에 좀 더 열심히 일해달라고 요구했다. 새로운 직장과 새로운 삶을 얻었지만, 여전히 그때와 마찬가지로 지속적인 글쓰기를 위해 고군분투했다. 그 결과 다시 불만의 계절이 찾아왔다.

그러나 이번 불만의 계절은 충분히 예상 가능한 것이었다. 나는 알고 있었다. 내가 내 감정에 솔직해지면서, 일하기보다 뒹굴고 싶다고 느끼면서 그 계절이 다시 찾아오고 있음을 직감했다. 마치 과거에 내가 1주일 내내 한 줄도 쓰지 못할 때처럼 부질없는 것처럼 느끼는 시기를 맞이한 것이다. 역설적이게도 매일 힘들게 글을 쓸 때가 아니라 쉬고 싶다는 생각이 들 때 불만의 계절이 돌아왔다.

이것이 글쓰기를 갈망하는 우리의 숙명이다. 그렇기에 밀고 나가야 한다. 있는 그대로의 자기 내면을 드러내 글을 쓰는 대가가 바로 우리의 불만을 치유해주는 해독제이기 때문이다. 양이 많든 적든 간에 글쓰기가 진전되면 될수록 그 계절이 지나가고 있음을 느끼게 된다.

어느 토요일 오후, 나는 쓰고 있던 요리 레시피 원고를 저장해둔 구글 문서를 열었다가 그동안 조금씩 겨우 진도를 나가고 있던 장을 문장 구성만 정리하면 완성할 수 있다는 사실을 알게 되었다. 출간 제안서에 첨부할 샘플 원고가 걱정되면서도 1주일 동안 외면하고 있었다. 그런데 조금씩 써둔 글이 모여 문장과 단락을 이루고 마침내 하나의 장이 되어 있었던 것이다. 나는 활기를 되찾았다. 그 이후 비록 여전히 내 일상은 글쓰기에 전념할 수 없었지만 한 조각 한 조각 문장을 채워나갔다. 그렇게 초고가 나왔을 때 나는 행복감을 느꼈고, 초고을 다듬어 두 번째 원고를 만드는 작업에도 속도가 붙었다.

이 이야기를 한 이유는 그날 일요일처럼 오늘도 왠지 산책을 하거나 카페에 가서 기분 전환을 해야 할 것 같은 기분이라서다. 그래도 이제는 쉽게 불만의 계절에 빠지지 않는다. 아니, 솔직히 표현하자면 불만의 계절은 언제나 찾아올 수 있고, 나는 이미 그 계절을 어떻게 보내야 하는지 알고 있다. 그러니 아무래도 나가야 할 것 같다.

≋ 의식과 루틴 ≋
내가 원하는 것 리스트 만들기

글은 자연스럽게 나올 수도 있지만 때로는 당신 자신의 갖가지 감정들을 들여다보면 도움이 된다. 글쓰기는 당신이 즐기기만 한다면 일기 쓰듯이 하면 된다. 그런데 당신의 마음과 생각을 있는 그대로 표현하기 위해서는 우선 당신의 감정을 명료하게 다듬어주는 작업이 필요하다. 내 경우는 우후죽순으로 퍼져 있는 감정을 분류하고자 '내가 원하는 것'의 리스트를 작성한다. 당신에게도 권하고 싶다.

이 작업은 감정을 당신의 내면에서 글을 쓰는 페이지로 옮겨주기 위한 연습이다. 따라서 이 리스트를 창의적 문장으로 작성할 필요는 없다. 이 문장 자체를 당신의 에세이나 블로그에 사용하는 것은 적합하지 않다.

샘플이 필요할 것이므로 내가 몇 년 전 작성한 리스트를 예로 들면 다음과 같다. 일부 항목은 지금도 여전히 내게 유효하다. 당신이 원하는 것과 같은 항목이 있는지도 궁금하다.

- 나는 출퇴근 시간이 짧았으면 좋겠다.

- 나는 개인 사무실이 있었으면 좋겠다.

- 나는 저녁 식탁이 저절로 차려졌으면 좋겠다.

- 나는 읽을 시간이 많아졌으면 좋겠다.

- 나는 일과가 더 유연해졌으면 좋겠다.

- 나는 책 한 권을 한 번에 읽었으면 좋겠다.

- 나는 많이 잤으면 좋겠다.

스스로를 검열한다고 걱정할 필요는 없다. 무엇이든 좋으니 원하는 모든 것을 적어보자. 한 번에 다 적지 않아도 된다. 1주일 정도 생각날 때마다 계속 추가해보자.

리스트가 만들어졌다면 그 가운데 어떤 것이 가장 사소하면서 절실한지 확인하고 어떻게 해결할 수 있을지 생각해보자. 읽을 시간이 더 필요하다면 여유 시간을 확보할 방법에는 어떤 것들이 있을까? 책을 읽는 대신 오디오북을 들으면 어떨까? 저녁 식탁이 저절로 차려지기를 원한다면, 사실 내게는 지금도 절실한데, 1주일에 한두 번쯤은 음식 배달 서비스를 이용할 수 있을까? 리스트의 항목들을 한꺼번에 해결할 수는 없을 것이다. 하지만 사소한 것부터 해결해나가다 보면 변화를 느낄 수 있을 것이다.

지금 내가 원하는 것 찾기

'문턱의 계절' 장에서 자세히 설명할 테지만, 어느 날 저녁 식사를 마치고 앤드루는 오랫동안 일해온 직장을 떠나는 기분이 마치 졸업 후 대학 캠퍼스를 찾았을 때의 느낌과 비슷하다고 말했다. 고마워해야 할 것들과 좋은 기억이 가득한 곳이지만, 더 이상 머물러서는 안 되는 장소 같다는 것이었다. 공감되는 이야기였다.

나는 예전에 다니던 직장을 퇴사하고 집으로 운전해 돌아오면서 드디어 해냈다고 되뇐 적이 있다. 1년 반 동안 고민해서 마침내 틈새를 만들었다. 남편 앤드루가 든든하게 버텨준 덕분이었고, 내게 특별한 혜안이나 지혜가 있던 것도 아니었지만, 어쨌든 출구를 찾았다. 그날 교통 체증으로 고속도로에서 운전석에 앉아 참 많은 생각을 했다. 내 경력의 또 한 장을 뒤로 하고 새로운 삶으로 접어들었음을 느꼈다. 내 의지로 선택한 것이었다. 새로운 삶 또한 나의 것이 될 터였다. 그렇게 불만의 계절을 떠나보냈다.

힘든 일은 우리를 단련해 더 깊은 곳으로 갈 수 있도록 해준다. 앞으로 나아갈 수 있는 유일한 길은 불만의 계절을 온전히 받아들이고 그 시기에서 배움을 얻는 것뿐이다. 나의 긴 출퇴근 시간은 선생님이었다. 나의 기나긴 출판 여정도 선생님이었다. 오랜 시간이 걸릴 수도 있겠지만, 결국 당신은 사막을 가로지르는 데 성공할 것이며,

그 힘들고 햇볕에 메말랐던 시절을 되돌아보며 감동할 것이다. W. S. 머윈은 〈공기〉의 마지막 구절에서 자신이 내내 하고 싶었던 것이 무엇인지 깨닫는다.

　　두 사막 사이를 밤에 걸으며,

　　노래하네.

　우리는 우리 자신의 이야기를 쓰고 싶다. 내가 아닌 다른 사람의 이야기는 쓰고 싶지 않다. 우리는 친구나 가족과의 시간을 놓치고 싶지 않다. 하지만 우리는 두 사막을 가로지르며 우리의 노래를 부르고, 우리의 이야기를 쓰고, 모든 것에 귀 기울이면서, 우리의 갈증을 달래야 한다. 이를 위한 공간을 마련해야 한다.

　당신이 작가의 삶에서 스스로 통제할 수 있는 것을 찾고 있다면 오직 한 가지가 있을 뿐이다. 당신의 써내려갈 페이지 위에 당신의 내면을 드러내야 한다. 불만의 계절은 온갖 힘겨운 도전들로 가득차 있지만 그럴수록 글쓰기에 우선순위를 두어야 한다. 그러면 언젠가 그 글이 당신을 사막 밖으로 인도할 것이다.

~~~~~~

몸이 먼저다. 자신을 돌보지 않으면 최고의 작품을 만들 수 없다. 글쓰기는 평생의 추구이기 때문에 항상 스스로를 챙기고 가꾸어야 한다.

제 5 장

돌봄의

The Season of Listening to Your Body

계절

우리의 몸과 우리의 감정이

우리의 운명을 향한

명확한 통로라는 사실을 아는 것보다

더 흥미로운 것은 없다.

_크리스티안 노스럽

글쓰기도 몸이 하는 일

나는 또 한 가지 패턴을 알아챘다. 가을이 오면 나무에서 잎이 떨어지는 것처럼 자명한 패턴이었다. 글쓰기가 잘되지 않거나 키보드 위에서 손가락을 움직이는 게 부자연스럽게 느껴지면 어김없이 내 몸이 반응한다.

내가 스스로 통제할 수 없는 것들에 대해 지나치게 집중할 때도 마찬가지다. 내가 담당 편집자와 이 책의 제목을 상의할 때도 너무 신경을 쓴 나머지 다달이 오는 생리 주기가 평소보다 여러 날 길어졌었다.

나는 내 몸이 보살핌을 잘 받고 있을 때는 창작력이 더 자유롭고 풍요롭게 발휘된다는 사실을 머리로는 잘 알고 있었다. 이 사실을 새삼스럽게 실감하기 전부터도 알고 있었고, 지난밤에도 소파에 기묘하고 부자연스럽게 앉아서 앤드루에게 매일, 매주, 매달 끊임없이 메시지를 보내는 몸에 관해 대화를 나누었다. 나는 남편에게 가끔이라도 내가 이런 생각을 전혀 하지 않고 살았으면 좋겠다고 푸념했다. 알고는 있었으나 인정하기는 싫었던 것이다.

그래서 원래 나는 이 장을 쓰지 않으려고 했다. 글쓰기는 심리적·정신적 활동에 가깝고, 우리가 어려움을 느끼는 측면도 그와 관련되어 있는 것이 대부분이라고 생각했다. 자신의 몸을 돌보는 것이 창작생활에 직접적인 영향을 미친다는 사실을 믿고 싶지 않았다. 나는 몸 상태를 핑계로 일을 적게 하거나, 진행하고 있는 글쓰기 프로젝트가 예전보다 두 배 오래 걸리는 상황을 바라지 않았다. 비록 내가 처해 있는 환경과 평소 나의 글쓰기 속도 등을 고려하더라도, 자는 시간을 줄여가면서 최대한 일정을 맞추려고 노력했다. 그러나 태생적으로 예민한 내 몸의 세포들은 내 사정에도 아랑곳없이 자기 역할을 충실히 하고 있었다.

헨리를 낳은 후 나는 줄곧 피곤했다. 처음 얼마간의 피로는 실질적이었고 내 몸을 소모했다. 한밤중에 일어나 아이를 돌보다 꾸벅꾸벅 졸기 일쑤였다. 깨어 있는지 아닌지 모르겠는 하루하루가 계속되었다. 최근에는 새로운 일상에 적응해 예전처럼 쉬이 녹초가 되는 일은 줄었지만, 바쁜 것은 마찬가지라 두 달째 요가 수업에 참석하지 못했다. 어김없이 내 몸은 신호를 보내오고 있었고 갖가지 징후도 부정할 수 없었다. 근육은 아팠고 어깨는 구부러졌다.

몸을 돌보기 위해 내가 하는 최소한의 것들이 있다. 헨리를 어린이집에 데려다주고 사무실로 출근하기 전 단골 주스바에 들러 당근, 오렌지, 사과, 파인애플 등을 모두 섞은 주스를 주문해 내 책상까지 조심스럽게 갖고 와서 회의 전에 마신다. 이따금 침술원에 가서 선에게 침을 맞는다. 책을 읽을 때는 녹차를 우려내 홀짝거린다. 잠자리에 들기 전 스트레칭을 한다. 침실에는 라벤더 에센셜 오일을 뿌린다. 꽃병의 꽃들은 시들기 전에 항상 새것으로 갈아둔다. 되도록 취침 시간을 지킨다. 원고 마감일을 넉넉히 잡는다.

피로의 깊은 터널을 통과하다 보면 아직도 자신의 존재감을 드러내고자 애쓰고 있는 것들이 내게 희미한 빛을 밝혀온다. 그것들이 무엇인지 확실히 알 수는 없지만, 내가 예전만큼 많은 일을 하지 못하도록 하려는 것들임에는 분명하다. 묘하게 슬픈 이질감으로 다가오다가 이내 받아들일 수 있는 현실적인 형태로 바뀐다. 그 모든 것들이 내 몸을 돌보라는 메시지다.

몸을 움직이는 것보다 몸을 돌보는 데 더 좋은 방법은 없을 것이다. 나에게는 동적이고 격렬한 운동보다 정적이고 부드러운 요가가 맞아서, 지난여름부터 시작해 한동안 규칙적으로 하다가 어느 순간 또 바빠져서 공백이 생겨버렸다. 다행히 더 늦지 않게 요가 매트를 다시 펼칠 수 있게 되었지만, 눈을 반쯤 감은 채 집중하지 못하고 요가 스튜디오 이곳저곳을 배회하는 듯한 착각이 들었다. 자세를 유지하려고 애썼으나 에너지가 느껴지지 않았고, 양쪽 팔을 들어 올릴 힘도 없었다. 나는 요가 강사가 가르쳐준 호흡법을 기억할 수 없었다. 털어내지 못한 갖가지 상념이 내 온몸에 달라붙어 있는 것만 같았다.

내가 다니는 요가 스튜디오는 유리벽으로 분리만 되어 있을 뿐 헬스클럽과 공간을 공유했다. 사실 같은 곳에서 운영하고 있었다. 안개 시트지가 발라져 있어서 훤히 들여다보이지는 않지만, 방음이 좋지 않아 헬스클럽 러닝머신 위에서 뛰고 있는 사람들의 발소리와 거친 숨소리가 그대로 들리고, 웨이트 트레이닝을 하는 사람들이 커다란 헤드폰을 쓴 채 유리벽 쪽으로 걸어와 그쪽 편 유리벽 앞에 진열된 덤벨을 가져가는 실루엣이 비치는 그런 곳이었다.

그날 나는 괜히 마음이 비뚤어져 옆 공간 덩치들에게 눈을 흘기며 내 침묵의 불쾌감을 전달하고 싶었지만, 현실은 시선을 바닥에 고정시키고 나무 자세를 유지하고자 안간힘을 쓰고 있었다.

그날의 요가 수업 마지막 과정으로 바닥에 누워 몸을 이완시키는 사바사나(savasana) 자세를 취하면서 쉬고 있는 동안 강사가 시를 낭송했다. 내가 좋아하는 시였다. 나는 귀를 쫑긋 세우고 눈을 크게 떠 천장을 응시했다. 낭송을 마친 강사는 우리에게 이렇게 말했다.

"들어내고 싶은 마음의 짐이 있다면 숨을 한 번 들이쉬고 내쉴 때마다 흘려보내세요."

내가 스스로에게 여러 번 반복했던 말이고 진정으로 믿고 있던 말이기도 했다. 숨을 한 번 들이쉬고 한 번 내쉬는 것이 언제나 시작하는 지점이다.

자신에게 돌아가기

당신의 몸을 돌보려면 무엇이 당신을 회복해주는지 알아야 한다. 당신이 자신의 몸과 더 잘 연결되어 있다고 느끼는 데 도움이 되는 행동 리스트를 만들어보고, 수시로 들여다볼 수 있도록 스마트폰 메모 앱 등에 저장해두자. 내 경우에는 다음과 같은 것들이 나를 기분 좋게 해주고 내 몸의 긴장을 풀어준다.

- 바닷가에서 수평선 바라보기.

- 얼굴로 시원한 바람 느끼기.

- 강아지 쓰다듬어주기.

- 얼음처럼 차가운 아몬드 우유를 부은 수제 그래놀라 한 그릇 먹기.

- 내 무릎을 베고 누운 헨리에게 책 읽어주기.

- 따뜻한 물에 엡섬(Epsom) 소금과 아로마 에센셜 오일을 푼 욕조에 몸 담그기.

- 저녁 식탁에 촛불 켜놓기.

- 요가 수업 받기.

- 과도한 에너지가 요구되는 일 거절하기.

- 명상하기.

- 내 글이 모두를 만족시킬 수 없다는 사실 기억하기.

- 나의 한계 인식하기.

- 혼자 운전할 때 또는 내가 믿는 사람에게 두려운 것 말하기.

- 냉동실에서 브라우니 꺼내기.

- 뮤지컬 관람하기.

저녁 식탁에서 촛불을 켜놓는 것이 혁명적으로 보이지는 않겠지만, 그동안 우리가 음식과 접시를 은은히 밝혀주는 빛도 없이 단순히 먹기만 해왔음을 생각하면 새삼 놀라게 될 것이다. 또한 어떤 것이 자신에게 도움이 되는지 알고만 있는 것과, 아무리 작은 것이든 실제로 해보는 것은 차원이 다른 일이다. 더욱이 가끔 한 번보다는 자주 반복해서 하는 것이 우리의 몸을 회복하는 데 큰 도움이 된다.

이것이냐 저것이냐

어느 금요일 오후, 나는 동료인 질리언(Jillian)과 점심으로 초밥을 함께 먹었다. 질리언은 영국 가족 여행을 마치고 막 돌아온 참이었다. 나는 8개월 된 아이를 데리고 떠난 해외 여행이 어땠는지 물었고, 질리언은 아무래도 아이 때문에 신경 쓸 일이 많았지만 그래도 무척 즐거웠다고 했다. 그러고는 우리가 만나면 늘 하던 일 이야기로 넘어갔다.

질리언과 나는 공통점이 많았다. 두 사람 모두 본업이 있는 작가이고, 한 아이의 엄마이며, 요가와 필라테스 같은 운동을 좋아했다. 식사를 마치고 소화도 시킬 겸 걷는 중에 질리언이 요즘 유행하는 바레(barre) 운동에 관해 이야기했다. 바레는 프랑스어로 발레나 무용을 연습할 때 균형을 잡기 위해 이용하는 바(bar)를 뜻하는 말이다. 요가나 필라테스를 해본 사람이면 금세 따라할 수 있단다. 내친김에 질리언이 수업 신청을 하고 싶다고 해서 사무실 근처 바레 스튜디오에 함께 들렀다. 나는 이미 받고 있는 요가 수업이 있어서 나중에 기회가 되면 배워보겠다고 했다.

사무실로 이어지는 횡단보도를 건너면서 나는 무심코 질리언에게 글쓰기와 운동 중에서 하나를 선택할 필요가 없었으면 좋겠다고 말했다. 질리언은 자기도 그렇다고 하면서, 만약 둘 중 하나만 선택해야 한다면 운동일 것 같다고 대답했다. 물론 나도 질리언의 판단이 옳다고 생각했다. 하지만 나는 쉽게 선택할 수가 없었다. 사실 나는 이 문제를 거의 1년 동안 결론 내지 못하고 있었다. 글쓰기에 대한 나의 집착은 그처럼 컸다.

그런데 그날 질리언을 만나 이 고민을 입 밖에 내길 잘했다는 생각이 들었다. 일단 표출하고 나니 비로소 이 두 가지 활동이 분리되었고, 어느 쪽이 더 중요한지 구분되었다. 의도하지는 않았지만 어쨌든 나는 이제 매듭을 만들어버린 셈이었다. 또다시 마음이 약해지거나 집착이 강해질 때도 절대로 풀지 못할 매듭이 되었다.

삶에서 건강보다 중요한 것은 없다. 건강을 잃더라도 글을 써야 한다는 계시를 받은 것도 아니다. 나는 컨디션을 그럭저럭 잘 유지하는 편이지만 그렇다고 온종일 활력에 넘치지도 않는다. 내가 컨디션이 가장 좋은 시간대는 오전이다. 이때가 가장 몸도 가뿐하고 정신도 맑아서 두뇌 활동하기에 최적이다. 오후에는 늘어지는 편이다. 바이오리듬은 사람마다 제각기 다르다. 당신도 다를 것이다. 그렇지만 건강이 가장 소중하다는 것만큼은 누구에게나 같다.

자신의 몸을 돌보는 시간이 늘어나면 반대로 글을 쓰는 시간은 줄어들 것이다. 그 균형을 잡는 것이 관건이다. 어떤 상황에서도 몸이 글보다 먼저다. 그리고 그것이 당신이 늘 염두에 두어야 할 진리다.

마음의 스트레칭

"당신은 내면에 어떤 유령이나 악마를 데리고 있으며 그것들을 잘 다루나요?"

요가 강사가 배경 음악 소리보다 목소리를 높여서 이렇게 질문했다. 나는 그때까지 내 글쓰기에 대한 두려움을 유령으로 생각한 적은 없지만, 듣고 보니 그것은 이제 이번 생과 다음 생 사이를 오가며 영원히 나를 떠나지 않을 것처럼 느껴졌다.

그날은 월요일 저녁이었고, 나는 여느 때처럼 태교 요가를 하는 그 스튜디오에 있었다. 아직 이름을 갖지 못한 아이가 배 속에서 발길질하고 있었다. 그 순간 나는 내 몸과 아이를 돌보려면 이곳을 당장 나가야 한다고 생각했다. 그날따라 수업 시간 사이에 청소를 제대로 하지 않아서, 내가 낮은 코브라 자세를 취하는 동안 바닥에 흐트러진 머리카락을 입김을 불어 날려야 했다. 내게는 아로마 향기가 은은히 나면서, 조명을 조정할 수 조광기 스위치와, 세 사람 정도만 참여하는 그런 요가 스튜디오가 필요했지만, 여건상 이 정도로 만족해야 했다.

화요일 아침에 일어났더니 허벅지 뒤쪽 근육이 아플 정도로 뻐근했다. 그래서 욕조에 따뜻한 물을 받고 몸을 담갔다. 이번에는 복부 근육도 꽉 조이는 듯 당겼다. 지난 저녁 수업 시간을 돌이켜보니 빈야사(vinyasa) 요가를 진행했었다. 호흡과 움직임을 조합해 모든 중요한 코어 근육을 강화하고 풀어준다. 지금 내가 왜 몸 곳곳이 뻐근하고 땀이 나는지 이해되었다. 기본이 안 된 상태에서 내 몸을 너무 한계까지 밀어붙였던 것이다.

수요일 저녁 수업은 아무래도 따라가지 못할 것 같아서 가지 않으려고 했다. 다른 사람들은 모두 엎드려서 차투랑가(chaturanga) 자세를 연습하고 있을 때 나 혼자만 스튜디오 맨 뒤에서 아기 자세인 발라사나(balasana)만 계속 취하고 있을 것 같았다. 그래도 억지로 나갔다. 안 하는 것보다는 나을 것 같았다.

나는 내 옆에서 매트를 펴고 열심히 동작을 따라 하고 있는 수강생을 힐끔힐끔 쳐다보았다. 수업 내내 그녀가 요가 강사의 지시에 따라 자세를 잡았다가 푸는 모습을 지켜보았다. 최선을 다하는 모습이었다. 경외감마저 느껴졌다. 자신이 가진 몸의 한계에 귀 기울이면서 할 수 있는 것을 하고 있었다. 충분하다는 말이 무엇인지 알 것 같았다.

내게는 현재로서 아기 자세가 충분하므로, 나는 수업과는 상관없이 발라사나 자세를 취했다. 손가락을 쭉 뻗어서 내 어깨를 따라 나 있는 길게 뻗은 근육을 느끼는 데 집중했다. 그러면서 문득 나 자신에게도 똑같이 공감을 확대해야 할 필요가 있다고 생각했다. 요가에서나, 삶에서나, 글쓰기에서나. 다리를 높게 들고 곧게 펴지 못하더라도, 무릎을 더 내리는 게 정확한 자세더라도, 내게 아무런 문제가 되지 않은 것이었다.

우리는 타인의 마음속을 알 수 없지만, 그렇다고 다른 사람을 공감하는 것이 어려운 일은 아니다. 나는 어릴 적부터 사람들을 관찰해왔다. 모든 이야기의 양쪽 측면을 헤아리면서 사람들의 경험을 이해하고자 노력했다. 대학 졸업 후 첫 번째 직장에 취업할 때 '스트렝스파인더(StrengthsFinder)'라고 불리는 검사를 받은 적 있는데, 사람들의 타고난 능력을 식별하기 위한 검사로 문항 수만 수백 개였다. 검사 결과 나는 공감 능력이 가장 높게 나왔다. 몇 년 뒤 같은 검사를 받았을 때도 마찬가지였다.

당신도 주변 사람들의 감정을 감지할 수 있다. 당신은 직관적으로 그들의 눈을 통해 세상을 볼 수 있으며 그들과 세계관을 공유할 수 있다. 당신은 그들이 소리 내어 말하지 않아도 그들의 질문을 들을 수 있다. 당신은 그들의 욕구를 예측할 수 있다. 하지만 당신 스스로에 대한 공감 능력은 어떤가? 당신 안에 있는 작가와의 공감에는 문제가 없는가? 어떻게 보면 오히려 타인과의 공감보다 나 자신과의 공감이 더욱 어렵다. 그래서 연습이 필요하다.

내가 일하는 사무실에는 '회복실(recovery room)'이라고 부르는 공간이 따로 있다. 이곳은 회의나 미팅 용도로는 이용이 금지된다. 오직 조용히 사색에 잠기거나, 차를 마시거나, 스트레칭을 하기 위한 장소다. 이곳은 안식처다. 매주 수요일이 되면 이곳에서 명상의 시간을 갖는다. 내 상사인 줄리아(Julia)가 주관한다. 그녀는 자주 우리에게 자신의 모든 부분을 어떤 판단도 하지 말고 그대로 드러내 관찰해보라고 이야기한다.

언젠가 줄리아는 자신이 최근에 대기업 직원들을 대상으로 강의

한 내용을 들려주었는데, 사측에서 자사 직원들의 생산성 향상을 꾀하려는 의도로 강의 청탁을 해온 것이라 명상이라는 용어는 사용하지 않고 얼마 전부터 유행하고 있는 '마음 챙김(mindfulness)'을 주제로 강의를 진행했다면서 웃었다. 매트리스도, 베개도, 음악도 없이 강의실 테이블 앞에 앉아 강사만 뚫어져라 바라보는 청중을 향해 줄리아는 "출근 시간 교통 체증에서 받은 스트레스가 직장 내 커뮤니케이션에 미치는 악영향"에 관해 이야기하기 시작했다. 막상 강의를 진행하면서도 '내가 어쩌다가 비즈니스 냄새 솔솔 풍기는 이런 이야기를 하고 있지?' 하는 생각이 들었다. 그런데 그때 누군가 손을 번쩍 들더니 이렇게 말했단다.

"커뮤니케이션은 둘째 치고 우리 주변에서 일어나는 모든 끔찍한 일들 때문에 받는 불안감은 어떻게 다뤄야 할까요?"

그러자 강의실 공기가 숙연해졌다. 그 순간 줄리아는 활기를 되찾았다. 그리고 힘차게 말했다.

"좋아요. 우리 그 이야기를 해보죠!"

물론 그녀라고 정답을 제시할 수는 없을 것이다. 명상이 세상의 모든 폭력과 증오를 멈추게 할 수는 없다. 그렇지만 우리가 명상을 하면 스스로 통제할 수 있는 범위가 늘어난다. 내면의 힘 안에서 무언가를 변화시키는데, 그것은 다름 아닌 우리 자신이다. 줄리아는 이렇게 조언했다.

"스스로 무엇을 해야 할지 몰라도 괜찮아요. 자신 안에서 어떤 커다란 몸짓이나 목소리가 나올 때까지 조용히 기다리는 거예요."

중요한 사실은 그러는 동안 우리는 서로에게 진실로 친절해질 수 있으며 진정으로 함께할 수 있게 된다는 것이다. 그렇게 언젠가는 파급 효과를 이끌어내기에 충분할 정도로 강력해질 것이다.

우리의 세상에서, 우리의 글쓰기에서, 모든 질문에 지금 당장 답해야 할 의무는 없다. 때때로 우리에게는 기다리고 듣기만 하는 것이 더 필요하다. 어떤 때는 한 단어만 쓰고, 또 어떤 때는 두 단어만 쓰고, 또 어떤 때는 몇 개 문장만 쓸 수도 있다. 하지만 우리는 이렇게 먼지와 물방울만으로도 산을 쌓을 수 있다. 오랜 시간이 걸릴 수도 있겠지만 산 하나는 충분히 쌓을 수 있다. 우리는 항상 스트레칭한 뒤 시도할 수 있다.

≈ 의식과 루틴 ≈
감정에 초점 맞추기

신혼 초 어느 금요일, 나와 앤드루는 예전에 데이트를 즐기던 해변 근처 레스토랑에서 점심을 먹었다. 우리는 음료와 프렌치프라이를 추가로 주문해 나누어 먹으면서, 열린 창을 통해 바닷가 쪽에서 불어오는 시원한 바람을 맞으며 이제 주말이라는 해방감을 만끽하고 있었다.

나는 앤드루에게 결혼 후 우리의 대화가 전보다 미래를 지향하게 된 것은 사실이지만 동시에 편향되기 시작한 것도 같다고 말했다. 앤드루도 내 말에 공감했다. 잠시 후 그는 이렇게 제안했다.

"우리가 원하는 것을 구체적으로 나열하는 대신, 우리가 어떻게 느끼기를 바라는지에 초점을 맞춰보면 어떨까?"

우선 우리는 이렇게 나와서 함께하는 식사를 편안하고 기분 좋게 느꼈으므로 이런 기회가 더 많이 생기기를 바랐다. 그리고 나는 내가 내 몸을 돌보면서 일할 때 감정에도 초점을 맞춰야 한다는 것을 기억해냈다. 몸과 마음은 별개가 아니라 하나로 연결되어 있다. 그렇다면 나 자신을 재정비하기 위해 두 가지 질문에 답해야 할 것이다.

첫째, 나에게 필요한 것은 무엇인가?

둘째, 내가 바꿀 수 있는 것은 무엇인가?

나에게 필요한 것은 무엇인가?

첫 번째 질문은 매우 간단하다. 대답을 생각하려고 오랫동안 뜸을 들일 필요가 거의 없기 때문이다. 잠깐만 자신의 몸과 창의성의 관계에 대해 생각해보면 금세 답할 수 있다. 하지만 좀 더 세분화해보자. 일테면 스스로에게 이렇게 묻고 답해본다.

- 내가 이 일을 하기 위해, 또는 더 잘하기 위해 필요한 것은 무엇인가?(일을 바라보는 관점을 바꾸는 것과 같은 내면적 필요와, 나만의 작업 공간이나 최신형 노트북과 같은 외면적 필요를 모두 생각해보자).
- 내 몸을 돌보기 위해 필요한 것은 무엇인가?(숙면, 운동, 마사지 등)
- 나는 나 자신의 성격에 대해 좀 더 이해할 필요가 있는가?
- 나는 초고를 완성하기 위해 주말 시간이 필요한가?
- 나는 글쓰기와 삶을 향한 욕구를 되찾을 필요가 있는가?
- 나는 아침 또는 저녁 루틴이 필요한가?

내가 바꿀 수 있는 것은 무엇인가?

두 번째 질문은 그동안 당신을 괴롭혀온 것들에 대해 점검해보고 좀 더 나은 방식을 위해 무언가를 바꿔본다는 발상이다. 상황과 환경을 전면적으로 변화시킬 수는 없어도 자신을 둘러싼 사소한 것들은 바꿀 수 있다. 당신이 바꿀 수 있는 것에는 무엇이 있을까?

가장 작은 것부터 생각해보자. 본격적으로 작가가 되기 위해 직장을 그만둔다든지, 살고 있는 집을 팔아 사무실 겸 가정집으로 사용할 수 있는 곳을 알아본다든지 하는 것들은 아주 작은 변화들이 먼저 일어난 다음에 고민해보자. 무슨 일이든 갑자기 한 번에 일어나지는 않는다. 징후가 있고 나서 여러 요인들이 합쳐져 커다란 결과로 이어지는 법이다. 스스로에게 좋은 징후를 만들어낼 수 있는 것부터 바꿔보자.

생각나는 것들을 자유롭게 적어보자. 예컨대 줌바(zumba) 강습을 받을 수도 있고, 친구와 함께 매주 하이킹 계획을 세울 수도 있다. 라탄(rattan) 공예나 도예를 배울 수도 있고, TV 드라마 대신 저녁 시간에 독서를 더 자주 할 수도 있다. 내가 바꿀 수 있는 것은 그것이 나를 바꿀 수 있다는 것과 일맥상통한다. 없던 취미를 가져보거나 오랜 습관을 고쳐보면 자신의 마음가짐도 달라진다. 바꾸고 싶던 물건을 바꿔도 된다.

일전에 나는 어떤 라디오 시사 프로그램에 패널로 출연한 적이 있는데, 그곳에서 한 르포 기자를 만났다. 그 기자는 20세기 초 오스만 제국 말기에 자행된 아르메니아인 집단 학살 때 극적으로 탈출한 할아버지에 관한 책을 써서 화제가 된 인물이었다. 그때 패널 중 한 사람이 그에게 오랫동안 끔찍하고 가슴 아픈 내용을 다루면 벗어나기가 쉽지 않을 텐데 어떻게 극복했는지 물었다. 그러자 그는 망설임 없이 이렇게 답하는 것이었다.

"〈피플(People)〉을 읽고 TV 리얼리티 쇼를 보면서 천천히 잊었죠."

그는 스스로를 돌보는 데 무엇인 필요한지 알고 있었다. 내가 당신에게 말하고 싶은 게 이것이다.

느린 글쓰기 선언

기술 컨설턴트이자 파워 블로거 토드 실링(Todd Sieling)은 2006년 〈느린 블로그 선언문(Slow-blog Manifesto)〉을 발표하면서 이렇게 표현했다.

"읽을 만한 가치가 있는 글이라고 해서 빨리 쓰이는 것은 아니다."

그의 말은 내 몸이 항상 던지는 메시지와 일치한다. 느리게, 느리게, 느리게. 그러나 만약 느린 속도가 직관에 반하는 리듬처럼 느껴진다면, 글쓰기에 웰빙을 조합하라는 초대장이라고 생각해보자.

웰빙, 몸과 마음이 건강한 삶에 관해서는 책, 잡지, 기사, 칼럼, 블로그에서 비타민, 자양강장제, 미네랄 음료수, 명상 앱에 이르기까지 곳곳에서 강조된다. 그렇다면 모두가 강조하는 이 웰빙은 글쓰기에 어떤 반향을 줄 수 있을까? 건강을 지키는 방법이 주기적인 명상이든, 꾸준한 운동이든, 채식주의 식단이든 간에 어쨌든 능동적이고 적극적인 노력을 요구한다. 하지만 적극적이라고 해서 빨라야 한다는 뜻은 아니다. 특히 글쓰기는 작가의 삶과 동행하는 것이기에 서둘러 앞서지 말아야 하며, 어떤 계절이 오든지 포용함으로써 설사 5분이라는 짧은 한계 상황 속에서라도 묵묵히 자신의 이야기를 써내려가면 된다. 이것이 글을 잘 쓰는 기술이다. 이것이 느린 글쓰기다. 우리가 궁극적으로 추구하려는 '있는 그대로의 글쓰기'는 학기말 보고서도 아니며 예술학 석사 논문도 아니다. 또한 앞서 살펴본 자기 자신의 기억을 이끌어내고자 내면의 호수를 찾는 것과도 본질적으로 다른 차원의 일이다. 그 모든 것은 어디까지나 과정이다.

매주 최소 세 번 블로그 포스팅을 올리라거나, 바이럴 콘텐츠를 만들라거나, 당장 직장을 때려치우고 열정을 따라야 한다거나, 멋진 핀터레스트 이미지를 찍으라고 외치는 인터넷 목소리에 귀 기울이지 않도록 조심하자. 그 대신 당신이 좋다고 느낄 때 당신의 마음속에 있는 것을 다른 사람들과 공유하자. 구글 애널리틱스(Google Analytics)를 분석해 사람들이 블로그에 가장 많이 방문하는 시간대가 목요일 오후 5시 36분이라는 그런 정보 말고, 마치 해바라기 씨 껍데기를 벗기 전에 그 속의 고소함을 음미할 때처럼, 숨을 호호 불어가며 뜨거운 차를 홀짝거릴 때처럼, 소소한 일상 속에서 당신의 마음을 따뜻하게 해주는 소중한 것들을 공유해보자. 그것이 당신의 글을 채울 것들이다.

다른 사람들에게는 무심코 스쳐 지나갈 것들이나 당신에게만큼은 깊은 의미로 다가오는 것들. 그것에 대해 깊이 생각하고 단어 한 개 문장 한 줄에 차곡차곡 담아낸 뒤, 순수한 마음만 투영한 채 기름기를 제거하듯 다듬어나간다. 그렇게 완성된 이야기는 당신이 보기에 널리 퍼져나가도 옳다고 여겨질 것이다. 몸과 마음에 주의를 기울이는 매일 매일의 연습은 몇 주, 몇 달을 거치면서 당신의 '있는 그대로'의 이야기를 완성하는 데 도움이 되는 습관으로 강화될 것이다.

느린 글쓰기는 소셜 미디어 중심의 문화와 보조를 맞추지는 않지만, 당신 내면의 당신 자신과 안정적으로 연결해준다. 그리고 쉽게 날리는 휘발성 문장이 아닌 땅속 깊이 박힌 바위와 같은 굳건한 문장을 완성하게 해준다. 물론 글을 쓰다 보면 분주한 페이스가 필요한 경우도 생긴다. 나도 원고 마감일이 가까워질수록 타이핑하는 속도가 빨라진다. 그래도 그런 상태로 오래 머물지는 않는다. 불필요한 첨언은 하지 않겠다. 느린 글쓰기에 대한 내 설명을 당신이 오해할 것 같지는 않으니까.

아무튼 우리는 계속해서 여러 계절을 만날 것이다. 에너지 넘치는 계절이 있는가 하면 생각이 많아지는 계절도 있다. 지금까지는 몸과 마음을 추슬러야 하는 '돌봄의 계절' 이야기였다. 지금 당신이 어느 계절에 있든 당신의 이야기가 중요하지 않은 시기는 없다. 때가 되면 그 이야기들이 당신의 글쓰기에 날개를 달아줄 것이다.

≋ **의식과 루틴** ≋
느린 글쓰기 연습

느린 글쓰기는 '적게 쓰는 것이 많이 쓰는 것'이라는 믿음에 기반을 두고 있다. 또한 글쓰기의 삶은 길게 보고 가는 것이기에

서두르거나 경쟁할 필요가 없으며, 스스로를 탈진 상태까지 몰아넣을 까닭도 없다는 생각을 밑바탕에 깔고 있다.

좀 더 간결하게 정의한다면, 느린 글쓰기는 '모든 것을 전부 다 쓰지는 않는 것'이라고도 할 수 있다. 당신의 기억과 경험은 소중하지만 유한한 자원이며, 당신의 시간과 건강은 재생 가능한 것이 아니기 때문에, 느린 글쓰기는 당신을 위한 보호 수단이기도 하다. 다음은 느린 글쓰기 사고방식을 당신의 글쓰기 삶과 통합하기 위한 몇 가지 지침을 정리한 것이다.

- 직관에 따라 계획을 세울 것(너무 많이, 오래 생각하지 말 것).

- 자신의 몸을 최우선으로 할 것(이 때문에 글쓰기 시간이 줄어들더라도 반드시).

- 한 번에 더 적은 수의 글쓰기 프로젝트를 진행할 것(과욕은 금물).

- 당신이 만들었거나 참여하는 커뮤니티에 최선을 다할 것(전문가들의 추천이 아니라).

- 트렌드를 파악하되 본능적으로 도움이 된다고 느끼는 것에 한할 것.

- '빨리'라는 단어를 사용하는 매체와 사람을 피할 것('최대한'도 마찬가지).

- 자신만의 페이스를 유지하며 쓸 것.

- 당신의 글쓰기 과정을 다른 사람과 비교하지 말 것(매우 중요).

하나만 바뀌어도 달라지는 삶

우리 집 수세미는 싱크대 왼쪽 구석에 있는 도기 접시 위에 놓여 있었다. 1년 전쯤 집에서 파티를 열기 전에 대대적으로 청소를 한 적이 있었는데, 그때 나는 주방의 커다란 믹서기 전원을 뽑아 앞으로 당긴 뒤 지저분한 부분을 말끔히 닦았다. 그리고 내친김에 다른 주방 가전도 모두 꺼내 청소했다.

그러면서 물건들이 자리를 옮기게 되었고 수세미도 마찬가지였다. 나는 싱크대까지 말끔하게 닦고 난 다음 무심코 수세미를 오른쪽 은색 접시에 올려두었다. 그곳은 원래 주방 비누를 놓던 곳이었다. 그 당시에는 별로 눈에 띄는 변화는 아니었다. 나는 청소를 다 마치고 나서 한 걸음 뒤로 물러나 깨끗해진 모습을 보고 감탄했다.

파티를 마친 그날 밤 나는 설거지를 하려고 도기 접시에서 수세미를 집어 들었는데, 내 손에 들린 것은 주방 비누였다. 불과 몇 초 만에 실수를 깨달았지만, 그 덕분에 근육 기억(muscle memory)과 변화에 대해서 생각하게 되었다. 나는 여전히 똑같은 싱크대 앞에 서 있었으나, 오랫동안 한 가지 방식으로만 행동했기 때문에 새로운 사물의 질서에 대해 인지하지 못한 것이다. 그런데 또 가만히 따져보니 이렇게 수세미와 주방 비누가 각각 어느 곳에 있는지 내 뇌를 재교육해야 한다면, 다른 모든 것들에 대해서도 용납해주어야 하는 것은 아닐까 하는 생각이 들었다.

우리가 과거를 돌아보고 지금으로부터 1년 또는 2년 뒤를 내다볼 수 있는 의미 있는 변화를 하는 데는 시간이 걸릴 것이다. 아마도 우리가 예상하는 것보다 더 긴 시간이 필요할지 모른다. 우리가 원하는 시간보다 더욱 긴 시간일 것이다.

내가 주방에서 수세미를 옮겨놓았을 때 나는 단지 수세미의 위치만 바꾼 것이 아니었다. 그해 초 이사를 한 데다, 내가 일하고 있던 회사가 로스앤젤레스 지점을 폐쇄하면서 격변의 시절 한가운데 놓여 있었고, 헨리는 이제 막 한 살이 되었으며, 내 첫 번째 책 원고 마감일을 코앞에 두고 있었다. 집 밖의 대형 쓰레기통이 고장 나 이틀 만에 겨우 고쳤다. 시에서 파견한 직원들이 우리 집 안뜰 바로 앞에 서 있는 나무들을 가지치기했는데, 이때 생긴 엄청난 잔해가 며칠 동안 입구를 가득 메우고 있었다. 내 삶은 나를 훈계했고, 내 몸은 움츠러들었다. 젖을 뗀 지 얼마 되지 않아서인지 헨리는 엄마 품을 더욱 그리워했고, 나는 이 모든 고난 앞에서 좌절과 슬픔으로 가득할 뿐이었다.

수세미 위치가 바뀌는 것이 대수일까 싶지만, 한 가지 작은 변화가 삶 전체를 바꿔놓을 수도 있다. 그리고 그 변화는 긍정적일 수도 부정적일 수도 있다. 삶은 항상 변화하고 있다. 계획에 따라 우리가 주도적으로 바꾸기도 하지만, 우리의 의도와는 상관없이 바뀌기도 한다. 온라인 커뮤니티, 소셜 미디어 등 우리가 상호 작용하는 방식에는 생각보다 중요한 것들이 담겨 있지 않다. 비밀주의를 고수할 이유는 없지만, 우리 삶의 본질은 쉽게 표면에 나타나거나 중심에 자리 잡지 않는다.

당신에게는 당신이 아는 것보다 더 많은 일이 일어나고 있다. 나에게도 내가 아는 것보다 더 많은 무언가가 진행 중이다. 당신과 내가 할 수 있는 최선의 노력은 스스로 인내와 여유로움을 가지면서 좋다고 느끼는 것을 매일 한 가지씩이라도 하는 것이다. 글쓰기일 수도 있고 노래일 수도 있고 춤일 수도 있다. 고양이와 놀아주거나 아이의 등하교를 돕는 것일 수도 있다.

그것이 무엇이든 결국 우리의 삶을 바꾼다. 하나만 바꾸어도 삶은 달라진다. 좋은 쪽으로 달라지게 해보자.

〜〜〜〜〜

이 계절은 매우 길어서 여러 해에 이르며, 당신이 하는
모든 행동의 바탕이 된다. 더욱이 이 계절을 지내는 동
안 다른 여러 계절이 동시에 올 수 있기 때문에 글쓰기
는 단절되거나 더 어려워질 수 있다. 특히 자신을 추슬
러야 하는 돌봄의 계절이나 다음 장에서 살펴볼 삶의
형태가 전환하는 문턱의 계절에 취약하며, 불만의 계
절은 일상이 된다. 그러나 당신은 부모로서 성장함에
따라 새로운 소재를 얻을 수 있으며, 부족한 시간 안에
서 조화를 찾을 수 있고, 현재의 순간을 받아들임으로
써 작가로서 더욱 성숙해질 수 있다.

제 6 장

양육의

The Season of Raising

계절

당신이 자녀를 돌볼 책임을 지고 있다면,

창조적 일을 하기가 매우 어렵다.

그렇지만 어떻게 해서든 그 일을 해야만 한다.

_ 어슐러 르 귄

내 것이 아닌 시간

"엄마, 나 곰돌이 푸하고 놀고 있어!"

"엄마, 나 탑 쌓아!"

"엄마, 여기 봐!"

일요일 오후였다. 헨리가 거실 옆 자기 방에 노는 동안 나는 주방 식탁에 앉아서 랩톱 자판을 두드리고 있었다. 문장을 쓰는 중간에, 생각을 하는 중간에, 나는 대답했다.

"응, 그래!"

"응, 잠시만!"

결국 아이의 보챔에 일어나면서 나는 헨리가 언제까지 아이는 아닐 거라고 스스로를 달랬다. 동시에 헨리가 제발 단 몇 분 만이라도 나를 부르지 않고 혼자 놀면 좋겠다고 생각했다.

'시간은 내 것이 아니다. 시간은 내 것이 아니다. 시간은 내 것이 아니다.'

나는 자동차 뒷좌석 카시트에 3킬로그램짜리 아이를 급히 태우고 병원까지 달려갔던 날 이후로 이 말을 노래처럼 부르고 있다. 요즘도 빨래를 개키거나 마트에서 헨리를 태운 카트를 밀고 있을 때 마음속에서 이 말을 되뇐다.

나는 이 새로운 삶이 당분간 나의 모든 부분을 요구할 것이라는 사실을 알고 있었다. 내 글은 전국을 돌아다니겠다며 여행을 떠난 친구의 삶처럼 될 것이었다. 우리는 인터넷으로 통화를 할 것이고 우연히 다시 만날 수도 있겠지만, 그 우정이 영원히 변함없지는 않을 것이다. 이제부터는 마치 빳빳하게 접힌 편지처럼 이전과 이후만이 있게 될 것이다.

나는 2주 동안 빨지도 않은 헐렁한 운동복 바지만 걸친 채 냉동실에 얼려두었던 머핀을 데워 먹으며 오늘이 무슨 요일인지도 모르고 살았었다. 그 모든 것을 예측했고 감내할 수 있다고 여겼기에, 한동안 글을 쓰지 못하더라도 다시 쓰게 될 날이 오리라고 확신했다.

하지만 젖이 모자라 2시간 동안 진을 빼면서 젖병에 모유를 채울 때는 정말이지 너무나 우울했다. 출산 휴가 마지막 날에는 아이도 본능적으로 뭘 아는지 멈추지 않고 울기만 해서 이대로 몸을 돌려 도망치고 싶은 마음 간절하다가, 그런 생각이 든 게 죄스러워 흐느껴 운 적도 있었다. 그런데 마침내 이런 도전의 시간들이 모두 지나갔고 나는 몇 년 만에 리듬을 되찾을 수 있었다.

나는 이 책을 쓰기로 계약한 직후 내가 아무에게도 방해받지 않는 시간을 갖지 못한다면 절대로 끝낼 수 없을 거라고 선언했었다. 방해받지 않는 시간? 그것이 가당키나 한 일일까? 내가 그런 시간을 어떻게 확보할 수 있었을까? 나는 평소라면 하지 않을 부탁을 할 수밖에 없었다. 나에게는 그런 부탁을 할 사람이 단 한 사람, 남편 앤드루밖에 없었다.

나는 앤드루에게 주말에는 글쓰기에만 전념하고 싶고, 주중 어떤 날에는 저녁 식사 준비를 못할 것 같으며, 잠시 집을 비울 수도 있고, 청소나 빨래를 자주 하지 못할 것 같다고 솔직히 이야기하면서 도움을 구했다. 그러자 앤드루는 그것은 자기 일이기도 하다면서, 아무 걱정하지 말고 원고에만 집중하라고 말해주었다. 고마운 사람, 고마운 남편.

그렇게 해서 지금 여기까지 온 것이었다. 글은 한 문장씩 썼다. 남은 점심 시간 30분 동안, 자동차 시동을 끄기 전, 헨리를 어린이집에 데려다주고 나오면서, 잠자리에 들기 전 침대 위에서 스마트폰 메모 앱에 한 줄씩 입력하기도 했다. 이런 것들이 나에게는 한계 상황에서의 글쓰기였으며, 그러면서 원고가 모양새를 갖춰나가고 글재주가 성장했다.

삶을 통째로 바꿔버린 이 '양육의 계절'이 내게 요구한 것은, 글쓰기 생활에 영향을 미치는 것들을 내가 이미 알고 있다는 생각 자체에 대한 재검증과, 나의 창작력을 계속해서 추구하기 위한 일상의 재조정이었다.

당신이 아이의 부모라면, 비록 지금까지는 자율적이고 독립적인 사고방식이 강했더라도, 글쓰기와 양육을 병행하기 위해 적응해야 할 것이다. 당신의 동반자와 협력하고 새로운 일상 패턴을 잡아나가야 한다. 아이가 조금 커서 낮 동안 어린이집에 맡길 수 있게 되거나 낮잠을 재울 수 있게 되면 또 그 시기에 맞는 자신만의 방식을 발견할 수 있을 것이다.

한때 당연히 내 것이라고 생각했던 시간을 선물로 부탁하는 일에 익숙해지고 고마워하자. 당신 주변에 당신을 도울 사람이 있다는 데 감사하자. 다가올 몇 년 동안 당신의 글쓰기 활동은 당신에게 필요한 도움을 청하고 받을 수 있는지에 의존할 수밖에 없다. 이를 인정해야 이 계절을 무리 없이 보낼 수 있다.

이전의 삶과 이후의 삶을 연결하는 다리

어느 날 당신이 욕실에서 초조한 마음으로 두 개의 청색 선이 드러나는 것을 보는 순간, 당신 앞에는 다리가 놓이게 된다. 그 다리를 건너면 완전히 다른 형태의 삶이 기다리고 있다.

그러나 다리만 생겼을 뿐 그 건너편은 보이지 않는다. 이제 당신은 장차 모든 것들이 바뀌리라는 사실을 인식하지만 현재로서는 아직 변한 것이 없다. 아이는 당신의 배 속에서 계속 성장하겠지만, 태어나려면 좀 더 시간이 필요하다.

많은 여성들은 처음 임신 사실을 알았을 때 그 작은 막대기를 연이어 흔들어보고 계속 들여다보고 나서야 사실로 받아들인다. 그러고는 '그래 계획을 세워야지' 하다가 이내 공황 상태에 빠지게 된다. 그렇게 태어나서 한 번도 경험하지 엄마의 삶이 시작된다. 아이가 태어나면 당신은 그 어떤 일보다 낮잠 자는 것을 좋아하게 된다. 당신의 글쓰기 열정은 아직 식지 않아서, 그래도 몇 자 써보려고 아이를 재우고자 자장가를 불러주는데, 방금 전까지 눈을 감고 새근새근 숨을 쉬던 아이가 갑자기 울기 시작한다. 당신은 다리를 건넌 것이다.

아이가 세상에 나오기 전까지는 이런 상황들을 이론적으로만 겪는다. 당신은 과거의 삶과 다가올 삶 사이에 사로잡히고, 점점 불러오는 배는 매일같이 당신이 육체적으로나 정신적으로 예전의 자아로부터 얼마나 멀어지고 있는지 일깨워준다. 글쓰기는 흡사 3학기 과정처럼 흘러갈 텐데, 처음에는 부담처럼 느껴지다가 활력을 되찾고 창작력이 용솟음치지만, 마지막에는 이불 속에 웅크린 채 발길질하면서 모든 것이 마음에 안 든다는 말만 하게 될 것이다.

아직 완료하지 못한 것들을 서둘러 마무리해야만 하는 자신을 발견하더라도 놀라지 않기를 바란다. 호르몬을 탓하거나 피할 곳을 찾아도 되지만, 자신을 사랑하고 싶다면 임신을 당신의 몸이 보내는 메시지를 받아들이는 연습의 기회로 삼아 무언가 생산하기보다는 소비하면서 스스로를 회복해야 한다. 임신이 살면서 맞닥뜨리게 될 유일한 문턱은 아니나, 머지않아 맞이하게 될 창작력의 새로운 국면을 준비할 수 있는 계기가 될 수도 있다(다음 장에서 '문턱의 계절'을 살펴볼 것이다).

양육의 계절에 돌입한 이들에게 내가 해줄 수 있는 최선의 조언은 아마도 기다리면서 살펴보라는 말일 것이다. 당신이 시스템이나 전략을 선호한다고 해도, 신생아 수면 사이클에 관한 스프레드시트나 육아 백과사전 같은 것으로 좋은 부모가 될 가능성은 지극히 낮다. 신체 기능과 체력에 관한 대화가 당신의 일상을 지배할 게 불을 보듯 빤하다. 나머지 사안은 모두 일시 중지된다.

당신이 6주 동안 밤새 잠만 자는 아이를 얻게 될지, 6주 동안 밤새 울기만 하는 아이를 갖게 될지 알 수 없으며, 온종일 끊임없이 배고프다고 칭얼대거나 혼자 있으면 어김없이 울어대는 아이가 될 수도 있다. 당신의 몸이 진통에서 치유되는 데 얼마나 오래 걸릴지 예측할 수 없고, 당신이 자신을 위해 음식을 만드는 데까지 얼마나 많은 나날이 필요할지도 알 수 없다. 더욱이 당신에게 글쓰기가 어떤 느낌이며 어떤 의미가 있는지 다시 알게 되기까지도 오랜 시간이 걸릴 것이다.

무엇 하나 당신에게 새롭고 긍정적인 소식이 아니겠지만, 때로는 조금 멀리 있는 누군가로부터 재확인하는 것이 마음을 다잡는 데 도움이 된다. 내가 당신에게 지금 그 역할을 하고 있다. 그런데 한편으로 양육의 계절은 당신에게 특별한 경험을 선사하기도 한다. 임신과 출산은 지구상 절반의 존재에게는 허락되지 않은 숭고한 경험이다. 우리는 그것을 안다.

이제 글쓰기와 관련해 양육의 계절에서 유의해야 할 부분을 살펴보자. 이 계절 동안에는 글을 얼마나 썼는지, 매주 블로그 포스팅을 몇 번이나 했는지 그 어떤 것에도 신경 쓰지 말자. 이 계절은 당신이 근본적으로 쉬운 것들, 매 순간마다 당신이 느끼는 것들만을 봐야 하는 시기다. 당신이 처한 상황상 도달할 수 없는 것들로 인해 스스로를 힘들게 할 까닭은 없다. 기분이 좋거나, 행복감을 느끼거나, 문득 좋은 문장이 떠올랐거나, 기억해두고 싶은 일이 있을 때 글을 쓰면 된다.

나는 헨리가 요람에서 잠을 자고 있는 시간 동안 나의 출산 이야기를 블로그에 올렸었다. 그렇지만 이후 블로그 포스트나 소셜 미디어 활동은 한동안 할 수 없었다. 앞서 언급한 것처럼 내 출산 휴가는 첫 책 원고를 출판사에 넘기기 위한 막바지 작업과 겹쳤다. 그래서 그때 올릴 분량을 미리 모아놨다가 예약 포스팅을 걸어놓기도 했다. 그 와중에도 '좋아요'를 받고 싶다는 욕심 때문에 무리해서 글을 쓰고 예약 기능까지 이용한 것이다. 당신에게는 내가 바로 위 단락에서 말한 것처럼만 조언하고 싶다. 양육의 계절은 그렇게 보내는 시기가 아니었다. 그나마 다행히 원고는 거의 완성된 상태였다. 바로 이 시기가 메리 올리버의 〈아침〉을 읽고 그간의 내 삶을 돌아보면서 모든 것들이 예전 같지 않다는 사실을 깨닫던 때였다.

당신에게 말해주어야 할 부분이 하나 더 있다. 아이를 낳고 첫 해가 굉장히 서글픈 시기가 되리라는 사실을 대부분 이야기해주지 않는다는 것이다. 당신이 갖고 있던 예전의 자아는 자주 무시되고 억류당한다. 기저귀를 갈고 목욕을 시킬 때도 그렇고, 또 다른 행복과 기쁨을 느낄 때도 그렇다. 하지만 당신의 자아가 사라지는 것은 아니다. 잠시 비켜나 있을 뿐이다. 당신이 살아온 이전의 삶을 아직은 완전히 정착하지 못한 이후의 삶과 조화해나가다 보면 부모가 되어가는 미묘한 자아 통합 과정의 일부임을 알게 될 것이다.

언젠가 한 팟캐스트 진행자가 내게 만약 아이를 낳지 않았다면 예전처럼 많이 썼을 것 같은지 물었다. 나는 망설이지 않고 그랬을 것이라고 대답했다. 그렇지만 그러지 않았을 것이라고 말했다. 나는 여전히 글을 쓸 수 있고, 글쓰기를 좋아하며, 시작한 일은 끝맺을 수 있는데, 돌이켜보면 예전에는 별로 중요하지 않은 일에 너무 많은 에너지를 쏟아 넣기도 했고, 수많은 일을 한꺼번에 하려던 적도 있었으며, 열정적이긴 했지만 제대로 집중하지 못했음을 깨달았다.

이것이 양육의 계절이 내게 던져준 도전 과제 덕분에 받을 수 있었던 선물이다. 당신이 양육의 계절을 맞게 된다면, 그 시기에 당신을 둘러싼 세계에는 들려줄 가치가 있는 이야기들과 추구할 가치가 있는 활동들이 풍요롭게 펼쳐져 있으며, 다른 모든 것들을 한편으로 제쳐놓을 정도로 귀중한 삶의 용기를 얻을 수 있다고 말해주고 싶다.

글쓰기 틈새 찾기

고요함, 문 닫힌 방, 음악이 흐르는 카페는 꿈같은 이야기로 들릴 것이다. 그러나 글쓰기에 이상적인 기회를 도저히 잡을 수 없다고 해도, 문장이 산산이 조각난 것처럼 느껴질 때도, 여전히 틈새를 찾을 수 있다. 한계 상황에서의 글쓰기를 기억해보고 내가 해본 다음의 방법들을 참조해보자.

- **아이 방에 랩톱 가져가기**: 헨리의 방에는 쿠션과 인형이 벽을 쌓을 정도로 많아서, 아이가 실로폰을 친다든지 블록 쌓기 놀이를 하는 동안 쿠션에 기댄 채 랩톱을 열어 글을 썼다. 아이는 엄마가 지켜보고 있다는 것만으로도 심리적으로 안정감을 갖기에 생각보다 오랫동안 작업할 수 있었다.

- **글쓰기 데이트 잡기**: 주중에 한두 번은 밤 시간을 글쓰기에 할애하는 실험을 해본 적이 있다. 육아로 소원해진 부부 사이에도 도움이 된 일석이조의 실험이었다. 헨리를 별 탈 없이 일찍 재울 수 있는 날이면 우리는 식탁에 나란히 앉아서, 나는 글을 쓰고 앤드루는 책을 읽으면서 다크 초

콜릿을 사이좋게 나누어 먹었다.

- **꾸준히 메모해두기**: 글쓰기에 영감을 주는 시, 격언, 칼럼 제목 등을 발견하면 그 즉시 메모했다. 메모해둔 내용이 많아지면 주제별·범주별로 분류해 정리했다. 여기서 핵심은 곧바로 기록해야 한다는 것이다. 기억했다가 나중에 적겠다고 시간을 끌면 금세 증발해버린다.

- **기술 익히기**: 편리한 IT 기술을 이용한 갖가지 앱이나 프로그램을 활용하는 것도 유용하지만, 일종의 손기술도 필요하다. 대부분의 사람들이 그렇듯 나 또한 스마트폰을 잘 활용하는 편인데, 스마트폰이야말로 내 글쓰기의 시작이다. 랩톱과 동기화할 수 있는 앱을 이용해 초고를 작성한 뒤 나중에 랩톱으로 정리하는 식이다. 스마트폰은 숙달되면 한 손으로도 타이핑이 가능해서, 헨리에게 모유 수유를 하던 때 느릿느릿 한 손 입력을 연습하다 보니 어느 순간 식은 죽 먹기가 되었다.

그리고 여러 해 동안 많은 작가를 인터뷰하면서 양육의 계절 동안 글쓰기 작업에 도움이 되는 몇 가지 방법을 추가로 모을 수 있었다.

- 아이를 맡길 수 있을 때는 도서관에 간다.
- 점심 시간마다 같은 스타벅스의 같은 테이블에 앉는다.
- 아이가 잠들 때 쓴다.

- 아이가 깨기 전까지 집중해서 쓴다.

- 마감을 할 때는 주변에 부탁하고 하루나 이틀 정도 호텔 객실을 잡는다.

- 가끔 자동차 뒷좌석에서 작업한다(살짝 창문을 열어둘 것).

- 침대 옆 협탁에 노트와 펜을 놓아둔다(꿈꾸다 일어났을 때 꿈 내용을 바로 적을 수 있도록).

- 음식이 오븐에서 익는 동안 몇 줄 쓴다.

글과 빵

매주 금요일이면 나는 손때 묻은 회색 노트를 꺼내 왼쪽 페이지에 다음 주 식단을 짠다. 오른쪽 페이지에는 위아래 두 칸으로 나눠 쇼핑 리스트를 작성한다. 위쪽 칸에는 농산물 직매장에서 구입할 식자재를 적고, 아래쪽 칸에는 마트에서 구입할 식품을 적는다. 왼쪽 페이지 아래쪽에는 으레 공간이 남는데, 여기에다가는 음식과 관련해 해야 할 일, 주말에 하고 싶은 일, 준비할 사항 등을 써놓는다. 일테면 '물에 콩 담갔다가 삶을 것', '샐러드 드레싱 만들 것', '벌꿀 호밀빵 구울 것', '캐슈 밀크 만들어놓을 것' 식이다. 나는 이를 금요일마다 의식처럼 반복하고 있다.

그런데 오늘 아침을 먹으면서 나도 모르게 울적해졌다. 팬케이크를 먹는 중간 중간 나는 식사 준비에 대해 앤드루에게 불평했다. 그리고 다가오는 주말에는 친구를 만나 브런치를 먹고 올 테니, 헨리와 놀아주고 있으면 내가 오후에 들어와 청소하고 빨래를 하겠다고 비장하게 말했다. 당연히 글쓰기 계획도 있었다. 그러다가 갑자기 침울해져서 이렇게 말했다.

"이러다가 언제 빵을 구울 수 있을까?"

그러자 앤드루가 대답했다.

"이번 주에는 직접 구울 필요 없잖아. 빵집에서 한 덩이 사오면 그만이지."

하지만 나는 내가 직접 빵을 만들고 싶다. 정말로 나는 빵을 굽고 싶다. 고소한 냄새 때문이 아니다. 빵 만들기는 지금은 내가 살 수 없는 삶을 투영하기 때문이다. 반죽이 발효되기를 하룻밤 동안 기다리는 삶, 한 덩이씩 끊어 모양을 잡고 쟁반 위에 나란히 올려놓는 삶, 오븐에 넣고 1시간 동안 잘 구워지기를 기대하는 삶, 뜨거운 빵이 식기를 기다렸다가 바삭한 윗면부터 썰어낸 다음 촉촉한 표면에 짭조름한 버터를 넓게 펴서 바르는 삶. 내가 꿈꾸는 그런 삶.

어떤 주말에는 글을 쓸지 빵을 구울지 선택할 필요가 없다. 그렇지 않은 주말에는 선택을 해야 한다. 이번 주는 앤드루 말이 맞았다. 저녁을 차리지 않기로 한 주말이다. 빵을 사다 먹으면 되는 날이다. 그러나 나를 위해 대신 글을 써줄 사람은 아무도 없다.

길 위에 머무르길

지난봄 나는 지역 서점에서 또 다른 북토크 이벤트가 있어서 라구너 비치(Laguna Beach)로 차를 몰았다. 원래는 앤드루와 나만 갈 계획이었지만, 마지막 순간에 상황이 뒤집어져 그의 출장 일정과 겹쳐버렸다. 그날 아침 우리는 헨리를 카시트에 앉힌 다음 내가 운전대를 잡고 앤드루를 먼저 공항에 내려주었다. 그런 뒤 다시 공항 교차로를 빠져나올 때 나는 울지 않으려고 애썼다.

"아빠는 비행기 타고 가는 거야?"

헨리가 물었다.

"그래, 아빠는 며칠 있다가 올 거야."

이렇게 대답하는데 눈물방울이 뺨으로 굴러 떨어졌다. 몇 시간 후면 남편은 3만 피트 상공으로 올라가 스톡홀름으로 날아가고 있을 것이다. 그리고 나는 친정 부모님이 집에서 헨리를 돌보고 계실 동안 405번 고속도로를 달리고 있을 것이다. 나는 혼자다.

그런데 다시 생각해보니 그것은 일종의 '자유'였다. 나는 안절부절못하던 마음을 가라앉히고 오랫동안 느끼지 못했던 해방감을 흔쾌히 받아들였다. 나는 몇 주 전 애리조나 사막으로 운전해 달리고 싶다는 충동을 강하게 느꼈다. 타는 듯한 열기 속에서도 꿋꿋이 살아남는 식물들을 바라보고 싶었다. 도대체 어떻게 버틸 수 있는지 묻고 싶었다.

언제부터인가 가끔 이런 충동에 빠져들 때가 있는데, 나는 그것을 완화하는 유일한 방법이 멀리까지 운전하는 것뿐이라고 생각했다. 그렇게 하면 비록 잠시나마 가슴이 후련해지는 기분이 들었다. 길가에 차를 세워둔 채 곧장 바다를 향해 걸어가곤 했다.

라구너 비치에서의 이벤트는 기대했던 것보다 훨씬 좋았다. 스물다섯 명이 참석했다. 물론 처음 보는 사람들이었지만 모두가 내 책을 읽은 독자들이었다. 작가가 직접 내용의 일부를 낭독하는 순서가 와서 서두 부분을 읽을 때 얼굴이 화끈거렸지만, 몇 개 단락을 지나면서 점차 긴장감이 누그러졌다. 나는 북토크 내내 시와 요리 말고는 생각하지 않았고, 참석한 독자들과 계속해서 눈을 맞췄다. 북토크 막바지에 내 친척 몇 사람이 베이커스필드(Bakersfield)에서 그곳까지 찾아왔다.

사인회를 마지막으로 이벤트는 끝이 났고, 나는 친척들과 함께 자리를 옮겨 젤라토 아이스크림 카페에 들러 얼마간 시간을 보낸 뒤 집으로 돌아오기 위해 다시 차에 올랐다.

석양이 근사하게 지고 있었다. 고속도로를 따라 낮은 물결처럼 줄지어 오르락내리락 하고 있는 언덕 위로 노란색 야생화가 덮여 있었다. 스피커에서는 글렌 핸사드(Glen Hansard)가 시를 읊듯이 부르는 〈길 위에 머무르길(Stay the Road)〉이 흘러나왔다. 노래 가사는 우리가 얼마나 먼 길을 왔는지 돌아보며 길 위에 머물며 쉬어가라고 이야기하고 있었다.

지치고 지친 눈을 들어 바라보네.

당신이 걸어온 길.

당신이 이룬 것들.

나는 그 노래를 두 번 연달아 듣고 세 번째에는 따라 부르면서, 아침 일찍 흘렸던 눈물을 다시 흘렸다. 후렴구가 나올 때마다 이제 막 나의 새로운 삶이 시작되었다는 사실을 떠올렸다. 나의 세상은 열려 있고, 나는 자유로우며, 나의 이야기를 공유하고 있다는 사실도 깨달았다. 나의 삶은 끝나지 않았다. 저 멀리 로스앤젤레스가 보였다. 도시는 온통 황금빛으로 물들어 있었다.

우리는 자유, 우리가 원할 때마다 모든 것을 훌훌 털어버리고 어디든 갈 수 있는 자유야말로 가장 값진 가치라고 배우지 않았던가. 그렇지만 나는 로스앤젤레스 공항에 가까워지자 머리 바로 위에서 지나가는 비행기의 굉음이 들릴 때, 세풀베다(Sepulveda) 터널을 통과하며 우레와 같은 소음의 메아리가 들려올 때 마치 집에 있는 것처럼 편안해졌다.

나는 북토크 때의 장면들을 떠올리면서 생각했다. 나는 회복하고 있었다. 나는 작가가 되는 데 몰두할 것이고 엄마가 되는 데 몰두할 것이다. 나에게 더는 사막으로 차를 몰고 나갈 이유가 없다. 나에게 더는 삶의 무게를 오롯이 질 까닭이 없다. 나에게 필요한 것은 나만이 할 수 있는 이야기를 더 많이 하는 것이며, 아까 내가 마지막 구절을 낭송할 때 문장의 힘을 일제히 느끼면서 독자들과 함께 내쉬었던 한숨을 더 많이 듣는 것이며, 절벽 위에 서서 바다를 더 자주 바라보는 것이다.

나는 내가 얻을 수 있는 이런 것들을 더 많이 얻고 싶다. 나는 오늘 자유로울 수 있었던 것은 내가 쓴 글 때문이고, 내가 항상 글을 쓰고 있기 때문이며, 내가 계속해서 그와 같은 삶을 살아갈 것이기 때문이다. 옐로우 하우스(Yellow House)라는 블로그에는 이런 내용의 포스팅이 있다.

"용기를 내서 편안한 집을 벗어나 여행을 하고 세상을 살펴보라고 말하는 사람들은 틀렸습니다. 여행은 실제로는 도피이며 특권입니다. 정말로 용기가 필요한 곳은 집입니다. 당신이 변화하려고 노력하지 않는 이상 절대로 바뀌지 않기 때문입니다."

집에 도착한 나는 부모님께 고맙다고 인사드린 뒤 주방 싱크대에 쌓여 있는 접시 더미와 내일 일정표에 잡혀 있는 약속들 사이로 분주히 움직였다. 이제 더 이상 이것들은 나를 속박하는 사슬이 아니다. 헨리가 집에서 만든 마카로니와 치즈를 먹고 있는 이때가 바로 내가 빠져들고 싶은 순간이다. 매일 저녁 우리 가족이 테이블에 앉아 식사를 하는 그런 시간이 바로 흠뻑 젖고 싶은 순간이다. 그렇다. 이 모든 상황은 사슬이 아니라 가장 중요한 것들에 연결되는 고리인 것이다.

≋ 의식과 루틴 ≋
하루에 한 줄씩

8시가 조금 넘은 시각이었다. 나는 앤 라모트(Anne Lamott)의 《쓰기의 감각(Bird by Bird)》을 다시 꺼내 읽다가, 모든 사물의 감성적 중심을 향해 글을 쓰라고 이야기하는 대목을 읽은 직후 깜박 졸고 말았다. 나는 지금이 내게 양육의 계절임을 알고 있으며, 헨리에게 책을 읽어주기 위해, 또는 아이가 블록으로 만든 세차장에 붉은색 장난감 컨버터블 자동차를 밀어 넣는 모습을 보려고 기꺼이 내 시간을 포기할 것이다.

분명히 나는 그런 순간에 망설이지 않을 것이다. 하지만 그만큼 글쓰기 진도도 느려질 것이다. 이는 내 생각이 형태를 갖추기까지 더 많은 시간이 걸린다는 것을 의미한다. 나는 항상 조금씩 피곤할 것이고 글쓰기 작업보다 일상을 더욱 선호해야 하는 위치에 있게 될 것이다. 이 계절 동안 나는 중심을 유지한 채 스스로를 온화하게 대할 수밖에 없다.

나는 최근에 요가 니드라(yoga nidra) 연습을 시작했다. 요가 니드라는 잠에 든 것 처럼 편안하지만 의식은 깨어 있는 상태를 말한다. 둘째 날이 되자 내 안의 어떤 의지가 날카롭고 명확해졌다. 나 자신과 타인에게 온화해지겠다는 의지였다. 언제나 그렇듯 진실은 깊숙이 묻혀 있어서 거의 들리지 않는다. 나는 몸을 한껏 낮추어 몇 달 만에 처음, 어쩌면 몇 년 만에 처음으로 나 자신의 목소리를 들었다. 모든 것은 사려 깊음에 달려 있다.

글쓰기가 불가능하다고 느껴질 때, 꾸준하게 쓰는 것이 버거울 때는 이렇게 해보자. 하루에 딱 한 줄만 쓰는 것이다. '한 줄 일기'라고 생각하면 된다. 나는 이 한 줄 일기를 몇 년째 루틴으로 삼고 있다. 그 덕분에 좋은 일이든 나쁜 일이든 내 삶을 기억할 수 있으니 고맙게 생각한다. 당신도 해보면 하루하루가 기록으로 남겨지는 데 감사하게 될 것이다.

내가 찾은 가장 손쉬운 방법은 노트를 침대 곁에 두고 잠자리에 들기 직전에 한 줄을 적는 것이다. 이 루틴은 아날로그 방식으로 하는 것이 더 좋긴 하지만, 꾸준히만 할 수 있다면 스마트폰 앱을 이용하는 것도 괜찮다.

또한 한 줄 일기라고 해서 반드시 한 줄만 쓸 필요는 없다. 무언가 추가하고 싶은 내용이 있을 때 입력한 다음 며칠 뒤 시간 여유가 생길 때, 또는 날을 정해서, 일테면 매주 일요일 저녁에 그동안 써놓은 문장들을 정리해둔다.

여기서 유의할 점은 잘 쓰려고 하지 말라는 것이다. 문장이 유려해야 한다거나, 통찰력이 있어야 한다거나, 문법적으로 틀린 곳이 없어야 한다는 생각은 접어두자. 그것은 나중의 일이다. 문장 부호 같은 것들을 생략해도 무방하다. 당신만 알아볼 수 있으면 된다. 어차피 당신밖에 볼 사람도 없다. 내 경우에는 갖가지 것들을 다 써놓는데, 어딘가에서 본 좋은 글귀, 내가 먹은 음식, 아이가 한 말이나 행동, 내가 느낀 감정, 내가 본 풍경 등과 같은 것들을 마구잡이로 적는다.

또 한번 강조하지만, 지나치게 많은 생각은 금물이다. 한 줄 일기 최대의 적이 바로 생각이다. 생각은 당신이 그 글들을 정리할 때 자연스럽게 하게 된다. 다음은 내 노트에서 발췌한 것이다. 교정하지 않은 원문 그대로다. 그런데 한 줄 일기도 어쨌든 일기이니, 사생활 보호 차원에서 덜 예민한 것들로만 추렸다. 그저 참조만 하고, 당신은 자신의 스타일대로 쓰면 된다.

- 잡지에서: "인생은 너무나 짧으니 당신의 마음, 육체, 영혼에 불을 지피지 못하는 창작 작업으로 괴로워하지 마라."
- 오늘 외울 주문: 요리, 글쓰기, 반복.

- 거울을 보다가 정수리에서 흰머리 두 가닥 뽑음. 바이올린 줄 같다.

- 무더위, 교통 체증, 요가. 오래된 시를 읽음. 닳디 닳음. 희망. 충전 필요.
  오늘의 교훈: 네 몸을 챙겨라.

- 오늘의 희망: 잠 좀 푹 자길.

- 요가 수업 중에: "당신의 한계를 사랑하세요. 한계가 당신을 변화로 이끄
  니까요."

- 출퇴근하기 힘들었던 날.

- 햇빛이 있다는 것에 감사.

- 잡지에서: "의식은 의도적 의지를 동반해 정기적으로 행하는 활동이다."

　글이 잘 써지는 날은 많이 써도 된다. 한 줄은 당신이 보낸 하루를 기록하는 데 필요한 최소한의 분량일 뿐, 분명히 더 많은 일들이 일어난 날도 있게 마련이다.

　매년 연말에 내가 가장 좋아하는 연례행사가 다름 아닌 이 노트를 보면서 1년 동안 내가 해온 경험과 도전들을 떠올리는 것이다. 지난 열두 달 동안 내 하루하루를 기록하고, 스스로에게 새로운 도전 과제를 던져주고, 내 영혼을 고양시킨 지혜들을 되새기는 것이다. 당신의 한 줄 일기는 당신이 얼마나 멀리까지 항해해왔는지 깨우쳐줄 것이다.

모든 것은 제시간에 태어난다

돈 프리먼(Don Freeman)이 지은《꼬마 곰 코듀로이(Corduroy)》시리즈는 내가 어릴 적에 가장 좋아한 동화책이다. 아마도 늘 함께 자고 항상 갖고 다니던 곰 인형이 있었기 때문일 것이다. 어느 크리스마스 저녁, 우리 가족이 마을 근교에서 펼쳐진 불꽃놀이 이벤트를 보러 가던 날, 수많은 사람들이 밀집된 곳에서 부모님이 나와 동생을 챙기려고 잡아끌다가 그 곰 인형을 놓치고 말았다. 나는 인형이 내 품에서 굴러떨어져 어디론가 사라져버린 것을 알고 펑펑 울었다. 다행히도 엄마가 급히 오던 길로 돌아가서 군중의 발길에 만신창이가 되기 전 곰 인형을 구출했다. 이후 나는 좋아하던 곰 인형을 잃어버리는 여러 이야기에 쉽게 공감할 수 있었다.

그런데《꼬마 곰 코듀로이》는 창의성에 관한 교훈 또한 내포하고 있었다. 나는 그 사실을 최근에 헨리가 아동용 의자에 앉아서 내가 얇게 썰어준 바나나를 먹고 있을 때 이 책의 여러 시리즈 중《호주머니를 갖고 싶어요(A Pocket for Corduroy)》을 읽어주면서 다시금 깨닫게 되었다. 줄거리는 이렇다. 어느 여름날 오후 리자(Lisa)가 엄마와 빨래방에 간다. 언제나처럼 곰 인형 코듀레이를 안고서.

"코듀로이, 여기에 얌전히 앉아서 기다려야 해. 나는 엄마를 도와드려야 하니까."

코듀로이는 의젓하게 기다렸다. 그러다 귀가 쫑긋해졌다. 리자의 엄마가 이렇게 말하는 게 들렸기 때문이다.

"리자야 호주머니에 든 걸 다 빼내렴. 그렇지 않으면 비눗물에 다 젖을 테니."

그 말을 들은 코듀로이가 생각한다.

'호주머니? 나한테는 호주머니가 없는데.'

코듀로이는 호주머니가 갖고 싶어져 의자에서 스르르 내려와 호주머니를 만들 만한 게 있는지 빨래방을 돌아다닌다. 그러다가 어느 커다란 빨래 보따리 안으로 들어간다.

잠시 후 리자가 돌아와 보니 코듀로이가 사라졌다. 리자가 코듀로이를 찾으려고 이리저리 살펴보지만 빨래방 문을 받아야 할 시간이라 집으로 돌아갈 수밖에 없다. 엄마가 내일 아침 다시 와서 찾아보자고 리자를 달랜다. 리자와 엄마가 빨래방을 나간 그때 빵모자를 쓴 화가 아저씨가 들어와 빨래 보따리 속 빨랫감을 건조기에 집어넣다가 코듀로이를 발견하고는 한쪽에 치워둔다.

빨래방에 혼자 남겨진 코듀로이는 밤새도록 이런저런 모험을 즐기고, 다음 날 코듀로이를 찾게 된 리자는 코듀로이가 호주머니를 갖고 싶어 한 것을 알고는 바지에 호주머니를 달아주는 것으로 이야기는 훈훈하게 마무리된다.

어쩌다가 줄거리를 전부 적었는데, 내가 이제야 새로운 의미를 발견해 주목한 대목은 이 부분이다. 화가는 빨래가 마르기를 기다리다가 건조기 문 안에서 구르고 있는 옷가지들이 형형색색의 모자이크를 빚어내는 모습에 매료된다. 화가는 예술 활동이 아니라 빨래를 말리는 평범한 허드렛일을 하러 온 것이었지만, 그곳에서 새로운 영감을 받고 자신의 작업실로 돌아갔을 것이다.

그날 나는 할 일 리스트는커녕 겨우 세 문장만 쓴 상태였다. 달랑 세 문장. 저녁을 먹으면서 앤드루에게 이 이야기를 하자 그는 웃음을 터뜨리면서 테이블 위로 팔을 쭉 뻗어 하이파이브를 하자고 했다. 나의 성취를 축하하자는 친절한 의미에서. 나도 따라 웃었다.

렌즈콩을 듬뿍 넣은 커리를 먹다 보니 와인 생각이 났다. 전날 저녁 마시고 남은 것이었지만 둘이서 건배를 하기에는 충분한 양이었다. 하지만 식사를 거의 마친 상황이라 와인은 나중에 마시기로 했다. 그래도 한잔 하고 싶어서 설거지가 끝나고 앤드루가 헨리를 목욕시키고 있을 때 작은 텀블러 잔을 꺼내서 내 몫만큼 와인을 따랐다.

그러고는 거실로 나와서 쿠션이 달린 커다란 터키 식 발판을 소파 맞은편에 놓고 그 위에 발을 모아 올린 다음 랩톱을 열었다. 세상 편한 저녁이었다. 가끔은 우리에게 필요한 것이 새로운 관점일 뿐일 때가 있다. 욕조에서 헨리는 물을 튀기며 즐거워하고, 앤드루는 "영차, 영차, 노를 저어라!" 노래를 부르고 있다. 우리 강아지는 벽난로 앞에서 자기 발을 핥고 있다. 나는 흐뭇한 미소를 지으면서 다시 글을 썼다. 한참 타이핑을 하고 있는데 아이의 목소리가 들렸다.

"엄마! 엄마도 이리 와!"

너무나도 많은 날이 아름다우면서도 도전적이겠지만, 출산 후 100일이 지나면 조금씩 빠져나올 수 있다. 그렇게 첫해, 다음해, 그 다음해, 당신은 여전히 글을 쓸 수 있다. 물론 예전과 다를 것이다. 아마도 정말 많은 면에서 그러겠지만, 오히려 여건이 더 좋아질 수도 있다. 그리고 기억해야 할 한 가지가 있다. 우리 여성은 난소에 미세한 세포를 품은 채 태어난다. 여성은 창조할 수 있는 모든 것을 갖추고 있다. 우리의 몸은 생명과 이야기를 창조할 수 있도록 만들어졌다. 우리는 창조자다. 매달 우리의 몸은 이 사실을 상기시킨다.

만약 당신이 지금 아이를 달래면서 다시는 글을 쓰지 못할까 봐 두려워하거나, 새벽 2시에 맞춰놓은 알람에 깨어나 젖병을 데우고 아이에게 먹이는 것 외에 다른 어떤 일도 할 수 없는 상황에 부닥쳐 있다면, 그 계절이 짧지 않다는 사실을 온전히 받아들여야 한다. 양육의 계절은 다른 계절에 비할 바 없이 길다. 최소한 몇 년이다. 그 몇 년을 맥없이 흐르게 놓아두어서는 안 된다. 스스로를 잘 돌보면서, 도움을 청하면서, 감정에 솔직하면서, 현명하게 보내야 한다.

이 계절은 당신의 변화를 요구한다. 일을 적게 하고 책을 꺼내는 횟수를 줄이되, 당신의 생각만큼은 그때그때 기록해놓아야 한다. 당신은 위대한 사람이다. 한 생명이 당신의 자궁에서 40주 동안 성장하는 동안 조심하면서 참을성 있게 기다린 것을 떠올려보자. 당신은 그 일을 해낸 사람이다. 그렇게 해서 이 세상에 새로운 생명을 탄생시켰다. 당신의 창작력도 새로 태어나길 기다린다. 그것도 기꺼이 기다리고 있다. 모든 것은 제시간에 태어난다.

～～～～～

전환의 시기를 맞이한 것을 축하한다. 당신은 여기에 있지도 않고, 그렇다고 저기에 있지도 않으며, 그 사이에 있다. 마치 물에 뜨기 위해 끊임없이 다리를 가로 저어야 하듯이, 당신은 계속해서 움직여야 하며 당신이 가고자 하는 곳을 응시해야 한다. 문턱의 계절은 결코 쉽지 않지만, 이 시기가 가져다주는 예상치 못한 이익도 있다. 그것은 성장과 변화 그리고 당신이 가진 창조적 영혼의 재충전이다.

제 7 장

문턱의

The Season of Liminal Space

계절

당신이 걷는 길이

비뚤어지고, 구부러지고,

외롭고, 위험하기를 바랍니다.

그리하여 가장 경이로운 풍경에 이르기를 기원합니다.

_에드워드 애비

나침반 없는 글쓰기

"나는 여전히 스스로 작가라고 부를 수 있을까?"

대학원 졸업 후 몇 달이 지나서 나 자신에게 물었던 질문이다. 대학원 2년이라는 기간이 많은 생각을 하게 만들었다. 대학원 이전에 나는 늘 글을 쓰는 작가였으나, 대학원 시절 나는 글을 쓰지 않는 작가가 되어 있었다. 엄밀히 말하면 논문도 글이긴 하지만, 내가 작가라고 부르는 사람이 쓰는 글은 아니다.

열여섯 살을 꽉 채웠을 때 나는 대문자 W의 명실상부한 '작가(Writer)'가 되기 위한 유일한 방법이 시 전공의 문학 석사학위를 취득하는 것이라고 믿었다. 그리고 그것을 위해 공부했다. 결국 나는 이 목표를 스물네 살 때 달성했다.

그러나 학위가 있다고 해서 작가가 되는 것은 아니다. 글을 더 잘 쓸 수 있도록 도움을 줄 뿐이다. 그렇다면 나의 석사 과정 2년은 유용했을까? 그렇다고 생각한다. 반드시 필요했을까? 아마도 그렇지 않았을지도 모른다. 하지만 꿈이 있고 무언가에 빠진 젊은이의 마음은 쉽게 바뀌지 않는 법이다.

1월의 어느 서늘한 날, 버몬트(Vermont)의 연단으로 나가 졸업장을 받아들었던 날, 나와 앤드루는 그 지역 요리학교에서 운영하는 레스토랑에서 점심 식사를 함께했다. 우리는 그릴에 구운 생선을 먹고 화이트 와인을 마신 뒤, 뉴욕으로 날아가 며칠 동안 그곳에 머물렀다. 고향인 캘리포니아로 돌아왔을 때 내가 정말로 작가인지 아닌지에 대한 우려가 내 몸 어디엔가 둥지를 틀었을 뿐 아니라 여름 내내 지저귐을 멈추지 않았다. 야생화는 언덕에 활짝 피어났지만, 내 창작력은 서서히 겨울잠에 빠져들고 있었다.

"시가 나를 버린 걸까, 아니면 내가 시를 버린 걸까?"

'문턱의 계절'은 오직 지나간 세월에 대한 통찰을 통해서만 알 수 있는 신호를 보낸다. 가장 눈에 띄는 첫 번째 표식은 달력에 동그라미를 쳐놓았던 내 졸업식이었는데, 이는 학창 시절의 종말을 알려주는 신호였다. 전환의 처음 몇 달이 가장 힘들었다. 나의 일상은 카페 의자에 앉는 것에서 책상 의자에 앉는 것으로 바뀌었으며, 사무실에서 하루 여덟 시간을 꼬박 일해야 했기 때문에 피곤하고 배고픈 채 집으로 돌아왔다. 문학지 〈플라우셰어스(Ploughshares)〉와 〈포이트리(Poetry)〉의 구독 갱신을 하지 않게 되었고, 예전 지도 교수님께 보내는 이메일 횟수도 줄어들었다.

나는 더는 내가 쓴 시를 주변에 반원 모양으로 뿌려놓은 채 방바닥에 앉아서 오후를 보내지 않게 되었고, 투고 시 원고를 담은 커버레터에 우표를 붙이는 일도 없어졌다. 그렇지 않아도 좁은 우리 아파트 공간을 절약하기 위해 내 책들은 상자에 차곡차곡 담아 간이차고에 쌓아놓았다. 그런데 아무리 포기하려고 해도 〈시인과작가

⟨Poets & Writers⟩⟩와의 이별은 불가능했다. 이 잡지에 공모전 광고를 게재한 출판사 이름과 주소에 오렌지색 형광펜으로 동그라미를 쳐 두고 원고를 투고한 적도 몇 번 있다. 더욱이 매달 차곡차곡 호수별 로 책장에 꽂아두는 게 그렇게 좋았다. 내가 기성 작가가 된 듯한 기 분이 들었다.

두 번째 신호는 좀 더 포착하기 어려웠는데, 더 많은 글을 쓰고 싶 었지만 낱말들을 모아내지 못하는 느낌이 들었다는 것이었다. 마무 리 짓지 못한 시의 조각들이 몇 권의 노트에 흩어져서 방치되어 있 었고, 설사 내가 그것들을 다듬는다고 해도 학창 시절 수준 근처에 도 못 가는 수준이었다. 나는 대학 시절 소책자 경연대회에서 우승 한 적도 있었지만, 대학원 졸업 후 먹고사는 문제가 시급해 글쓰기 를 거의 중단했다.

나는 당신이 이와 같은 운명을 피했으면 좋겠다. 나처럼 되지 않 게 당신을 돕는 것이 이 책에서의 내 바람이다. 그때 내가 있었던 그 공간, 그리고 당신이 지나게 될지 모르는 그 공간의 이름은 다 름 아닌 '문턱의 공간(liminal cpace)'이다. 'liminal(리미널)'은 라틴어 'limen(리멘)'로부터 파생되었고 문턱이나 문지방을 뜻한다. 이 문턱 의 공간은 지나간 시간과 앞으로의 시간 사이 경계에 있다. 내가 이 공간에 대한 개념을 정리하게 된 계기는 목사이자 작가 롭 벨(Rob Bell)이 출연한 팟캐스트를 통해서였다. 그는 대학 재학 시절 아이를 갖게 되었을 때 자신과 아내가 어떻게 극복해나갔는지 이야기했다.

"건강하고 살아있다는 것의 핵심은 우리의 삶에서 역동적인 문턱의 시기가 있음을 이해하고 이를 받아들이는 것입니다."

나는 그의 말에 편안함을 느꼈고 혼돈의 삶 가운데에도 질서가 있다는 사실을 알게 되었다. 질서가 아니라고 한다면, 적어도 우리 앞에 보이는 희미한 빛이라고나 할 수 있을 것이다. 문턱의 계절은 짧게 지나갈 수도 있고 길어질 수도 있다. 계획된 것일 수도 있고 계획에 없던 것일 수도 있다. 문턱의 공간은 '개인적' 문턱과 '창조적' 문턱으로 유형을 나눌 수 있지만, 개인의 삶과 창작의 삶이 분리되지 못하고 겹치기도 한다. 어떤 문턱에서는 글쓰기가 왕성하게 되고 어떤 경우에는 시들해지면서 기다려야 하기도 한다. 무엇보다도 이 계절은 일종의 전환기로 특징 지워지는 시기다.

당신의 개인적 문턱은 결혼 준비, 가족 계획, 출산 휴가, 이사, 이직 등의 시기가 될 수 있다. 이 경우는 끝을 알 수 있는 전환기이므로 약간 앞서서 계획을 세울 수 있다. 그런데 언제라도 갑자기 덮쳐오는 상황이 있게 마련이다. 일테면 가정에서의 비상 사태, 예상치 못한 인간관계 문제, 예고 없던 파견 등이 그렇다. 이럴 때 종종 글쓰기는 당신이 마주한 의도치 않은 상황에 대처하면서 감정의 분출구 역할을 하기도 한다. 내 친구 한 명은 양자 입양 과정이 진행되는 동안 초조한 마음을 달래고자 요리책을 쓴 적이 있는데, 각각의 레시피가 모두 그 친구의 마음을 담아놓은 것 같았다.

창조적 측면에서 보자면 졸업은 문턱의 계절로 들어가는 첫 번째 관문일 수 있다. 당신이 첫 책을 출간하게 되면 이후 몇 달 정도가 또 한번의 문턱이 될 수 있다. 문턱의 계절은 대개 예측 가능하지만, 다른 계절과 함께 온다면 사정이 달라진다. 당신이 문턱을 넘고 있을 때 하필이면 의심의 계절이나 불만의 계절이 찾아온다면, 안개 속을 헤매는 기분과 좌절감이 밀려온다면 어떻게 할 것인가? 출간하기로 한 당신의 원고가 예기치 못한 사정으로 없던 이야기가 된다면, 그 문턱 앞에서 그저 고꾸라져야 하는가? 잔인하게도 이런 뉴스는 한창 기대감에 부풀어 있을 때 도착한다. 문턱이 의심과 불만으로 바뀌게 되는 순간이다. 그렇다고 그대로 잠식될 것인가? 당신은 이미 알고 있다. 우리의 삶에서 문턱이 쉽게 자리를 비켜주는 때가 몇 번이나 있을까?

나의 부모님은 내가 문학 석사 과정을 마쳤을 때 졸업 선물로 200 달러짜리 수표를 주셨다. 나는 그 돈을 고스란히 은행 계좌에 입금했다가, 며칠 뒤 생각이 바뀌어 윌리엄스-소노마(Williams-Sonoma) 매장으로 가서 듄(Dune)이라는 7쿼터짜리 냄비를 샀다. 나는 이 냄비에 수프를 끓이기도 하고 고기를 굽기도 했다. 이후 듄은 내가 매일 주방에서 시를 요리와 맞바꾸던 시절의 상징이 되었다. 나는 블로그를 처음 시작했을 때는 음식에 관한 포스팅을 하지 않았다. 할

줄 아는 요리가 별로 없었기 때문이다. 그러다가 시간이 흐르면서 조금씩 늘기 시작했고, 어느 순간 내 직관에 따라 실험적인 레시피를 고안하게 되었다. 그렇게 '고수의 재발견'이랄지 '빵을 망치는 습관'과 같은 포스트를 조금씩 올릴 수 있었다. 10년 전 선생님이 낭송해주시는 시에 귀 기울이고, 친구들과 시내 카페에서 독서 모임을 할 때 커피가 아닌 핫초콜릿을 주문하던 고등학교 시절의 나로 돌아간 것처럼 이제 다시 초심자가 되기로 한 것이었다.

학생에서 전문가로 전환하는 게 문턱을 넘는 것임을 몰랐기에 나는 창조적 삶을 재정비하려는 생각을 하지 못했으며, 그저 내가 이루지 못한 것, 작가가 되지 못한 것에 대해 자주 스스로를 비난하곤 했다. 아무도 나에게 작가가 된다는 것이 무엇인지 가르쳐주지 않았다. 아무도 나에게 나침반을 건네주면서 어느 쪽이 북쪽인지 알려주지 않았다.

역설적이게도 그것을 가르쳐준 것은 문턱의 계절이었다. 문턱은 내 글을 좀 더 좋은 쪽으로 바꿔주었고, 내가 음식 관련 블로그 포스팅을 하게 해주었으며, 책으로까지 연결해주었다. 내가 시를 읽고 쓰는 일을 멈춘 지 3년이 지났을 때, 나는 이 공백의 시간이 웹커뮤니티 'EatThisPoem.com'을 가동하는 연료가 되리라고는 생각하지 못했다. 당시 나는 긴 하루 일과를 마치고 늘 배가 고플 뿐이었다.

문턱의 계절이 주는 또 다른 이점은 잠자고 있던 호기심을 깨워준다는 것이다. 문턱의 공간은 내가 시를 포기했을 때 호기심과 그리움까지 포기하게 내버려두지 않았다. 만약 그랬다면 나는 어두컴컴한 복도에 홀로 서 있는 나 자신을 발견하지 못했을 것이며, 나의 시를 레시피로 바꿀 수 있다는 생각도 하지 못했을 것이다. 호기심이 깨어 있다는 사실은 이 모든 것들의 연료가 된다.

살면서 당신이 마주친 문턱의 계절을 떠올려보자. 아마도 그때는 이런 식으로 이름을 부르지는 않았을 것이다. 그렇지만 당신에게는 분명히 문턱의 계절이 있었다. 당신이 처음 문턱의 계절을 경험했던 시기로 거슬러 올라가 생각해보면 결국 스스로 원했던 곳에 도달했다는 사실을 깨달을 수 있다. 새로운 일자리, 출판 계약, 새 생명의 탄생, 칼럼 연재 등, 내가 그랬듯이 당신도 마침내 그렇게 될 것이다. 문턱의 공간은 그곳까지 가는 여정이므로 이 계절에 들어서면 변화가 필요하다. 저항도 자연스러운 것이지만 그 안에서 휴식을 취하는 것이 더욱 현명한 처신이다.

내가 발견한 이 계절의 비밀은 이 시기에 우리의 영혼이 변화한다는 것이다. 따라서 불확실성을 환영해야 한다. 실제로 문턱의 공간은 마치 새싹이 돋아나기 훨씬 전부터 뿌리가 풍부한 토양에 뿌리를 내리는 것처럼, 창작력의 기반이 다져지는 곳이다. 때때로 나는 삶에서 우리가 통제할 수 있는 것이 얼마나 적은지, 우리 자신의 내면으로 향하기가 얼마나 어려운지 일깨워주고자 문턱이 계절이 존재하는 게 아닌가 하고 생각한다. 나는 그 어린 소녀에게 자신을 더 친절히 대하라고, 길고 긴 침묵의 힘을 믿으라고 말해주고 싶다.

당신은 여전히 작가인가? 당연히 그렇다. 당신은 아직 잠잠해지지 않은 태풍의 눈에 들어왔을 뿐이다. 그러니 기다려야 한다. 이렇게 되뇌면서.

나는 불확실함에 만족함을 받아들인다.

나는 평화롭게 기다린다.

나는 듣고, 호흡하고, 반복한다.

나는 미래가 희망적이다.

나는 내 삶이 어떻게 펼쳐질지 궁금하다.

≈ 의식과 루틴 ≈
잠시 멈출 수 있는 권리

이 계절은 당신이 있는 곳에 가혹한 빛을 내리쬐고 있을지도 모르지만, 문턱의 공간은 당신을 위한 선물이다. 당신이 어떤 일을 진행해야 하고 어떤 일을 보류해야 할지 분별하도록 도와주며, 작가의 삶 속에서 저평가된 필수 요소들에 관해 생각할 시간을 제공한다.

여기서 내가 제안하고 싶은 연습은 당신이 비망록을 쓰면서, 또는 당신의 배우자나 친구와 대화하면서 혼자 해볼 수 있는 것이다. 당신이 문턱의 공간 한가운데 갇혀 있거나 그렇게 될 것 같을 때 시도해보자. 이 연습의 목적은 이 계절을 끝내는 게 아니라 당신이 확신을 갖고 잘 헤쳐 나갈 수 있도록 돕는 데 있다. 요리 전문가 줄리아 차일드(Julia Child)가 조리대에 오리고기를 올려놓고 칼을 든 채 카메라를 응시하면서 "우리는 이제 오리와 마주해야 합니다"라고 말했던 장면과 비슷한 것이다.

당신이 어떤 유형의 문턱 공간에 들어와 있는지 자문해보자. 개인적인 문턱인가 창조적인 문턱인가? 대개는 겹친 상황이겠지만, 어쨌든 당신이 준비할 수 있었던 시기인가 아니면 예상치 못한 상황 때문에 전혀 방비하지 못했는가?

또한 무슨 일이 일어나고 있는지 설명함으로써 구체적으로 분류해보자. 일테면 딸이 학교를 그만두려고 한다든지, 단편 소설을 쓰고 있는데 시아버지가 병원에 입원했다든지, 대학원 여섯 곳에 문학 석사 과정을 지원하고 기다리고 있다든지 하는 식으로 설명해보자.

그런 다음에는 잠재적 가능성이 남아 있는지 따져본다. 일정을 약간 조정하면 작업을 계속할 수 있는지, 아니면 그 시기가 끝날 때까지 글쓰기를 보류하는 게 최선일지 판단해보자.

당신이 어떤 상황에 처해 있든 간에 문턱의 계절은 당신에게 잠시 멈출 수 있는 권리를 부여해준다. 이 계절이 이미 지나간 시간과 앞으로 올 시간 사이의 경계로 정의되는 이상, 당신의 글쓰기 루틴과 관련해 어떤 종류의 변화, 심지어 일시적인 변화도 만들어내지 못할 수도 있다. 이전의 루틴이 돌아오거나 새로운 루틴이 나타날 때까지 당신의 글을 그냥 테이블에 올려두자.

그리고 문턱의 계절에서는 행복할 수도 있고 서글플 수도 있다는 사실을 염두에 두어야 한다. 변화는 언제나 상실의 형태를 보이게 마련이며, 이 계절에는 내면적·외면적으로 격변이 일어나므로 자신의 감정에 세심한 주의를 기울여야 한다. 그 감정은 당신이 어떻게 느끼는지 진실만을 이야기하며 무사히 착륙할 장소가 필요하다.

소모 vs. 창조

문턱의 공간은 겨울과 같다. 작가이자 기업가 케이트 노스럽(Kate Northrup)은 이를 '비옥한 공허(fertile void)'라고 불렀다. 문턱의 계절은 휴식, 미지의 세계로의 활공, 잠시 멈춤, 재평가 등의 특징을 갖는 계절이다. 노스럽은 이렇게 썼다.

"심오하고 진실한 창조력은 멈춤을 극복해서 나타나는 것이 아니라, 그 덕분에 나타나는 것이다."

당신의 몸과 당신의 삶 밖으로 떠올라보자. 그 위에서 아래를 바라보자. 모든 것을 느껴보자.

당신에게 숨을 쉴 공간이 절대적으로 필요하듯이, 때로는 애정을 담아서 당신이 하던 일을 잠시 멈출 필요가 있다. 물론 그러면서도 작은 새처럼 여기저기를 날아다니며 좋은 글감들을 모아올 수도 있다. 비망록을 계속해서 채워가도 된다. 멈추라고 해서 그저 가만히 있으라는 뜻은 아니다. 어떤 문장이 문득 떠오르거나 아이디어가 스쳐 지나간다면 그 신호를 무시하지 말자.

하지만 넓게는 어디까지나 휴식을 취하고 있어야 한다. 압박을 느끼면 안 된다. 당신이 이삿짐을 싸느라 분주하다면 쓰고 있던 소설에 대해서는 잠시 잊어버리자. 당신이 글쓰기에 몰두하기 이전에 살폈던 블로그를 가벼운 마음으로 훑어보자. 무언가를 창작해야 한다는 압박을 느끼지 않으면서 다른 작가들의 작품을 느껴보기만 하자. 당신이 준비될 때까지. 그것이 문턱의 계절에 당신이 해야 할 일이다.

당신이 사는 도시의 여행자가 되어 조명이 어두운 바에 앉아 당신의 몸에서 박동하고 있는 라이브 음악을 들어보고, 다섯 가지 코스 요리를 즐겨보고, 앉은 자리에서 잡지 다섯 권을 읽어보고, 아이와 함께 해변으로 가서 아이가 백사장을 뛰어다니는 모습을 지켜보자.

느긋하게 기다리면서 자신의 삶을 돌아보자. 그리고 다시 쓰는 것이다. 당신이 알고 있는 모든 방식으로 당신의 영혼을 배부르게 먹이고 모든 계절은 언제나 끝나기 마련이라는 믿음을 가져보자.

나와 앤드루가 로스앤젤레스로 이사 온 첫 해에 한 동료가 우리 부부에게 아카데미상 시상식을 앞둔 주에 열리는 영화 관련 심포지엄 이야기를 해주었다. 앤드루가 비디오 게임 만드는 일을 하고 있어서 우리는 애니메이션 심포지엄에 참석하는 것을 연례행사로 삼았고, 그 전통은 헨리가 태어나기 전까지 4년 동안 이어졌다. 나는 예술의 한 형태로서의 애니메이션에 특별한 관심이 없었고 그림을 잘 그려본 적도 없었다. 나는 미술에는 영 소질이 없다. 사실 고백하자면 초등학교 3학년 때 같은 반 머린(Maureen)에게 질투를 느낀 적이 있다. 머린은 한 번 보면 어떤 것이든 스케치할 수 있는 천부적인 미술 재능을 갖고 있었다. 그림 실력이 형편없던 나는 그 친구가 무척 부러웠다.

그런데 애니메이션은 다른 측면에서 나를 자극했다. 애니메이션은 내가 창작력을 발휘할 수 있는 매체는 아니지만, 앤드루 덕분인지 늘 내 주변을 둘러싸고 있었다. 심포지엄에서 애니메이션을 관람할 때면 주제와 상관없이 그 에너지와 열정이 피부로 느껴졌다. 감독들은 자신들이 가장 좋아하는 장면을 소개하면서 각각의 캐릭터에 불어넣었던 개인적 추억을 공유했고, 제작 과정에서 있었던 흥미로운 에피소드를 이야기했다. 그런 것들이 나의 글쓰기 삶과는 관련이 없다는 생각을 하면서도 무언가에 잔뜩 취한 기분으로 돌아오곤 했다.

지난해에는 심포지엄에 참석하지 못한 대신 어느 날 저녁 헨리와 함께 DVD로 애니메이션 영화 〈라따뚜이(Ratatouille)〉를 시청했다. 영화가 끝난 뒤 헨리를 재우고 보너스 트랙의 감독 인터뷰를 재생했는데, 그걸 보면서 깊은 인상을 받았다. 이 영화의 각본과 감독을 모두 맡았던 브래드 버드(Brad Bird)는 "많은 사람들이 아이디어가 쥐어짜면 나올 수 있다고 생각하는 실수를 저지른다"고 말했다. 그는 이렇게 설명했다.

"우리가 할 수 있는 일은 어떤 환경이 나를 가장 창의적인 상태로 만드는지 관찰하고 계속 그런 상태가 될 수 있도록 노력하는 것뿐입니다."

그렇기 때문에 늘 스스로를 잘 돌보고 계획을 세워 창작력이 발현될 수 있는 환경을 만들어야 한다는 것이었다. 어쩌면 전혀 기대하지 않았던 곳에서 영감을 얻을 수 있을지도 모른다. 비록 아직 글을 쓸 수 있는 상황이 아니더라도 그 영감은 당신의 창작력이 여전히 펄떡이고 있으며 건강한 상태라는 믿음과 자존감을 강화해줄 것이다.

문턱의 계절에서는 창조적 측면이 침묵하는 경우가 많기 때문에, 당신이 어떤 일을 마치고 다른 일을 시작하기 전이나 새로운 환경에 적응하고 있는 때라면 글쓰기 능력이 빛을 잃었다는 좌절감을 느낄 수도 있다. 그러나 그 어둠 속에 기회가 있다. 콩을 썻는다든지 감자 껍질을 벗기는 일을 떠올려보자. 단조롭고 예측 가능한 루틴은 당신 이 손을 분주하게 움직이는 동안 마음을 자유롭게 풀어줄 수 있다. 작가이자 편집자 에린 보일(Erin Boyle)은 음식을 준비하는 일이 힐 링이 된다고 말하는 책《단순한 문제들(Simple Matters)》에서 이에 관 해 다음과 같이 적고 있다.

"내 글의 절반은 채소를 써는 동안 나온다. 내가 콜리플라워 대가 리를 잘라낼 때 내 머릿속에는 문장들이 휘젓고 다닌다."

≈ **의식과 루틴** ≈
영감의 원천을 찾아서

대학 3학년 때 모네(Monet)를 전공한 미술사학자의 인상주의 미 술 강의를 수강한 적이 있다. 한 한기 동안 그는 인상파 화가들의 붓놀림을 설명하면서, 이들을 비가 내린 뒤의 흙 웅덩이를 들여 다보고 진흙 속에서 마른 땅으로 나아가기 위해 기어 다니는 벌 레들에게서 기어이 아름다움을 찾아낸 심오한 관찰자들로 묘사 했다. 이후 나는 비가 내리고 나면 종종 이 강의를 떠올리곤 했다.

그리고 같은 해 다른 과목인 문학 세미나 과제로 샌타바버라 미술 박물관으로 현장 학습을 가게 되었는데, 그곳에서 나를 감동케 하는 무언가를 찾아내 이를 소재로 글을 써서 제출하라는 것이었다. 우리는 각자 흩어져 돌아다니다가 약속된 시각에 모였고 일제히 랩톱을 열었다.

이 방식은 새로운 영감의 원천을 찾는 데 도움이 되므로 문턱의 계절에 머물러 있을 때 매우 유용하다.

- **제1단계**: 미술관 갤러리를 돌아보면서 그림의 어떤 색조가 당신에게 인상 깊게 다가오는지, 어떤 초상화가 당신을 좀 더 그 앞에 머물게 하는지 확인해본다.
- **제2단계**: 당신의 시선을 끌어당기는 작품을 선택한 뒤 그 앞에서 몇 분 동안 머무르며 꼼꼼히 감상해본다. 아직까지는 노트나 랩톱을 열지 말고 당신의 마음이 흘러 다니도록 그대로 놓아둔다.
- **제3단계**: 편안히 앉을 수 있는 곳을 찾아서 글을 쓸 준비를 한다. 작품의 제목을 소재로 시를 써보거나 짧은 에세이에 영감을 줄 수 있는 주제가 있는지 생각해본다. 몇 주 또는 몇 달 전에 경험한 일을 기억해보고 지금의 느낌과 연결 고리를 찾아본다. 미술 작품에 대한 감상이 순간적으로 당신의 마음을 꿰뚫고 들어오는 게 어떤 느낌인지 기억해둔다.

이따금 창작력은 무언가 창조하고 싶은 우리의 욕구보다는 그 과정에 대한 개방성과 더욱 밀접히 관련된 것으로 보이기도 한다. 나는 영감이 어디에나 잠재되어 있다고 믿는다. 흙 웅덩이, 그림, 조각, 구름, 비, 태양은 물론 뜨거운 프라이팬에서 반짝거리며 익고 있는 잘게 썬 양파에도 영감이 숨어 있다. 관건은 우리가 그것들을 인지하고 잡을 수 있는지, 우리 삶에 더 많은 아름다움을 가져다주는 것으로 바꿀 수 있는지, 사람들에게 어떻게 공유하는지에 달려 있다.

계획대로 되는 일은 없다

갓 태어난 헨리와 집에서 꼬박 16주를 보내자 출산 휴가가 끝났다. 헨리가 어린이집에서 첫날을 맞이하기 바로 전날 밤, 나는 아이를 침대에 눕혀놓고 울었다. 그리고 내가 일하는 엄마로서 살아갈 현실을 헤쳐나가기 시작하자, 임신 때부터 출산 후 100일까지의 길었던 문턱의 공간이 더 연장되었다.

나는 그 봄날의 오후를 확실하게 기억한다. 하늘은 맑았고, 소금기를 머금은 산들바람이 솔솔 불어오던 날이었다. 내가 우리가 사는 아파트에서 800미터 정도 떨어진 침술원까지 걷고 있을 때 스마트폰이 울렸다. 정오가 조금 넘은 시각이었는데, 전화 너머로 앤드루의 목소리가 들렸고 나는 그가 점심 시간을 이용해 통화하려는 것으로 생각했지만 그는 내 인사마저 기다리지 않았다.

"자기야, 우리 이사해야 해."

남편이 침울하게 말했다. 그는 내 대답도 듣지 않은 채 말을 이었다. 우리가 세 들어 살고 있는 아파트 주인에게서 전화가 왔는데, 대학 졸업을 앞둔 아들이 아파트에 들어와 살기로 했다는 것이었다. 2년간의 임대 계약 만료일이 1개월 뒤였고, 우리는 순진하게도 만료 이후에는 매달 월 단위 계약으로 전환되리라 생각하고 있었다. 애초의 계약서 조항에 따라 주인은 계약 종료를 결정했고 우리는 60일 이내에 새로운 집을 구해야 했다. 그마저도 많이 봐준 것이라고 했다.

헨리가 이제 막 5개월이 되어 겨우 고개를 들고 몸을 뒤집기 시작하는 시점이었다. 불과 몇 달 전 나와 앤드루는 작지만 아늑한 우리 거실에서 촛불을 켜고 와인 잔을 부딪쳤었다. 그때 계약 만료일 이야기가 나왔고, 우리는 합리적으로 판단해 이 집에서 1년 정도 더 살기로 결정했다. 결과적으로 그건 우리만의 생각이었다.

우리는 이미 너무나 많은 변화를 겪고 있었기에 변하지 않아도 되는 것들은 그대로 유지되기를 바랐지만, 이 세상은 우리가 계획한 대로 흘러가지 않았다. 앞으로 몇 주 동안 우리의 삶은 부동산을 찾아다니고, 이사할 집을 고르고, 가구 치수를 재보고, 그리고 분명히 몇 번은 욕실에서 내 울음소리가 새어 나오는 혼돈의 흐름으로 바뀔 것이었다. 우리는 이런 상황을 선택하지 않았다. 그러나 현실이었다.

우리에게 새로운 보금자리를 확보하는 것 말고 다른 문제는 신경 쓸 여력이 없었기 때문에, 나는 내가 할 수 있는 한 모든 것을 축소했다. 블로그에 새 포스트를 올린다거나 커뮤니티 뉴스레터를 만드는 일은 치워두어야 했다.

다행히 우리는 이전 집에서 1.5킬로미터 떨어진 곳에 있는 아파트를 구할 수 있었고 곧바로 이삿짐센터를 예약했다. 헨리를 돌보면서 오후 시간을 보내곤 했던 소파는 이사할 집 거실에 들어가지 않아 팔아야 했다. 나는 여러 달 동안 나의 안식처가 되어주었던 그 소파를 포기해야 한다는 사실에 마음이 아팠다. 또한 나는 주방의 물건들을 포장하는 대신 랩톱을 열고 싶은 욕망에 자주 저항해야 했다.

나는 이런 일이 일어나기 전, 우리가 아직은 이 집을 떠나리라는 생각을 하지 못할 때 '올해의 키워드'를 정했었다. 바로 '목적(purpose)'이었다. 나의 목적은 이 세상에서 내가 잘 어울리는 곳을 찾고 내가 추구하는 일을 보다 명확하게 정의하는 것이었다. 나는 뿌리를 깊게 내리고, 확신을 가지며, 올바른 방향을 가리킬 수 있기를 바랐지만, 그해는 영원하고 무한한 문턱의 공간으로 바뀌고 있었다.

우리는 새로 살 집을 구했지만, 나는 직장을 그만두고 싶다는 충동을 느꼈다. 이 책과 크게 상관없는 사항은 이야기하지 않겠지만, 나는 조직 내부의 정치적 문제에 관심을 두기 싫었고, 그로 인해 점점 더 다니고 싶은 직장이 아니게 되었다는 점만 말해두고 싶다. 그런 와중에 임신을 하게 되었고, 출산 휴가에 들어가게 되었던 것이다. 직장에 복귀하고 나서 얼마의 시간이 흐른 후 나는 이제 정말로 떠나야 하는 때가 왔음을 알았지만, 그다음에 무엇을 해야 할지는 몰랐다.

처음에는 프리랜서로 일하는 것을 고려했다. 이미 주변의 많은 친구들이 일하고 있는 방식이었다. 그렇지만 프리랜서로 일하는 데에도 준비가 필요했다. 무턱대고 뛰어들 수 없었다. 나는 판단을 보류한 채 내가 무엇을 할 수 있고 누가 나를 도와줄 수 있는지 생각했다. 그러고는 잠재 고객을 설정하고 새로운 웹사이트를 디자인했는데 결국 더 진행하지는 못했다.

초조해진 나는 내 생일에 입사 지원 비디오를 녹화해 이메일을 보내기도 했다. 물론 아무런 연락도 오지 않았다. 그때 나는 기다리면서 귀를 기울이는 방식과 정반대로 행동했다. 나는 지혜를 갈구하지 않았고 오로지 밥벌이 수단만을 강구했다. 그러나 이런 다급함은 소리만 요란할 뿐 힘이 없고 오래가지 못했다.

결국 그해 여름이 지날 무렵 나는 예전부터 만들고 싶었던 온라인 글쓰기 코스 플랫폼을 만들고 수십 명의 작가를 섭외하는 데 성공했다. 하지만 이렇다 할 수익 모델이 없었다. 작가들에게 계속해서 재능 기부를 하라고 조를 수도 없었다. 하는 수 없이 나는 다시 직장을 구하기 시작했다.

열세 번째 이력서를 제출할 즈음 내가 지원한 어떤 회사의 채용 담당자로부터 이메일이 왔다. 나에게 잘 맞는 업무가 있다면서 자세히 설명해주었다. 처음 있는 일이었다. 이런 경우는 지금까지 내 사회생활을 통틀어 일어난 적이 없었다. 올해의 키워드 '목적'이 등대의 불빛처럼 떠올랐다. 몇 주 뒤 나는 처음 보는 주차장에 차를 세우고 로비로 걸어 들어가 감사한 마음으로 새로운 경력을 시작했다.

이번에는 스스로에게 여유를 주었다. 나는 조용히 그리고 사무적으로 나 자신에게 이야기했다.

'잠시 기다려. 나에게 2주만 줘. 그러면 다시 만날 거야.'

나는 새로운 직장에 출근하기 며칠 전 몇 벌의 셔츠를 다렸고, 뉴스레터의 발송 일정을 미뤘으며, 블로그에 포스팅할 원고 초안을 덮었다.

나는 한동안 출근하고 퇴근하는 것을 제외하고 다른 일은 하지 않으면서 나의 새로운 업무와 새로운 일상에 적응해나갔다. 그래도 점심 시간에 책 읽기를 계속하는 것과 같은 몇 가지 창조적 리듬은 살려놓았다.

예전 같았으면 이렇게 하지 못했을 것이다. 전환의 시기에는 조금만 참고 기다려야 한다. 결국 당신은 각성하게 될 것이기 때문이다.

올해의 키워드 정하기

언제나 매년 12월 31일은 문턱의 공간이 만들어놓은 성역처럼 느껴진다. 이날은 새로운 한해가 펼쳐지기 전에 지나간 한해의 책장을 닫아버리는 날이다. 또한 앞으로 1년 동안 추구해야 할 올해의 키워드를 정하기에 이상적인 시간이다. 물론 하루 만에 자신의 한해를 관통하는 키워드를 확정할 수는 없을 것이다. 지난 1년 동안 생각하고 느낀 것들을 하나의 키워드로 종합해 이듬해를 준비한다고 보면 될 것이다.

이제부터 경험하게 될 일들에 대한 나 자신의 마음가짐을 다잡고자 올해의 키워드를 정할 때 내가 채택한 가이드라인이 있어 소개한다. 해야 할 일 리스트라기보다는, 새로운 한해를 보내면서 당신이 어떤 느낌이 들기를 바라는지 생각해보는 기회로 삼을 수 있다.

- **의도를 설정한다**: 하나의 키워드를 고른다고 서두를 필요는 없다. 가장 좋은 접근 방식은 먼저 10월이나 11월부터 잠재의식을 조금씩 움직여 당신의 의도를 설정하는 것이다. 내년을 당신에게 어떤 해로 만들고 싶은지 생각해보자. 올해 어땠는지 되돌아보고, 당신이 볼 수 있는 한 멀리까

지 새해에는 어떤 일이 일어날 수 있는지 살핀다. 당신이 바라는 것과 바라지 않는 것이 무엇인지.

- **글쓰기 삶과 일상의 삶에 관해 생각한다**: 지난해 당신의 삶에서 무엇을 놓쳤고, 무엇이 어려웠고, 무엇이 쉬웠는지 고찰한다. 그 순간 어떤 단어가 떠오를 수도 있지만 후보군에 올려놓는다. 몇 개가 더 떠오른다면 모두 모아놓고 기다리자. 아직 시간이 남아 있다. 글을 쓰는 삶과 일상적인 삶에 관해 생각하면서 가족이나 친구들과 각자의 한해에 대해 이야기해보는 것도 괜찮다.

- **하나의 키워드로 좁혀지면 구체화한다**: 올해의 키워드에는 정답이 있는 게 아니니, 단어를 잘못 골랐을까 봐 염려하지 않아도 된다. 어쨌든 하나의 키워드로 좁혀졌다면 그것을 구체화해본다. 그러면 그 키워드를 삶 전반으로 파생할 수 있다. 내 경우 헨리가 태어나던 해의 키워드는 '열린(open)'이었다. 처음에 이 키워드를 정한 것은 단순한 이유에서였다. 헨리가 건강하게 태어날 수 있도록 내 몸이 무사히 열렸으면 하는 바람에서 그렇게 정했다. 그런데 나중에 새로운 직장을 구하면서 열린 마음을 가져야 했으므로 의미가 확장되었다. 당신도 너무 깊게 생각하지 말고 결정한 단어의 의미와 맥락을 헤아리면서 다가올 한해를 어떻게 만들어나갈지 계획해보자.

문턱의 연속

안타까운 사실은, 문턱의 계절을 잘 넘겼더라도 이 계절을 연속으로 맞이하게 될 수 있다는 것이다. 내가 그랬다. 나는 연달아 문턱의 계절을 만났다. 그 공간에 또 들어서고 말았다. 처음에는 눈치를 채지 못했다.

앤드루는 회의에 참석하기 위해 샌프란시스코로 1주일 동안 출장을 떠났고, 나는 그 주에 글쓰기를 잠시 미뤄둔 채 시간 대부분을 퇴근 후 저녁을 차리고 헨리를 목욕시키고 재우는 데 썼다. 그러면 자야 할 시간이 되었다. 그렇게 별 탈 없이 한 주가 지나갔으며 앤드루도 무사히 집으로 돌아왔다. 내 생활은 다시 안정을 되찾았다. 헨리를 씻기려고 몸을 구부려도 예전만큼 허리가 아프지는 않았다.

그러나 우리는 곧 또 다른 문턱의 계절에 들어서게 되었는데, 이번에는 급성이라기보다는 만성적이어서 이 계절에 얼마나 오래 머무르게 될지 가늠할 수 없었다. 되짚어서 생각해보면 조짐은 크리스마스 연휴 기간에 나타났다. 앞으로 촛불 앞에서 와인잔을 손에 든 상태로는 어떤 결심도 하지 말아야 하겠다. 남편도 그동안 많은 고민을 해왔던 것이다.

며칠이 지난 어느 날, 앤드루는 내게 자신의 경력에서 다음 단계를 생각할 때가 온 것 같다고 이야기했다. 그 말은 그가 5년여 동안 제2

의 집으로 여기던 회사를 떠나겠다는 의미였다. 솔직히 마음속으로는 매우 당황스러웠다. 하지만 이내 남편을 이해할 수 있었다. 앤드루도 내가 직장을 그만둘 때 무조건 나를 이해해주었고 내 편을 들어주었다.

앤드루는 직장을 옮기고 싶어 했지만 그곳이 어디일지는 아직 몰랐다. 따라서 우리가 로스앤젤레스에서 계속 살게 될지, 캘리포니아를 떠나게 될지, 아니면 외국으로 이민을 하게 될지는 전혀 알 수 없었다. 우리는 그려볼 수 있는 모든 잠재적 시나리오를 펼쳐놓고 대화를 이어나갔다. 바로 직전 문턱의 계절을 지나왔기에 예전에 비해서는 마음의 여유를 챙길 수 있었다.

우리는 이 운명적인 대화를 하면서 서둘지 않고 천천히 하는 것이 최선의 방책이라는 데 서로 공감했다. 새로 일하게 될 직장도 너무 급하게 잡지 않기로 했다. 매사에 신중해야 할 시기였다. 앤드루도 그러겠노라 다짐했다. 나는 첫 책 출간 이후 진행하고 있던 일들을 차근차근 해나가야겠다고 새삼 결심했다. 이 책도 시작을 했으니 꾸준히 써야 하겠지만 무리하지 않기로 했다. 우리 부부는 이 문턱의 계절을 마음을 모아 잘 보내야 했다. 그것이 가장 중요했다.

그러던 중 생각보다 빨리 앤드루가 일자리를 구하는 데 성공했다. 더욱이 비록 반대편이기는 하지만 같은 로스앤젤레스 내에 있는 회사였다. 내 친구 몇 명이 살고 있는 곳이기도 했다. 뒷마당에 아보카드 나무를 심었다고 해서 놀러 간 적도 있었다. 우리도 몇 그루 심으면, 묘목이 자라서 열매를 맺을 수 있을 때쯤 헨리가 초등학교에 들어갈 수 있을 것이다. 집을 또 알아봐야 한다는 번거로움이 남아 있었지만, 나는 진심으로 기쁘고 설렜다.

그렇게 해서 우리는 새로운 삶을 또다시 그려볼 수 있게 되었다. 무작정 발품을 팔 수는 없어서 우선 온라인 부동산 중개 사이트를 통해 적당한 집이 있는지 찾았다. 그리고 마침내 몇 곳을 방문해서 살펴보기로 했다. 약속된 주말이 되었고 우리 세 식구는 마치 나들이하듯이 새 보금자리를 둘러보러 떠났다. 우리는 정말 운이 좋은 것 같았다. 우리가 제시한 모든 조건에 걸맞은 집을 바로 찾을 수 있었다. 너무 일사천리로 이루어지는 듯해서 일말의 불안감이 마음을 스쳤지만 우리는 과감하게 붙잡았다. 모자란 예산은 대출을 받기로 했다.

우리는 부모님께 이사하게 되었다는 설명과 함께 대출을 알아보고 있다는 말씀을 드렸고, 감사하게도 부동산 중개 일을 하시는 엄마가 당신과 거래하는 대출 기관을 연결해주셔서 어렵지 않게 부동산 담보 대출을 받을 수 있었다. 현재 우리 집이 바로 이렇게 해서 살게 된 곳이다. 지금 그때의 일을 글로 옮기면서, 우리가 연속으로 들이닥친 문턱의 계절을 어떻게 대했는지 떠올려보니 그마저도 추억으로 여겨진다. 지나고 나면 모든 것이 그렇다.

하지만 마음에 드는 집을 찾았을 때 나를 스쳤던 일말의 불안감은 이유 없이 나타난 것이 아니었다. 다만 불안의 대상이 집은 아니었다. 다시 앤드루였다.

임계치 저 너머

'문턱의 계절' 장은 우리가 원하던 집을 구하고 새로운 출발을 다지는 훈훈한 장면에서 끝나야 했지만, 그 직후 앤드루는 입사 취소 통보를 받았다. 우리의 꿈, 우리가 생각해도 너무 빨랐지만, 완벽하게 모양이 만들어졌던 꿈은 순식간에 흩어졌고, 우리는 또다시 시작해야 했다. 연속해서 찾아온 문턱의 계절이 너무 쉽게 끝난다 했다. 우리에게는 문턱의 공간을 좀 더 힘겹게 넘어가주어야 할 의무가 있었던 것 같다.

삶은 참 이상한 것이다. 열정과는 무관하게 우리가 어디에 있을지 어디로 향할지 알 수가 없다. 당시의 시점에서 더욱 이상했던 것은, 당혹감과 평정심과 의지와 열정과 초조함과 훈훈함이 뒤범벅되던 그 문턱의 계절이 결국은 해피 엔딩으로 마무리되었다는 점이다.

입사 취소 통보를 받고 얼마 지나지 않아 앤드루는 다른 회사에 스카우트되었다. 남편 말로는 워낙 여러 곳에 지원서를 넣은 덕분이라고 하는데, 나도 더는 궁금해하지 않았다. 짧은 기간 동안 마음속 감정이 극과 극을 오갔던 터라 지쳐 있었고, 어쨌든 좋은 일이니 그 거면 됐다고 생각했다.

그리고 나는 다시 글을 썼다. 계속 썼다. 그렇게 평온을 되찾았다. 요가 수업도 신청했다. 요가 매트 위에서 호흡에 집중하고 엡섬 소금을 푼 목욕물에 몸을 담그면서 나를 둘러싼 삶이 어떻게 전개될지 기다렸다. 이때 도움이 된 세 가지가 바로 '어찌할 수 없는 일에 대해 생각하지 말기', '요가 수업 내용 온전히 받아들이기', '두 번째 책 쓰기'였다.

나의 생일이 찾아왔다. 나와 앤드루는 각자 하루 휴가를 내서 헨리와 함께 게티 빌라(Getty Villa) 미술관을 방문했다. 돌로 조각된 고대 그리스-로마 시대의 예술 작품들을 가져와 모아놓은 언덕 높은 곳이다. 우리는 흉상들 앞에 섰다. 남성의 머리, 여성의 머리, 뭉개진 코, 사라진 팔다리, 오랜 세월의 풍파로 온전한 상태는 아니었지만 아름다웠다. 특히 로마 제국 콤모두스(Commodus) 황제의 흉상에 경탄했다. 놀랍도록 세밀해 살아있는 것처럼 보였다.

그런데 저 모습이 살아생전 콤모두스 황제일까? 아마도 재위 시절에 조각된 작품이 사실이라면 그럴 것이다. 그렇다면 저 얼굴은 있는 그대로의 얼굴일까, 조각가가 연출한 얼굴일까? 황제 자신이 기억되고 싶었던 얼굴일까, 조각가가 기억하고 싶었던 얼굴일까? 황제가 살아있던 상황이라면 당연히 조각가가 자기 마음대로 표현하지는 못했을 것이다. 그럼에도 불구하고 우리는 진실을 알 수 있을까? 우리는 그것을 식별할 수 있을까? 솔직히 나는 잘 모르겠다. 요즘은 더 모르겠다.

우리는 매일같이 인스타그램이나 페이스북과 같은 소셜 미디어에서 자신을 표현한다. 블로그를 통해 자신의 생각을 자세하게 설명하기도 한다. 그것은 진실일까? 있는 그대로의 자기 모습일까? 자신보다 자신에 대해 더 잘 아는 사람은 이 세상에 없다. 그러므로 자기 자신에 대한 자기 자신의 표현은 진실일까? 꼭 그렇지만은 않다는 것을 우리는 안다. 있는 그대로의 모습, 있는 그대로의 생각, 있는 그대로의 삶을 글로 옮기는 것이 말처럼 쉽지 않은 이유다. 하지만 글은 그래야 한다고 나는 믿는다. 그런 글만이 힘을 갖기 때문이며 다른 사람들의 마음을 움직일 수 있기 때문이다.

나와 앤드루 두 사람은 유모차에 태운 헨리를 사이에 두고 태평양이 굽어보이는 벤치에 앉았다. 하늘은 회색이었고 바다는 짙은 안개가 끼어 김 서린 창문을 통해 내다보는 것 같았다. 나는 저곳에 광활함이 펼쳐져 있다는 사실을 알고 있었지만 바다의 수면마저 구분할 수 없었다. 나의 삶처럼 느껴졌다. 삶이 본래 이렇다면 불확실성 안에서 평안을 찾을 수밖에 없다. 새로운 이야기를 쓰고, 알지 못하는 무한한 대양 속에서 만족을 찾을 것이다. 라이너 마리아 릴케(Rainer

Maria Rilke)의 말처럼 질문 그 자체를 사랑하고 그것과 함께 살아가려고 노력할 것이다. 이렇게 다짐했다.

우리는, 당신과 나는, 늘 새로운 무언가의 시작점에 서 있다. 당신과 나는, 어둠 속을 지나 표면을 뚫고 나오는 용감한 새싹처럼, 마침내 변신해 태양을 향할 것이다. 이것이 우리가 믿을 수 있는 전부이며, 우리가 기댈 수 있는 모든 것이 되겠지만, 지금은 이것으로도 충분하다.

새 글을 쓰는 일은 고독하지만, 때때로 우리는 그림자로부터 걸어 나와야 한다. 당신의 글을 공유하거나, 독자와 소통하거나, 소셜 미디어를 이용하는 등 바깥세상으로 여행할 때가 되면, 당신의 외침이 멀리 퍼질 수 있도록 고삐를 단단히 움켜쥐자.

제 8 장

눈뜸의

The Season of Visibility

계절

영혼을 죽이는 것은 무엇인가?
고갈, 비밀주의, 이미지 관리.
죽은 영혼을 되살리는 것은 무엇인가?
정직, 관계, 품위.

_ 쇼나 니퀴스트

가치 있는 일에는 위험이 따른다

부모님이 상자 모양의 애플 II 컴퓨터를 집에 가져오셨던 그해, 나는 방과후면 '오리건 트레일(Oregon Trail)' 게임을 하고 녹색 불 켜진 화면에 짧은 이야기를 입력하곤 했다. 제목 아래에는 '서맨서 더글러스(Samantha Douglas)'라는 필명을 썼다. 왠지 이 이름이 이제 열 살인 나보다 훨씬 성숙한 듯 보였다.

이 책의 앞부분에서 이미 이야기의 꽃을 피운 내 오래된 분홍색 노트를 찾으러 갔던 바로 그날, 나는 애플 II에 꽂힌 채 수십 년의 세월을 견뎌온 플로피 디스크를 발견했다. 내용을 확인하고자 두근거리는 마음으로 전원을 켜니, 마치 조금 전까지 사용했다는 듯 부팅이 되었다.

그 플로피 디스크 속에는 그 옛날에 쓴 내 짧은 이야기가 들어 있었다. 지금의 눈으로 확인하게 된 형편없는 글은 별로 놀랄 만한 것은 아니었지만, 나는 모든 페이지 상단에 내 사회보장번호와 주소 그리고 전화번호까지 입력되어 있는 것을 보고 깜짝 놀랐다. 당신은 절대로 이러면 안 된다.

어쨌든 나는 잃어버렸던 이야기를 되찾아서 기분이 좋았다. 나는 계속 시도해보라고 용기를 북돋아주는 고마운 쪽지들을 받곤 했는데, 실제로 많은 힘을 얻었고 지속적인 노력이 언젠가는 결국 출판에 이르게 되리라는 믿음을 갖고 있었다. 나는 글쓰기를 고등학교와 대학 시절 내내 일상으로 지켜왔으며, 이는 작가로 사는 삶의 또 다른 측면을 연습하는 데 도움이 되었다. 또 다른 측면이란 다름 아닌 공유하고, 기다리며, 내 손을 떠난 작품과 분리되는 것이었다.

나는 몇 달에 한 번씩 완성되었다고 생각한 시 중에서 세 편을 선정해 프린트한 다음, 혹여 중복 제출될까 봐 그 제목들을 스프레드시트로 정리해두었다. 그런 다음 커버레터를 만들어 서명한 뒤 황금색 종이 봉투에 담아 우편으로 문학 잡지사에 보내곤 했다.

이것이 내가 '눈뜸의 계절'과 처음 접했던 경험이었다. 이 계절은 우리가 서점에서 책을 고르거나, 블로그에 포스팅할 글을 쓰거나, 팟캐스트 녹음을 할 때 찾아온다. 우리는 써놓았던 원고가 마음에 들지 않아 지워버리거나, 줄을 긋거나, 펜을 바꾸며, '이 글이 과연 될까?' 자신 없어 하면서도 꿋꿋하게 자신의 이야기를 쓰고 있다. 오랫동안 우리는 무엇이 가능한지, 우리의 영혼이 어떤 순간에 속삭이는지 알고 있는 유일한 사람이었다.

하지만 이제는 모든 사람에게 말해야 하고, 거절당하는 것을 감내해야 하며, 회의에 참석해 사람들을 설득해야 하고, 공개석상에서 마이크 앞에 서야 할 수도 있으며, 지역 서점에서 강의를 해야 할 수도 있다. 이 모든 것들이 마법처럼 느껴질 수도, 불안하게 느껴질 수도 있다.

그럼에도 불구하고 우리가 동료 작가들과 관계를 맺고 독자들과 신뢰를 쌓는 곳이 바로 이 조금은 곤란하게 느껴지는 공간들이다. 이를 통해 우리의 글쓰기는 성장한다.

내가 잡지사에 내 시를 투고하기 시작한 때로부터, 첫 책이 나오고 첫 번째 북투어를 하기까지의 기간 동안, 나는 이야기를 쓸 때는 대담하고 그 결과를 공유할 때는 편안하게 느낄 수 있는 유일한 방법이 '천천히 나아지는 것'임을 여실히 느꼈다. 물론 세상에는 선천적으로 자신감을 타고난 작가들도 분명히 있겠지만, 나는 그런 사람들을 많이 만나보지는 못했다. 대부분의 사람들은 아주 조금 나아가기 위해 굳은 결심을 하고, 이를 반복하며, 스스로 편안하지 않은 깊이까지 힘겹게 들어가 자신의 목소리가 글 밖으로 나오는 것을 받아들인다.

혹시 지면 앞에서는 침착하지만 입을 여는 순간 할 말을 잃어버리는가? 나는 그렇다. 지금은 조금 익숙해졌지만 천성적으로 사람들 앞에 서는 것을 두려워한다. 극복할 수 있는 방법은 연습뿐이다. 만약 당신이 자신의 글을 공유하지 않는 작가가 될 수 있는지 묻는다면 대답은 "예"다. 다만 그 경우에는 독자도 당신 한 사람뿐이다. 당신이 그것을 원하지는 않으리라고 생각한다.

당신의 글을 몇십 명이 읽든 몇만 명이 읽든, 당신만이 쓸 수 있는 글을 읽음으로써 유익함을 얻는 사람들이 분명히 있다. 당신의 글쓰기는 그들과의 소통이다. 이 사실을 직시하는 순간 당신은 눈뜸의 계절로 들어서게 된다. 그리고 이것이 당신이 글을 쓰는 명분이 된다. 여기에 덧붙여, 어느 순간이 지나가면 그 이야기는 더 이상 당신의 것이 아니다. 당신의 책이 출간될 때, 서점에 진열될 때, 첫 독자의 손에 들어갈 때가 그 순간이다. 당신은 그 문장들을 창조하느라 최선을 다했지만 이제 그것들을 놓아주어야 할 시간이다. 당신이 투고 원고를 담은 봉투에 우표를 붙일 때마다, 이메일 보내기 버튼을 누를 때마다 이 사실을 기억해야 한다. 당신에게 가장 중요한 것은 당신의 이야기가 사람들에게 닿는 것뿐이다.

이처럼 눈뜸에 계절에서 활약하기 위해서는 용기도 필요하지만 당신의 이야기에서 자신을 분리하는 것도 필요하다. 당신은 당신의 이야기를 공개하고 반복해달라는 요청을 받을 것이다. 그렇게 바깥 세상으로 나아갈 때면 스스로 자신의 내면도 잘 돌봐야 한다. 눈뜸의 계절은 '돌봄의 계절'과 연결되어 있기 때문이다. 당신의 글을 낭독하고 전하는 활동에서부터 당신이 존경하던 다른 작가 또는 북토크 이벤트 등에서 만난 독자에게 자신을 소개하는 일에 이르기까지, 당신의 모습을 드러내는 동안 당신은 상처에도 노출된다. 오프라인 모임에서 어떤 한 사람에 의해 당신의 자아가 고통 받을 수도 있고, 온라인 커뮤니티에 올라온 댓글 하나 때문에 정신이 산산조각 날 수도 있다.

당신의 있는 그대로의 이야기가 있는 그대로의 세상에 나오는 순간 몸과 마음을 굳건히 다잡아야 한다. 가치 있는 일에는 언제나 위험과 책임이 뒤따르게 마련이다. 우리는 이미 여러 번 그것을 경험했다. 약속, 맹세, 우정, 사랑 등 모든 소중한 것들은 위험을 동반한다. 이제 거기에 글쓰기가 추가된다.

나를 드러내는 용기

20대 후반이 되자 나는 스스로를 위한 인적 자원 부서를 만들 필요가 있다는 사실을 깨달았다. 몇 년 전까지 회사에서 일할 때만 해도 컨퍼런스에 참가 기회가 있었고, 브로셔 디자인이나 회계감사보고서 분석 등 갖가지 교육 훈련도 받았다.

그러나 작가에게는 이와 같은 지원이 없었다. 그 누구도 나를 대신해 문학 연구 프로그램을 신청해주지 않고, 글쓰기에 좋은 환경을 갖춘 집을 알선해주지 않으며, 관심사가 비슷한 작가들과 연결해주지도 않고, 글쓰기에 특화된 휴양지를 소개해주지도 항공편을 예약해주지도 않는다. 이런 일은 모두 우리 각자의 몫이다. 그래서 나는 여러 해 동안 문학 재단이나 비영리 단체 등과 관계를 맺으면서 글쓰기 생활에 필요한 시스템이나 작가로서 사는 삶을 수련하는 방법에 대해 배웠다.

각종 문학 행사나 도서전과 같은 컨퍼런스는 작가들에게 인기 있는 이벤트 공간이다. 어떤 이벤트는 소박하고 친밀하게 진행되지만 어떤 것은 규모가 압도적으로 커서 여러 세션이 아침부터 밤까지 계속되기도 한다. 수많은 낯선 사람들과 교류하는 게 부담스럽다면 친구나 배우자와 함께 참석해보자. 이와 같은 컨퍼런스 이벤트는 당신의 일상 밖에서 정보를 모으고 영감을 받을 수 있는 최적의 장소다.

또한 컨퍼런스에 참석한다고 해서 반드시 무엇을 해야 한다거나 어떤 의무 활동이 부과되는 것도 아니다. 자유롭게 둘러보면 된다. 메모를 해도 되고 사진을 찍어도 된다. 세미나에 참석할 수도 있고 출판 에이전트를 만나 당신이 구상하고 있는 원고에 관해 의견을 구할 수도 있다. 당신만 괜찮다면 친목 행사가 식사 모임에 참여할 수도 있다. 당신이 많은 사람 속에 녹아 들어가는 것을 좋아한다면 할 수 있는 것들은 더 많아진다.

개인적으로 나는 주목받는 게 부끄러워서 손을 들고 의견을 말하는 데 겁을 먹곤 했다. 딱히 내성적인 건 아닌데 많은 사람의 시선이 나를 향하고 있으면 조금 전까지 머릿속에서 정리하고 있던 생각이 뜻대로 표현되지 않았다. 만약 당신이 나와 비슷한 유형이라면 말을 하지 않고 듣기만 하면 된다. 물론 용기를 내어 이것저것 다 시도하는 게 가장 좋다. 그리고 소규모 대화 자리에 있을 때 도움이 될 만한 팁을 하나 공유하자면, 질문을 하라는 것이다. 같은 말이어도 내 말이 아닌 질문이면 말하기가 수월해진다. 프라이버시를 침해하지 않는 선에서, 어디에서 왔고 어떤 일로 그곳에 오게 되었는지 물어보자. 자연스럽게 대화로 이어진다. 더욱이 놀라울 정도로 자주, 당신은 상대방과 공통점을 발견하게 될 것이다.

만약 당신이 워크숍에 참가한다면 자신이 노출되는 데 조금 더 대비해야 하는데, 진행하고 있는 원고 작업을 공유해야 하고 당신이 이전에는 한 번도 접한 적 없는 작가들로부터 피드백을 받을 것이기 때문이다. 이 일종의 '피정(retreat)'은 일반적으로 동료 작가들과 그룹을 이루어 주말 동안 진행된다.

당신은 빠르게 깊숙이 연결되고 공감대를 형성할 수 있지만 동시에 내키지 않는 도전이 되기도 한다. 이런 기회는 찾으려면 집 근처든 멀리에서든 얼마든지 잡을 수 있다. 시내에서 하루 동안 열리는 워크숍도 있고, 한 학기 대학원 과정도 있다. 어떤 종류든지 관심이 있다면 하면 된다. 단 몇 시간이든 며칠이든 스스로를 벗어나보는 경험은 작가의 심장에 좋은 일이 될 것이다. 기꺼이 당신의 모습을 보이겠다는 각오는 당신을 뒤흔들어 틀에 박힌 일상에서 벗어나게 해준다(이와 관련해서는 다음 장인 '피정의 계절'에서 자세히 살필 것이다).

전문가로 발돋움하기 위한 준비

본격적으로 당신이 한해에 대한 의지를 다지거나, 결심을 굳히거나, 꿈을 꾸고 있다면, 거기에 전문 작가로서의 삶도 포함해야 할 것이다. 얼마간 시간을 할애해 글쓰기와 관련해서 하고 싶은 일 몇 가지와 당신에게 적합한 성장 기회를 찾아보고 정리한다. 아래 나의 예시를 참조해보자.

- 집에서 하루나 이틀 정도 떨어져 글을 써본다.

- 지역의 글쓰기 커뮤니티에 가입한다.

- 컨퍼런스나 워크숍에 참여한다.

- 온라인 강좌를 수강한다.

- 친구와 함께 시 낭송회에 간다.

- 에세이를 다듬을 수 있는 편집자를 구한다.

- 도서관 출입증을 받고 사용한다.

- 작가 웹사이트를 개설한다.

- 블로그를 시작한다.

- 새로운 문학 잡지를 구독한다.

- 작가 한 사람을 선정해 작품을 모두 읽는다.

그런 다음 당신이 실행하기로 결정한 항목을 일정표에 추가한다. 시간을 들여야 하는 활동은 기존 일정을 조정한다. 당신이 전문적인 작가가 되기로 결심하고 자신의 내면을 돌보는 데 힘이 될 것이다.

잠재 독자를 확보하는 방법

독자층을 확보하면서 글을 쓸 공간을 만드는 일은 미묘한 균형을 요구한다. 어느 방향으로 당신의 에너지를 발산할지 선택하는 것이 중요하다. 물론 당신은 글을 쓰는 데 대부분의 시간을 투입해야 한다. 하지만 커뮤니티를 만드는 것도 필요하다. 결국 모든 것은 누가 당신의 책을 사고, 누가 당신의 글을 읽으며, 누가 당신이 참여하는 워크숍에 오느냐로 귀결된다. 눈뜸의 계절로 발을 내디딘 작가라면 이런 질문에 대한 답을 찾아야 한다.

수행할 수 있는 방법에는 여러 가지가 있다. 독자를 확보하는 방법에 관한 책들도 출간되어 있지만, 내가 보기에 정말로 효과가 있는 것들은 다음과 같다. 내가 글쓰기의 삶을 위해서 꼭 해야겠다고 생각한 일은 다른 사람들을 초대하는 것이었다. 그래서 나는 나와 같은 여정을 함께하고 있는 사람들을 대상으로 주간 뉴스레터를 만들어 전송했다. 초기에는 일관성이 없었다. 어떤 때는 1주일에 두 번 보내기도 했고, 2주에 한 번 심지어 1개월 동안 한 번 보낸 적도 있었다. 나는 내 메일링 리스트에 등록된 사람들에게 정확히 어느 날 뉴스레터를 받을 수 있는지 확답을 해줄 수 없었다. 그저 내가 강렬한 영감을 얻을 때 보낼 수 있었다. 그것이 나의 유일한 전략이었다.

그러다가 몇 달 뒤 이렇게 해서는 안 되겠다고 생각해 매월 첫 번째 날로 뉴스레터 구독일을 확정했다. 쉬운 결정은 아니었다. 이후 이 활동은 나의 일상에 포함되었다. 중심 활동인 글쓰기를 벅차게 만드는 일이기도 했지만 책임감을 갖고 꾸준히 진행했다. 그리고 마침내 처음 계획한 대로 1주일에 한 번씩 주간으로 발행할 수 있게 되었다.

구독자가 100명을 처음으로 넘긴 날, 나는 모든 구독자에게 개인 쪽지를 보내서 그들의 수신함에 나를 받아준 데 대해 감사의 마음을 전했다. 일관성은 빈도보다 훨씬 중요하다. 당신이 매주 화요일에 보내든 3주에 한 번씩 보내든 간에, 받는 이들은 정해진 바로 '그날' 당신의 소식을 받음으로써 기대감이 높아지게 된다. 그렇다면 그들이 기대할 수 있는 것은 무엇일까? 아마도 그것은 뉴스레터의 내용일 텐데, 어디까지나 당신에게 달려 있고 당신의 글이 어떤 주제를 담고 있느냐에 따라 달라질 것이다.

당신이 소설을 쓰고 있다면, 캐릭터 개발에 관한 노하우를 공유하거나 최근 읽은 소설의 짧은 리뷰를 보내줄 수 있을 것이다. 당신이 황폐해진 목초지를 매입해 농장으로 바꾸고 있는 블로거이자 수필가라면, 그 작업을 인생의 힘든 시기를 헤쳐나가는 과정에 대입해 훌륭한 연재 시리즈로 만들 수 있을 것이다. 당신이 시를 쓰고 있다면, 당신의 일상을 시에 담아 보내거나 신작 시를 음악 편지 형식으로 만들어 발행할 수 있을 것이다. 나는 뉴스레터에 인상 깊은 책 구절, 내가 겪은 일상의 에피소드, 요리 이야기, 작가 인터뷰 기사 등을 편집해 보냈다.

당신이 발행하는 뉴스레터라고 해서 반드시 자신의 이야기로만 채울 필요는 없다. 오히려 콘텐츠 방향을 당신이 아닌 뉴스레터를 읽을 구독자에 맞춰야 한다. 물론 순수하게 당신 자체를 궁금해하는 사람도 있겠지만, 대부분은 그것에서 영감을 받든, 현실적으로 유용하든, 재미있든, 어쨌든 자신들의 니즈에 맞아떨어지는 부분이 있으니 구독자가 되는 것이다. 또한 중간중간 구독을 취소하는 사람들이 생겨도 위축되지 말고 계속해서 남아 있는 구독자들에게 초점을 맞추자.

뉴스레터가 어느 정도 싹이 트기 시작했다면 좀 더 적극적인 창구로서 온라인 근거지가 필요해진다. 블로그가 가장 편리하고 운영하기도 수월하다. 발행한 뉴스레터를 일정 시간이 지나면 블로그에도 포스팅한다. 게시판 메뉴를 얼마든지 다양하게 꾸밀 수 있어 외연을 넓히는 것도 가능하다. 좀 더 친화적인 블로그 이웃들과 소통할 수 있고, 공통의 관심사에 따라 사람들을 한 공간으로 모이게 할 수도 있다. 블로그에 방문한 사람들이 포스팅된 당신의 글을 읽고 좋은 느낌을 받으면 자연스럽게 뉴스레터 구독자로 초대할 수도 있다. 이 밖에도 블로그를 활용할 수 있는 방법들은 많을 것이다.

뉴스레터든 블로그든 모두 도구다. 당신의 글을 독자들과 만나게 해주는 고마운 도구다. 또한 블로그 같은 플랫폼을 갖고 있으면 누가 당신의 책을 구입하게 될지 알고 싶어 하는 출판인들도 든든해한다. 하지만 그보다 더욱 중요한 것은 블로그를 운영하고 뉴스레터를 발행하는 활동이 당신의 독자를 확보한다는 사실이다. 정기적으로 사람들과 소통하는 일은 좋은 관계를 만들고 믿음을 키운다. 느리고 지난한 과정이지만 가장 바람직하고 확실한 방법이다.

소셜 미디어의 경우, 넓은 의미에서 블로그나 뉴스레터도 여기에 속하긴 하지만, 통상적으로 SNS라 불리는 일상의 필수 활동들이 있다. 이와 관련해서도 조금만 검색해보면 어디서든 상당히 많은 '해야 할 일'이 언급되는 것을 알 수 있다. 작가라면 당연히 페이스북 페이지를 갖고 있어야 하고, 하루에 몇 번씩 인스타그램에 게시물을 올려 자신의 영혼을 드러내야 하며, 핀터레스트 그래픽을 만들어 블로그에 삽입해야 한다고 입을 모아 말한다. 그러나 내 철학은 한 가지 간단한 질문만 던질 뿐이다.

"정말 그렇게 하는 것이 나에게 좋을까?"

모든 것을 전부 할 수는 없다. 성공적인 작가가 되고자 모든 소셜 미디어에서 존재감을 내뿜어야 하는 것은 아니다. 너무 많은 플랫폼을 사용한다면 에너지가 고갈되어 본연의 일인 글쓰기가 어려워지기 때문에 악화가 양화를 구축하는 일이 벌어진다. 선택적으로 현명하게 활용해야 한다. 당신이 재미있고 활력소가 된다고 느끼는 매체만 채택하자. 우리 주변에는 자칭 작가라고 하면서도 인스타그램 팔로워 수만 많을 뿐 정작 자신의 글쓰기 결과물은 없는 사람들이 많다. 우선순위가 바뀌어서는 안 된다. 더 많은 '좋아요'나 댓글에 연연하지 말고 진심으로 다른 사람들과 소통하는 데 중점을 두는 것이 궁극적으로 옳은 방식이며, 자신의 경계를 유지하는 데에도 도움이 된다.

연습 그리고 준비

내 첫 책이 출간되고 이틀 뒤 패서디나(Pasadena)에 있는 브로먼(Vroman) 서점에서 첫 번째 북토크 이벤트가 열리게 되었다. 나는 긴장되고 설레는 마음으로 헤어드라이어를 이용해 자연스러운 웨이브로 머리 모양부터 잡았다. 그러고는 네일숍으로 가서 연한 분홍색으로 매니큐어와 페디큐어를 받았다. 평소 화려한 스타일을 선호하지 않았지만 무언가 손질을 받은 것처럼 보이고 싶었다. 그래서 선택한 색상이 연한 분홍색이었다. 다시 집에 돌아와 캐시미어 스웨터와 누드 톤의 가죽 로퍼를 골라놓았다. 그런 다음 거울을 보고 나 자신을 향해 오늘 하게 될 강연을 시작했다. 일종의 리허설이었다.

이는 대학 때 2년간 신입생 오리엔테이션 프로그램에 참여하면서 교육받은 방식이었다. 당시 프레젠테이션 교육을 받을 수 있다고 해서 오리엔테이션 지원팀에 자원했었다. 2년 동안 나는 일부 학생 그룹을 배정받아 이들의 수강 신청을 도왔고, 200여 명의 학부모 앞에서 자녀들의 슬기로운 대학생활에 필요한 사항들에 관해서 프레젠테이션했다. 발표 시간은 채 20분도 되지 않았지만 최대한 실수 없이 완벽하게 하고자 여러 달 전부터 준비했다.

겨울 동안 우리는 학사 일정을 암기하고 학부별 특이사항을 숙지했으며, 학부모 예상 질문을 선별해 답변하는 연습을 했다. 만약 예상치 못한 질문을 받으면 답하지 않고 "그 부분은 제가 답변드릴 수 없는 사항이니 알아보고 다시 말씀드리겠습니다"라고 대응하는 훈련도 받았다.

우리는 무대 아래에서 청중 사이로 왔다 갔다 하면서 혹시 모를 안전사고에 대비하거나, 호주머니 속에 종이 클립이나 작은 토큰 넣고 있다가 긴장되면 손가락으로 문질러 불안한 에너지를 흡수하는 식의 기술도 배웠다. 그리고 우리가 배운 또 한 가지는, 나를 난처하게 하려는 의도를 가진 사람은 청중 가운데에는 없다는 사실이었다. 그러니 떨거나 긴장하지 말라는 것이었다. 누군가 따지듯이 다가오더라도 흥미가 있어서이지 악의는 아닌 것이다. 누구도 나를 해치지 않는다. 그때 교육받은 내용이 이런 식으로 도움이 될지는 몰랐었다.

철저한 준비가 오리엔테이션 프로그램을 성공적으로 끝마칠 수 있는 열쇠였으며, 나는 이후 글쓰기의 삶에서도 비슷한 철학을 유지했다. 팟캐스트에 출연하거나, 서점에서 낭독하거나, 심지어 담당 편집자와 통화하기 전에도 나는 큰 목소리로 먼저 연습한다. 이 행동이 불안감을 완전히 사라지게는 못하더라도 좀 더 편안한 마음을 갖는 데는 확실히 도움이 된다.

북토크가 열릴 예정이던 그날 오후, 나는 러시아워의 혼잡을 피하고자 3시간 일찍 출발했고 도시를 가로질러 운전하는 내내 차 안에서 연습했다. 이번 이벤트에서 사회를 맡은 어밀리아(Amelia)가 1주일 전에 이메일로 보내준 질문을 점검하고, 내가 낭송할 각각의 시에 대해 준비한 코멘트를 연습했다.

그러다 보니 어느덧 브로먼 서점에 도착했다. 서점 뒤편 부지의 그늘진 나무 아래에 주차한 다음 안으로 들어가 통로를 따라 걸어가노라니 가슴이 두근거리기 시작했다. 북토크가 진행될 공간 쪽 계단 바로 아래에 내 책이 예쁘게 쌓여 있었다. 긴장과 즐거움이 뒤섞여

복잡한 느낌이 들었다. 멀찍이 서서 의자가 몇 개나 되는지 세어봤더니 40개였다. 예상했던 수보다 많아서 '이러다가 반도 안 차면 어쩌지' 하는 생각이 들었지만 이내 마음 한편으로 치워두고 차를 마시러 다시 거리로 나갔다. 일찍 도착해 시간이 1시간 정도나 남아 있었다. 북토크는 7시에 시작될 예정이었다.

천천히 인도를 따라 걷고 있는데 갑자기 돌풍이 불어 신문 한 장이 내 앞에 떨어졌다. 옆으로 피해서 가려는 순간 뒤집히면서 〈패서디나위클리(Pasadena Weekly)〉 1면이 드러났다. 그런데 너무나도 친숙한 얼굴이 있는 것이다. 몇 주 전 〈패서디나위클리〉와 인터뷰를 마친 뒤 기자가 사진을 보내달라고 해서 이메일로 첨부해 보낼 때 "혹시 내 얼굴이 나오나요?" 물었지만 회신이 없었다. '혹시 모르니까 일단 보내라고 했나 보다' 하고 말았다. 이렇게 1면에, 그것도 컬러로 나올 줄은 상상도 못했다.

내가 나를 바라보고 있었다. 나는 좋아하는 머그잔을 들고 소파에 앉아 쿠션에 기댄 채 긴 웨이브 헤어스타일의 얼굴로 미소 짓고 있었다. 헨리가 태어나고 6주가 되었을 때 우리는 사진 작가를 불러 가족 사진을 찍었는데, 그때 나는 모처럼 화장을 한 상태여서 앤드루가 내 사진 몇 장을 부탁했었다. 나는 누가 밟을까 봐 황급히 몸을 숙여 신문을 주워서 가방에 넣은 뒤 활기찬 걸음걸이로 계속 걸어갔다. 그리고 조용해 보이는 카페로 들어가 카밀러차를 테이크아웃 컵으로 주문했다. 마시고 갈 테지만 남으면 가져가기 위해서였다.

나는 창가 쪽에 자리를 잡은 뒤 접혀 있던 질문지를 다시 폈다. 몇 번을 본 터라 이제는 외울 정도였다. 마지막으로 한 번 더 답변 연습을 한 다음 이따가 낭송할 시를 조용히 읊조렸다. 긴장이 거의 풀린 걸 보니 이제 준비가 된 것 같았다. 나는 자리에서 일어나 카페를 나섰다.

다시 브로먼 서점 쪽으로 걸어가면서 왼손으로 들고 있던 반쯤 비운 카밀러 차를 오른손으로 옮기려다가 그만 미끄러졌다. 놓치지 않으려고 반사적으로 손을 내밀면서 마치 저글링을 하듯 허우적대다가 뚜껑이 열리면서 스웨터에 쏟아져버렸다. 다행히 내가 입은 스웨터는 진한 남색이었고, 차 트렁크에 타월을 넣고 다녀서 축축함은 어느 정도 지워낼 수 있었다. 그냥 다 마시고 나올 걸 하고 후회했지만 이미 엎질러진 물이었다. 이런 일은 언제라도 일어날 수 있으니 주의할 수밖에 없다. 다음번에는 갈아입을 셔츠로 챙겨야겠다고 생각했다.

스웨터 이야기가 나왔으니 덧붙이자면, 아무도 당신이 무엇을 입고 신었는지 신경 쓰지 않는다는 사실을 알 필요가 있다. 드레스, 원피스, 블레이저코트, 하이힐, 로퍼, 부츠, 무엇이든 문제가 되지 않는다. 드레스 코드가 있는 공식 만찬이나 파티, 형식을 중시하는 행사 등은 예외가 될 수 있지만, 컨퍼런스나 서점 이벤트, 강연회 등에서는 당신에게 편안한 복장 외에는 아무것도 요구하지 않는다. 하지만 아무래도 주목을 받는 자리인 만큼 다른 사람들에게 부담스러운 옷차림이나 액세서리는 피하는 것이 좋다.

몇 달 전 친구들과 저녁 식사를 함께한 적이 있었다. 모두 책을 한 번씩은 출간한 작가들인데, 내가 출간 이벤트나 강연회를 할 때 조언해줄 만한 팁이 있는지 묻자 한 친구가 옷의 힘에 대해 강조하면서, 자기는 그럴 때만 입는 옷을 따로 준비한다고 말했다.

나의 경우 가장 좋아하는 브랜드는 '슬로우 패션(slow fashion)'을 표방하는 엘리자베스 수전(Elizabeth Suzann)인데, 창립자이자 CEO인 엘리자베스 페이프(Elizabeth Pape)가 자신의 블로그에 올린 글이 인상적이었다. 산만함 제거, 불안감 완화, 자신감 증폭 등 옷이 우리에게 제공할 수 있는 것들에 관한 자신의 생각을 정리한 내용이었다. 허영이 아닌 진정한 편안함을 느끼게 해주는 것이 진정한 패션이라고 역설하고 있었다.

만약 위축될 것 같은 자리에서 아름답고 우아하게 당신의 몸을 감싸는 옷의 힘을 느낄 수 있다면, 맨 뒷줄에 앉아 있는 사람에게까지 당신의 온기와 에너지를 보낼 수 있을 것이다. 그러므로 당신이 여러 사람들을 만나야 하는 이벤트나 공개적인 행사를 준비하고 있다면 옷차림에 대해서도 생각해볼 필요가 있을 것이다.

한 가지만 더. 간식을 챙기자. 아몬드나 호두와 같은 견과류, 머핀이나 쿠키, 당신이 좋아하는 것이라면 무엇이든 준비해서 시작 전에 먹어두자. 시간이 애매할 때가 생각보다 많다. 어떤 이벤트는 식사 시간을 잘라먹기도 한다. 행사 내내 배에서 꼬르륵 소리가 나는 것을 바라지는 않을 것이다.

≈ **의식과 루틴** ≈

자신과 대화하는 연습

인터뷰, 북토크, 사인회 또는 패널로 토론회에 참가하기 전에 만반의 준비를 해두자. 연습할 때 자기 자신과 대화하는 것을 이상하게 생각하거나 부끄러워하지 말자.

- **질문을 예상한다**: 내가 청중을 대상으로 강연할 때 아직도 갖고 있는 두려움 중 하나는 어떤 질문이 나올지 모른다는 것이다. 사전에 질문지를 받기는 하지만 그건 어디까지나 이벤트 내에서 계획된 내용이고, 질의응답처럼 그 자리에서 청중으로부터 받게 되는 질문은 연출이 아니다. 다른 부분은 얼마든지 연습으로 해결할 수 있으나 실시간 질문에는 그렇게 할 수 없다. 순간적인 판단과 임기응변이 요구된다. 그래서 어렵고 불안하다. 그렇지만 당신의 이야기를 듣는 청중의 입장에 서봄으로써 어느 정도는 우려를 완화할 수 있다. 만약 당신의 글이 에세이라면 가족

이나 주변 사람들과의 기억에 남을 만한 에피소드 또는 그 책을 쓰는 과정에서 얻은 교훈 등을 물을 수 있다. 소설이라면 당신이 어떤 계기로 작품의 소재를 얻게 되었는지, 작품 속 캐릭터 중 누구를 좋아하는지, 개인의 경험을 녹인 대목이 있는지, 취재는 어떤 식으로 했는지 등을 궁금해할 것이다. 책이 아니라 당신이 글을 쓴 과정에 대해 흥미를 가질 수도 있다. 이렇게 청중의 질문을 예상해보고 그에 대해 답변하는 연습을 해보자. 임기응변에도 많은 도움이 된다. 팟캐스트나 언론사 인터뷰에서는 반드시 질문 리스트를 요청하자. 준비를 할 수 있다는 것은 자칫 옆길로 샐 수 있는 이야기를 통제하는 데 도움이 되며, 당신이 전달하려던 내용을 빠뜨리게 될 확률을 낮춰줄 것이다.

- **큰 목소리로 읽는다**: 당신은 아마도 강연 대본과 같은 것을 준비하게 될 텐데, 미리 큰 목소리로 내레이션을 하듯 억양에 신경 써가면서 몇 번 읽어보자. 글을 말로 옮길 때 어느 부분에서 어색한지 점검해보고 강조할 부분이 어디인지 체크해둔다.

- **자기주문을 외운다**: 무엇이든 익숙해지면 괜찮아지겠지만 처음에는 떨리고 긴장되게 마련이다. 말을 더듬으면 어쩌지, 시선은 어디에 두어야 할까, 난감한 질문을 받으면 어떻게 답해야 하나 아무리 걱정한다고 해도, 지하철을 타고 가다 보면 내려야 하는 때가 있듯이 자리에서 일어나 무대에 올라야 하는 때도 있는 법이다. 그럴 때 나는 이렇게 자기주문을 외우곤 했다. '야, 니콜, 너 오늘 놀라운 기회를 잡은 거야. 네가 쓴 글을

이야기하고, 네 가치관을 공유하고, 앞으로도 작가의 삶을 계속할 수 있

도록 초대받은 거라고. 떨지 말고 당당하게 하면 돼.' 이런 주문은 매번

도움이 되었다.

- **나의 호흡을 기억한다:** 가슴이 두근거릴 때 양쪽 콧구멍을 번갈아가며 호

흡하면 신경계를 진정시키는 데 도움이 된다. 한쪽 콧구멍을 막은 상태

에서 깊게 천천히 숨을 들이쉰 다음 천천히 내쉰다. 그렇게 몇 번 호흡한

뒤 반대로도 해본다. 이때 다른 쪽 손바닥으로 심장 위를 가볍게 두드려

주면 좋다.

진정으로 팔아야 할 것

헨리가 태어나고 몇 달 지날 무렵부터 나는 매주 토요일 아침 혼자

서 유기농 농산물 시장에 다녀오기로 했다. 아이를 차에 태웠다가

내리고, 유모차로 노점을 돌아다니기에는 시간이 아까웠다. 앤드루

가 잠깐 헨리를 봐주면 금세 다녀올 수 있었다.

그날은 내가 과일과 감자를 고르고 있는데 시장 중앙에서 어떤 이

름 모를 뮤지션이 버스킹을 하고 있었다. 그가 연주하는 기타 소리가

너무 듣기 좋아서 바구니에 10달러 지폐를 넣고 CD 한 장을 집어

들었다. 책을 내기 전이었다면 이런 행동을 하지 않았을 테지만, 이

제 나도 무언가를 공유하고 팔아야 하는 편에 서 있었다. 나는 내가 하고 싶은 일을 하면서 그 결과물로 수익을 내는 두 가지 목적을 동시에 이뤄야 한다는 것이 어떤 기분인지 잘 알고 있었다.

그런데 이 뮤지션은 요령이 좋았다. 두 곡을 연주하고 나서 그는 모여 있던 청중을 향해 감사의 말을 전한 뒤 유머러스하고 유창한 언변으로 자신의 음악과 앨범에 대해 설명했다. 자신이 추구하는 음악 이야기를 할 때 그 열정이 그대로 느껴졌다. 또한 자신의 앨범을 사달라는 부탁을 할 때도 전혀 위축되지 않았다. 그는 우리가 자신을 어떻게 지원해줄 수 있는지 부끄러운 기색 없이 당차고 재미있게 설명했다.

집으로 운전해 돌아오면서 나는 그의 접근 방식을 작가에게도 적용해볼 수 있지 않을까 생각했다. 유비쿼터스의 시대에 모든 사람이 나의 이야기를 들어주는 데 지쳤다고 단정 짓기 쉽지만, 소셜 플랫폼의 알고리듬은 그렇게 친절하지 않으며, 팔로워가 아닌 이상 내가 포스팅한 글을 보게 될 확률은 지극히 낮다. 모든 것이 연결되어 있지만 저절로 연결되는 것은 아니다. 그것을 반복하는 것이 우리가 해야 할 일이다. 더욱이 사람은 어떤 메시지에 최소한 일곱 번은 노출되어야 비로소 인지한다는 마케팅 격언도 한 번쯤은 들어봤을 것이다.

물론 우리는 유기농 농산물 시장에서 책을 팔기 위해 점포를 열지는 않을 것이다(요리책이라면 이 또한 영리한 방법이 될 수 있을 것 같긴 하다). 무엇보다도 소셜 미디어의 수많은 홍보 채널이 있으며, 온라인 팔로워 그리고 가족과 지인들의 도움도 과소평가할 수 없다. 그들이 가장 열렬한 후원자이며, 자신들의 주변 사람들에게 우리의 책을 이야기할 것이다.

우리가 진정으로 팔아야 할 것은 무엇일까? 사람들이 종이 뭉치가 필요해서 책을 구입하지는 않을 것이다. 그 속에 담긴 지식과 생각을 사는 것이다. 따라서 홍보나 판촉에 대해 관점을 달리 할 필요가 있다. 우리가 책을 홍보하는 일이 판매가 아니라 사람들을 돕는 행위라고 생각해보자. 우리가 쓴 글은 시간과 장소를 초월해 독자들에게 닿는다. 우리가 해야 할 것은 그들에게 관점, 경험, 희망, 영감을 제공하는 일이다. 겉으로 보면 그들 손에 책을 들려주는 것이지만, 그 본질은 우리의 메시지가 그들 마음에 닿아 그들에게 긍정적인 영향을 미치는 데 있는 것이다.

넘쳐나는 에너지, 비어 있는 페이지

스웨터에 차를 쏟았던 그 패서디나 북토크 이벤트 공간에 내가 아는 사람이 최소한 10명은 있었다. 사회자의 소개를 받아 연단에 서기 전 앉아 있을 때 세어봤다. 엄마, 엄마와 에어로빅을 다니시는 친구

두 분, 우리 집 근처에 사는 친구 에이미(Amy), 사회를 맡은 어밀리아와 남편, 그리고 내 책의 담당 편집자와 마케팅 담당자들.

나는 나를 위해 기꺼이 그 자리까지 함께해준 이들이 너무나도 고마웠다. 북토크를 한다는 소식에 브로먼 서점으로 일부러 찾아오신 분들과, 서점에서 다른 책을 보다가 북토크가 시작되자 자리를 채워주신 분들에게는 더욱 감사한 마음이 들었다. 로스앤젤레스의 목요일 저녁 7시, 이곳 사람들은 아무도 러시아워에 도시 반대편까지 운전해 가지는 않는다. 나는 이 사실을 이미 뼛속부터 알고 있었기에 기꺼이 앞으로 나섰다. 나는 내 앞에 앉아 있는 모든 사람들에게 내가 가진 에너지를 불어 넣으려고 노력했다. 내 이야기를 마친 뒤 우리는 서로 음식에 대한 추억과 시에 관해 대화를 이어갔다. 우리가 모여 있는 방은 에너지로 꽉 차 있었고, 자리 앞줄과 뒷줄 사이의 공간감마저도 구분이 안 되었다.

이벤트 마지막 순서로 사인회를 진행한 뒤 페이스북에 올리려고 모인 사람들과 사진을 찍었다. 그리고 오늘 이벤트를 마련해준 브로먼 서점 측에 감사의 박수를 보내는 것으로 모든 일정을 마쳤다. 주차해둔 서점 뒤편으로 나오니 이미 어둠이 깔려 있었다. 나는 차에 시동을 걸고 집으로 향하면서 앤드루에게 전화했다.

"그거 알아, 나 오늘 큰일 치렀어. 그런데 머리도 하고 손톱도 하고 연차도 냈는데, 정작 2시간도 안 돼서 끝났어."

콜로라도 대로의 가로등 불빛 아래를 달리면서 나는 이것이 단지 시작에 불과하다는 사실을 깨달았다. 브로먼 서점에서의 북토크는 내 마음을 이벤트 모드로 들어가게 해주는 행사였으며, 내가 할 수 있음을 깨우쳐주었고 내면의 에너지가 하루 사이에 고갈되는 경험도 선사해주었다. 이틀 전 내 생애 첫 번째 책이 출간되었을 때와 마찬가지로, 이날 또한 헨리 롱펠로(Henry Longfellow)가 그토록 아름답게 노래했던 것처럼 "마음속 비밀의 기념일"이 되었다.

눈뜸의 계절은 늘어난 인스타그램이나 페이스북 팔로워 숫자뿐 아니라 당신 자신과 연결되는 시기이기도 하다. 당신이 어떤 존재이고, 무엇을 할 수 있으며, 다른 이들이 당신의 글을 읽고 좋아할 수 있다는 사실을 발견하는 계절이다. 글쓰기 이후의 무엇에도 눈 뜨는 시기다. 그러나 명심해야 한다. 이 계절도 어느덧 지나가버린다. 열대 휴양지에서 꿈같은 휴가를 보내고 돌아왔을 때 몇 주 동안 자랑스럽게 입고 있었던 암갈색 피부처럼 곧 사라진다.

이 계절에 너무 깊게 빠져들면 글쓰기 리듬을 잃게 된다. 당신의 이야기는 저절로 쓰이지 않는다. 당신이 써야 한다. 결국 당신은 당신의 페이지로 돌아와야 한다. 책 한 권 내는 것이 최종 목적지는 아니다. 칼럼 게재나 TED 토크 출연도 아니다. 당신의 이야기를 더 넓게 공유할 수 있는 하나의 기회일 뿐이다. 수많은 시작 가운데 하나다.

그리고 당신이 특히 조심하지 않으면 이벤트 자리에서 당신보다 저명한 작가에게 실수하게 되는 일도 생길 것이며, 북토크에 참석한 어떤 독자는 당신이 첫 책을 냈을 뿐 그저 무명의 작가에 불과하다고 실망한 모습을 보이기도 할 것이다. 당신은 3시 정각에 도착했으나 아무도 자리에 없을 수도 있다. 독자와의 만남 행사가 어느 집 안마당에서 열릴 수도 있고, 뙤약볕 아래 수많은 쇼핑객들이 지나다니는 가운데 파라솔 밑에서 사인회가 진행될 수도 있다. 이제껏 흘려본 적 없는 식은땀을 흘리게 될지도 모르며, 몸의 모든 근육이 뭉친 채 침대 위로 고꾸라질지도 모른다. 그럼에도 불구하고 당신은 활짝 웃으면서 이 모든 것들을 즐길 수 있다. 암울했던 삶에 한 줄기 희망이 되었다며 어떻게 고마움을 표현해야 할지 모르겠다는 독자의 이메일을 읽으면서 뜨거운 눈물을 흘리게 될 수도 있다(이 모든 것들은 실제로 나에게 일어났던 일들이다).

지난해 추수감사절 때 시어머니께서 "음식을 준비하는 데 몇 시간 심지어 온종일 걸리기도 하는데, 먹어치우는 데는 순식간이라는 사실이 놀랍지 않느냐" 하고 말씀하신 적이 있다. 그러면서 "그래도 가족들이 맛있게 먹는 모습을 보면 만드느라 고생한 일은 어느새 잊게 된다"고 하셨다.

나도 어머님 말씀에 공감한다. 그래서 과정이 중요하다고 생각한다. 이정표로 동기를 부여받은 나의 이야기가 세상에서 길을 찾아가는 모습을 보는 것은 무척 기쁜 일이다. 하지만 글쓰기 과정 속에서 스스로를 향한 충분한 성찰이 있지 않으면 어떤 이정표건 절대로 나를 지탱해주지 못할 것이다.

또한 오늘 미완의 글이 아름답지 않다면 내일 저명한 매체에 실리기에 충분하지 않을 것이다. 끊임없이 움직이고 변화하지 않는다면 어제의 갈채는 다음날 찾아볼 수 없게 되며, 우리는 예전처럼 잠에서 깨어나 커피를 내리고 욕실 거울과 변기를 닦으면서 추억이나 소환하게 될 것이다. 우리의 이야기가 쓰일 빈 페이지는 우리가 채워넣기 전까지 그대로 비어 있을 것이다.

～～～～～

작가라면 들어서는 것만큼이나 물러나기도 잘해야 한다. 집을 떠나고, 온라인과 연결을 끊고, 해야 한다고 생각하는 모든 것들의 소음을 제거하면, 몸과 마음을 회복하고 글쓰기에 내실을 기할 수 있게 된다.

제 9 장

피정의

The Season of Retreating

계절

자신의 목소리를 듣기 위해서는
이따금 자신에게서 도망쳐야 한다.
내면의 침묵 속으로 뛰어들어
잡음이 들릴 만큼 불편해질 때까지
그곳에 머물러야 한다.

_메건 오루크

피난처를 찾아서

통로 쪽 좌석인 3C는 머리 위 선반이 작은 대신 다리 공간이 좀 더 넓었다. 나는 옆에 앉은 커플이 샴페인과 음료를 주문할 때 좌석 테이블을 펴고 에세이 노트를 올려놓은 뒤 만년필을 들었다. 가는 동안 몇 단락 쓸 생각이었다.

그런데 비행기가 어느 정도 고도에 이르자 내 펜이 재앙을 일으켰다. 기압 차 때문인지 잉크가 새어나온 것이다. 노트 위로 검은색 잉크가 흘러내렸고, 나는 그 와중에 덜 묻으려고 손가락 두 개로만 집어들려고 하다가 다시 떨어뜨렸다. 이미 손이 엉망이 된 상태라 자포자기한 심정으로 서둘러 노트 사이에 펜을 넣고 덮은 다음 곧장 화장실로 갔다.

'가지 말라는 경고인가?'

나는 나 자신에게 말했다.

'아니야, 아닐 거야. 단순 사고야.'

잉크가 쏟아진 페이지를 찢어낸 뒤 만년필을 열어보니, 이미 잉크가 다 쏟아져 나온 상황이라 카트리지를 빼서 휴지통에 버렸다. 빈 만년필을 화장지로 몇 번 닦아낸 뒤 수도꼭지를 열고 손을 씻었다. 비누로 계속 문질렀지만 흔적은 남았다. 어쩔 수 없었다. 자리로 돌아온 나는 허탈해져서 그냥 눈을 감고 잠을 청했다. 착륙까지 2시간

넘게 남아 있었다.

시애틀 공항에 내린 후 다시 자동차와 페리 그리고 또 자동차를 갈아탄 후에야 마침내 위드비(Whidbey) 섬에 도착할 수 있었다. 내가 7시간이나 걸려서 이곳에 온 이유는 워크숍에 참여하기 위해서였지만 엄밀히 말하자면 피정을 온 것이었다.

미리 밝혀두지만 '피정'이라고 표현한다고 해서 종교적인 수련 활동을 일컫는 것은 아니다. 이번 피정은 더 깊고 어려운 주제를 탐구하고 글쓰기에 더 큰 용기를 얻고 싶은 다른 20명의 작가들과 함께 하는 것이었다. 이렇게 나는 자진해서 '피정의 계절'을 불러들였다.

내가 묵을 호텔 객실 발코니에 나가보니 저 멀리 나무들이 뾰족뾰족 솟아나 있는 카마노(Camano) 섬을 가로지르는 수평선이 곧지 않은 선을 이루고 있었다. 그 근처로 오리 두 마리가 보였다. '바다에 웬 오리가' 하는 순간 잘 살펴보니 오리가 아니라 무슨 부유물 같았다. 헨리가 목욕할 때 욕조 위에 띄워놓고 노는 장난감처럼 보였다. 순간 오리들이 춥거나 배고프지 않을까 하는 싱거운 생각이 들었다.

바닷물 전체가 떨리면서 태양과도 멀어지고 나와도 멀어지고 있었지만, 물러나는 것은 아무것도 없었다. 봄이 다가오고 있었으며, 나는 화요일 아침인데도 이곳을 향해 출발했다. 보통의 화요일이라면 헨리에게 아침을 먹이고 어린이집 앞에 내려주거나 아니면 회의에 참석해 앉아 있을 것이었다. 집안일과 글쓰기를 남겨놓고, 미완인 채 남아 있는 것들을 뒤로 하고 나는 여기에 왔다.

나는 평소 무슨 일이 생기든지 하루에 단 5분 만이라도 글쓰기를 하도록 스스로를 훈련해왔지만, 여기에서는 이틀 동안 무엇을 할 수 있을지 아직 확신하지 못하고 있었다. 나는 우선 칫솔과 두툼한 스웨터를 꺼내놓고 존 디디온(Joan Didion)의 에세이 모음집 《베들레헴을 향해 몸을 숙이다(Slouching Towards Bethlehem)》를 나무로 된 기다란 엔트리 테이블 위에 올려놓았다. 그러고는 스니커즈를 벗은 뒤 까치발을 딛고 양팔을 천장을 향해 높게 올리며 기지개를 켰다. 그런 다음 배낭 지퍼를 잠갔다. 이 배낭을 메고 문밖을 나설 때 우리 집 강아지가 킁킁거렸다. 녀석은 내가 이 배낭을 메는 것이 어떤 의미인지 알고 있었다.

내 마음속에 얽혀 있던 반복되는 긴장감이 무엇일까 생각해보니, 한편으로는 집을 떠나 피정을 원하면서도 다른 한편으로는 여전히 집에 있는 것처럼 느끼기를 바라고 있었던 것이다. 나는 다시 발코니 끝으로 걸어가 바다 너머 먼 곳으로 눈길을 돌렸다. 평화롭고 평화로웠다. 수평선은 언제나 내 마음을 편안하게 해준다.

그렇지만 유리문을 닫고 들어와 침대 옆 협탁 위 콘센트에 스마트폰 충전기를 꽂는 순간, 나는 그토록 갈망하던 이 고독이 내가 그동안 공유하기를 꺼려왔던 이야기를 남들 앞에서 하도록 강요할 것이라는 사실을 깨달았다. 담요가 내 어깨를 감싸줄지는 몰라도, 내가

어두운 내면의 공간에 귀를 기울이는 것으로부터 나를 보호해주지
는 못할 것이다.

만반의 채비

떠나지 말아야 할 이유는 항상 있다. 일일이 신경 쓰다 보면 절대로
떠나지 못한다. 그리고 당신이 자신을 피정의 계절에 담그기 전 챙겨
두어야 하는 일들이 있다. 식료품도 채워놓아야 하고, 업무 일정도
조정해놓아야 하며, 약속된 일정도 취소해야 하고, 자동차도 세차해
두어야 한다. 아이가 있다면 베이비시터를 찾아야 하거나 부모님과
배우자에게 미리 양해를 구해놓아야 할 것이다.

이렇게 보면 피정 자체가 어려운 도전 과제로 보인다. 비용 문제도
있다. 피정은 일반적인 휴양이나 여행과는 다르지만 어쨌든 돈이 들
어간다. 예산을 어떻게 책정하느냐에 계획이 달라진다. 경제적일수
도 있고 과도할 수도 있다.

채비를 잘해야 하기에 자칫 준비하는 동안 지쳐버려서 그냥 없던
일로 하고 다시 일상으로 돌아가게 되는 경우도 있다. 하지만 이왕
피정의 시간을 갖기로 결심했다면 흔들리지 말자. 내 경우에는 먼저
리스트를 만들었다. 내가 없는 동안 집안에 큰 문제가 없도록 미리

조치해놓은 것이다. 대개 이 리스트는 앤드루에게 전달된다. 일종의 지령서 같은 것이다. 마트에 가서 어떤 식재료를 구입할지, 그 재료로 어떤 음식을 요리할지 일목요연하게 정리한다. 식자재 말고 집안일에 필요한 다른 물품들은 내가 미리 구비해놓는다. 냉장고에 있는 재료는 헷갈리지 않도록 라벨을 붙여둔다. 그런 다음 내가 없을 때 이것만큼은 반드시 해야 할 일에 대해 신신당부한다. 피정을 다녀올 수 있도록 배려해줘서 고맙다는 말은 절대로 잊어서는 안 된다.

나는 여행할 때 최소한의 짐만 꾸리는 편이다. 옷도 많이 가져가지 않는다. 한 번 이상 입을 수 있는 것들로 준비한다. 하지만 양말은 꽤 중요한데, 나는 밤에 책을 읽거나 잘 때 신는 양말이 따로 있어서 꼭 챙긴다. 당신도 자신만의 취향과 스타일이 있을 것이다. 한 곳에서 하루 이틀 묵는 일정인지, 아니면 계속 이동하는지에 따라서도 계획은 다양해질 수 있다.

글쓰기 여행과 같은 패키지를 이용하면 여러 명의 작가와 함께 정해진 프로그램에 따라 편하게 다녀올 수 있다. 단체 행동을 해야 하므로 자율성은 떨어지지만, 혼자 다니는 것보다 안전하고 일정에 세미나와 같은 과정이 포함되어 있어서 한 번쯤은 참여해볼 만하다. 철저히 혼자만의 시간을 보내고 싶다면 도시 외곽의 B&B 숙소를 잡는다든가, 가까운 시내에 있는 호텔을 예약해서 자신만의 피정을 준비할 수도 있다. 만약 집 가까이 머무는 게 진정한 도피가 아닌 듯 느꺼진다면, 잠시 눈을 감고 당신이 아침에 눈뜰 때부터 잠자리에 들기까지의 일과를 머릿속에서 떠올려보자. 침대 정리, 러시아워, 프레젠테이션, 업무 보고, 이메일 전송, 강아지 산책, 아이 등하교, 욕실 청소, 저녁 준비, 설거지 등등, 아무리 가까운 곳이더라도 피정을 떠나는 순간 일상에서의 리듬은 해체된다.

평소보다 시간이 더 길게 느껴지고, 지루하다는 느낌이 무엇인지 기억나며, 시간 감각이 되살아난다. 3시간 동안 무엇을 해야 할지 모른다거나, 랩톱을 켜놓았는데 막상 실행할 프로그램이 없다고 느낄 것이다. 당신이 매일 오가던 곳이라고 해도 일상을 벗어난 피정의 장소가 되면 완전히 다른 공간이 된다.

피정의 계절 동안 당신은 온전히 자유로울 것이며 자유로워야 한다. 여유 있게 식사나 와인을 즐길 수도 있고, 일찍 자고 늦게 일어날 수도 있다. 아무것도 하지 않아도 되고 오히려 글쓰기에 전념해도 된다. 무엇이든 당신 자유다. 혼자가 너무 외롭다면 누군가와 동행할 수도 있다. 같은 방을 쓸 수도 있으며, 잠은 따로 자고 식사 때만 만날 수도 있다. 비용 분담을 하고 주유비도 반반씩 낼 수 있다. 당신은 2개월에 하루 다녀올 수도 있고, 1년마다 1주일씩 떠날 수도 있으며, 그 어떤 일정이라도 잡을 수 있다. 혼자든, 둘이든, 여럿이든 상관없다. 당신이 쓰고 있는 글쓰기 분야의 피정 모임에 참여할 수도 있고, 글쓰기 과정에서 특정 시점에 참가할 수도 있다.

언제 갈지, 어디로 갈지, 가서 무엇을 할지, 얼마나 오래 있을지는 전혀 중요하지 않다. 피정의 계절을 보낼 때 가장 중요한 문제는 당신의 삶을 뒤로하고 스스로에게 아무것도 기대하지 않는 자기 자신을 느끼는 것이다. 그럼으로써 당신의 글 속에 당신의 있는 그대로를 투영하고 당신이 이야기해야 할 것들을 오롯이 담아내는 것이다. 피정의 계절이 필요한 까닭은 이것 외에는 없다.

≋ **의식과 루틴** ≋
피정을 디자인하기

피정을 시작하기 전에 해야 할 가장 중요한 일은 피정을 떠나는 데 무엇이 필요한지 아는 것이다. 단순히 호텔을 예약하고 잘 쉬다 왔으면 좋겠다고 생각한다면 당신은 여행을 하려는 것일 뿐이다. 피정을 통해 무언가를 얻겠다는 의지가 강할수록 당신이 새로 충전되어 집으로 돌아올 기회도 커지게 된다. 피정은 문자 그대로 물러나는 행동을 말한다. 우리 모두에게는 자신과 분리되는 기회가 필요하지만, 우리를 붙잡아두고 있는 벽과 우리가 바라보고 있는 위치는 크게 다를 수 있다. 어떤 종류의 피정이 당신에게 효과가 있을지 더욱 잘 결정하려면 스스로에게 다음과 같은 질문을 던져보자.

- 사용할 수 있는 예산은 얼마인가?

- 며칠 동안 집을 비울 수 있는가?

- 혼자 있기를 원하는가, 다른 작가들과 함께 있기를 바라는가?

- 계획에 따라 진행되는 활동이 좋은가, 완전히 자유로운 것에 더 끌리는가?

- 현재 진행 중인 글쓰기에 대한 피드백을 받고 싶은가, 초고를 정리하려는 것인가?

다음은 염두에 두어야 할 또 다른 고려 사항이다.

- **돈과 시간**: 예산을 확정하는 일이 피정의 계절에서 가장 설레지 않는 부분이지만, 경제적 측면에서 도달할 수 없는 수준까지 과도하게 피정 계획을 잡지 않도록 해준다. 또한 예산은 돈에도 좌우되지만 시간에도 적용된다. 며칠이나 시간을 확보할 수 있는가? 특히 아이가 있을 때 얼마나 오랫동안 떨어져 있을 수 있는가? 직장에서 업무 공백을 허용할 수 있는 기간은 어느 정도인가? 따라서 예산, 즉 당신이 돈과 시간을 얼마나 쓸 수 있는지 확정되면 그 다음부터는 피정을 통해 무엇을 얻고 싶은지 고민하면 된다.

- **공간**: 당신은 간소하고 소박한 시설을 좋아하는가, 거품 욕조와 플러시(plush) 목욕 가운을 선호하는가? 스파 시설이나 레스토랑 등 즐길 수 있

는 몇 가지 편의 시설도 고려해보자. 아니면 작은 아파트를 빌려서 아침에 일어나 당신이 직접 만든 식사와 모닝커피를 즐기겠는가? 나는 전에 혼자서 크루즈 여행을 한 어느 작가의 일화를 들은 적이 있는데, 바다 위에서 초고를 끝마치고 싶어 항구에 정박할 때도 내리지 않았다고 했다. 피정을 꼭 땅 위에서만 하라는 법은 없다.

- **지역**: 당신이 이 세상에서 가장 편안하게 느끼는 지역은 어디인가? 산, 들, 강, 바다? 또는 야자수 그늘이 있으면 어느 곳이든? 그것도 아니면 북적이는 도심 한가운데? 편안함을 느끼는 지역은 사람마다 각자 다를 것이다. 당신이 가장 가고 싶은 곳이 어디인지 찾아보자. 웹서핑도 해보고 주변에 물어보기도 하면서 계획하고 예약하자. 그리고 그 일정을 체크해둔다. 그런 다음 앞서 살펴본 피정 전에 챙겨야 할 일들을 마무리한다. 이제 당신이 떠나기까지 몇 주 또는 몇 달 안에 당신은 그 지역에 관한 엄청난 지식을 확보하게 될 것이다. 당신의 이야기가 그곳에서 당신을 기다리고 있다. 만약 혼자 생활하거나 아이가 없다면 당신이 사는 집에서 피정을 하는 것도 괜찮은 선택이다. 일단 주말 계획은 따로 하고, 평일에 휴가를 내서 온종일 하고 싶은 일만 하고 살아보는 것이다. 스트레칭도 하고, 늘어지게 낮잠도 자고, 석양이 질 무렵 바깥에 나가 산책도 해보자. 카페에서 한가롭게 음악을 들어도 좋고, 쇼핑하는 것도 힐링이 될 수 있다. 어떤 것이든 원하는 대로 온전히 나 자신을 위해 해보자. 아주 작은 일을 해보는 것만으로도 특별한 느낌을 받게 될 것이다.

소셜 미디어의 두 얼굴

예전에 내 첫 번째 휴대전화는 비상시를 대비해서 당시 내가 운전하던 자동차 콘솔 안에 놓아두었다. 나는 이 스마트폰을 금요일 저녁에 친구 집에서 놀다가 다른 친구 집으로 이동할 때 부모님께 말씀드리거나, 늦은 밤 인앤아웃 버거(In-N-Out Burger)에 갈 때 미리 주문하는 용도로 자주 사용했다. 이메일을 보내거나, 동영상을 시청하거나, 웹서핑을 하는 용도로는 쓰지 못했다.

그때까지만 해도 휴대전화는 그저 전화기였으며, 크고 무거운 물건이었다. 하지만 이제 이 장치는 똑똑하다. 지나치게 똑똑하다. 게다가 일상에 없어서는 안 될 도구로 성장했다. 내 스마트폰은 언제나 내 곁에 있고, 많은 경우 랩톱 컴퓨터를 대신해 떠오른 아이디어나 문장을 적어두는 데 이용한다. 이 책의 초고도 부분적으로는 스마트폰으로 작성되었다.

우리는 인간관계를 구축하거나, 독자를 확보하거나, 삶의 범위를 넓히기 위해 첨단 기술에 많이 의존하고 있다. 나 또한 소셜 미디어를 동료 블로거들과 소통하고 좋은 관계를 맺는 데 도움이 되는 촉매제로 활용한다.

그러나 소셜 미디어는 작가라면 어떤 대가를 치르든 조심해야 할 대상이기도 하다. 이따금 벨을 너무 크게 울려서 우리가 자신의 목소리를 듣지 못하게 하고 소셜 미디어가 제공하는 것만을 믿도록 만든다. 우리는 마치 바다로 쓸려나가듯 소셜 미디어의 거대한 파도에 삼켜지고 있지만 다시 해안으로 몸을 되돌리기에는 무척 버겁다.

나는 무의미한 스크롤을 하면서 광활한 대양을 떠다니는 나 자신을 발견할 때 피정을 떠나 디지털 세계와의 관계를 재고할 시간이 왔음을 느낀다. 그렇다고 해서 이런 도구들을 완전히 포기하는 게 해결책이 된다고는 생각하지 않는다. 스마트폰이 쓸모없게 될 가능성은 없어 보인다. 오히려 우리의 삶과 더욱 통합될 것이며 더욱 편리해질 것이다.

그럼에도 불구하고 우리는 종속되어서는 안 된다. 주의를 기울이고 때로는 의도적으로 벗어남으로써 창의적 노력을 위한 공간을 마련해야 한다. 우리는 자신의 영혼에 해로운 것과 이로운 것을 구분할 수 있다. 이와 같은 플랫폼이 우리를 억압하지 않고 지원하도록 조정할 수 있다.

≈ 의식과 루틴 ≈
소셜 미디어 정화 작업

나는 1년에 두 번, 여름과 연말 휴가 때 소셜 미디어 정화 작업을 한다. 당신에게도 권하고 싶다. 나는 당신이 적어도 한 번은 이 작업을 해봐야 한다고 생각한다. 소셜 미디어와의 관계에 대해, 궁극적으로 당신의 창의성에 대해서 새로운 발견을 할 가능성이 커지기 때문이다. 내가 이 작업을 하도록 끌어들인 사람들에게서 자주 들었던 가장 큰 이점은 글을 쓸 시간이 많아졌다는 것이다. 작가에게 글쓰기 시간이 느는 것보다 더 좋은 일이 있을까? 그러니 한번 시도해보자.

소셜 미디어 정화 작업을 본격적으로 시작하기 전에 우선 무엇을 제거하고 싶은지 결정해야 한다. 얼마나 많은 변화가 일어났으면 좋겠는가? 더 많은 시간을 무엇을 하면서 보내고 싶은가? 소셜 미디어 활동을 하지 못해서 느끼는 불편함은 분명히 있겠지만 어차피 일시적인 증상일 뿐임을 알아야 할 것이다. 모든 위대한 깨달음이 그렇듯이 봉쇄로 인한 두려움을 돌파할 때 통찰력이 생기는 법이다.

첫 번째 단계는 '뛰어들기'다. 차가운 물 속에 천천히 들어가고 싶겠지만, 과감히 뛰어들면 금세 익숙해질 수 있다. 이를 소셜 미디어에 적용하면, 어떤 종류든 간에 완전히 벗어나는 데 하루에서 사흘 정도 걸릴 것이다.

소셜 미디어 활동을 아예 하지 않는 게 궁극적인 목적은 아니므로 앱을 삭제할 것까지는 없다. 다만 당신이 스마트폰의 유혹을 뿌리치기 어렵다면 '미사용'이나 '접근금지'와 같은 이름의 그룹을 만들어 그 안에 갖가지 소셜 미디어 앱을 드래그해서 넣어두거나 여러 번 터치를 하게 만들어서 실행하기 까다롭게 만들자. 만약 스마트폰의 알람 기능을 사용하고 있다면 다른 것으로 대체하고 스마트폰은 잠자리에 들기 전 최대한 먼 곳에 놓아두자. 그러면 아침에 일어났을 때 뉴스 피드를 스크롤할 가능성이 줄어들 것이다.

그리고 점심을 먹을 때 음식 사진을 찍지 않는다. 당분간 셀피도 찍지 말자. 자꾸 업로드하고 싶어진다. 운전 중 정지 신호일때 스마트폰 화면을 열지 말자(이 행동은 평소에도 절대로 하면 안 되겠지만). 누가 '좋아요'를 눌렀는지 알려주는 푸시 알림 설정도 모두 해제한다. 소셜 미디어와의 보다 평화롭고 바람직한 관계를 향한 이 사소한 움직임이 결과적으로는 엄청난 차이를 만들어낼 것이다. 어쩌면 이 가운데 일부는 무기한 유지하기로 결심할 수도 있다.

두 번째 단계는 '스캔하기'다. 당신의 몸과 마음을 자세히 살피는 것이다. 인식은 변화를 만든다. 하루 또는 며칠 동안 생활하면서 그동안 형성된 습관, 일테면 얼마나 자주 스마트폰을 꺼내는지, 하루에 몇 번 스마트폰으로 시계를 보는지, 페이스북이나 인스타그램 푸시 알림이 없으면 어느 정도나 불안한지 등을 찬찬히 생각해본다.

스캔을 마치고 나면 그동안 자신이 소셜 미디어와 스마트폰에 얼마나 매여 있었는지 놀라면서 동시에 일종의 해방감마저 느낄 것이다.

그 느낌이 좋았다면 비망록에 기록해보자. 스마트폰 앱을 비망록으로 사용한다면 거기에 입력하면 된다. 지금까지는 스마트폰으로 들어온 내용을 스캔하는 데 익숙했지만, 이제 그 대신 당신의 몸을 스캔하고 마음을 스캔하는 것이다. 스마트폰을 잠시 놓아두고 산책해보자. 당신이 쓰고 있던 글에 대해 생각해보고 그것을 계속해서 마음속에 집어넣어보자.

이 기간 동안 소셜 미디어를 더 창의적인 일을 할 수 있는 기회로 만드는 방법에 대해 생각해보자. 대체할 가능성을 받아들이는 것이 좋다. 작가로서 우리는 잠재의식과 함께 일해야 하기에 뇌가 끊임없이 산만한 상태에서는 왕성하게 활동할 수 없다. 나는 최근에 비행기를 탔을 때 좌석 포켓에서 델타항공이 제공하는 기내 잡지 〈델타스카이매거진(Delta Sky Magazine)〉을 읽다가 린-마누엘 미란다(Lin-Manuel Miranda)의 인터뷰 기사를 발견했다. 그는 뮤지컬 〈해밀턴(Hamilton)〉을 만든 인물로서 극본, 작곡, 노래, 연기까지 하는 다재다능한 예술가다. 창작할 시작을 어떻게 찾느냐는 질문에 대한 그의 답변은, 내가 글쓰기 과정에서 깨닫게 된 모든 것을 확인해주었다. 그는 이렇게 말했다.

"좋은 생각은 쉴 때 나오더군요. 샤워할 때, 빈둥거릴 때, 아이와 함께 기차놀이를 할 때 말이죠. 다만 늘 깨어 있어야 합니다."

세 번째 단계는 '새로운 범위 정하기'다. 내가 몇 년 전 참석한 컨퍼런스에서 《습관의 힘(The Power of Habit)》의 저자 찰스 두히그(Charles Duhigg)가 기조연설을 했다. 그는 소셜 미디어 의존과 같은 해로운 습관을 경계해야 한다고 강조하면서, '신호—반복 행동(루틴)—보상'으로 연결되는 습관 형성의 3단계 과정을 설명했다.

이를 우리는 잠자리에 들기 전 페이스북 피드를 스크롤하지 않기로 결심하는 것처럼, 우리가 버리고 싶은 습관을 정하는 것으로 재구성할 수 있다. '신호'는 당신이 퇴근 후 집에 돌아와 스마트폰을 충전기에 연결하고 밤새 그대로 두면 시작된다. 매일 이를 반복하면 '반복 행동'이 되는데, 처음에는 어색하거나 불안정하게 느껴질 수 있지만 며칠 정도 계속하면 익숙해진다. '보상'은 반복 행동을 더 매끄럽고 자연스럽게 해주는 요소다. 당신이 반복 행동에 성공할 때 스스로에게 보상을 해주는 것이다. 예를 들면 주말에 맛있는 것을 먹거나 페디큐어를 받는 식이다.

그런 뒤 다시 소셜 미디어를 당신의 일상으로 받아들일 때는 이 습관 형성 경험을 바탕으로 새로운 범위를 정하면 된다. 다음을 점검해보자.

- 내가 놓친 것은 무엇인가?

- 내가 놓을 수 있는 것은 무엇인가?

- 나는 바람직한 변화처럼 느껴지는 새로운 것을 시도했는가?

- 내가 집착하고 있는 것은 무엇인가?

- 나는 하루 중 언제 가장 활기찬가?

다음은 나 그리고 나와 함께 소셜 미디어 정화 작업을 진행한 동료 작가들이 새로운 범위를 정한 사례들이다.

- 탁상용 알람 시계를 구입한다.

- 뉴스는 아침 말고 정오 이후에 읽는다.

- 출근 후 스마트폰은 2시간 동안 가방에 넣어둔다.

- 저녁 식사 이후에는 스마트폰 화면을 켜지 않는다.

- 소셜 미디어 관련 앱은 홈 화면이 아닌 별도의 그룹으로 묶어둔다.

- 내가 속한 그룹이나 내가 팔로우하는 페이지에서 멘션(언급)을 제외하고 푸시 알림이 오지 않도록 설정한다.

- 페이스북과 인스타그램에서 팔로우 수를 줄인다.

도피처를 찾는 다른 방법들

짧은 도피가 글쓰기 연습을 돕거나 소셜 미디어 중독을 해결하는 유일한 방법은 아니다. 일테면 '유학'과 같은 다른 선택지가 있다. 나는 대학 문학 세미나 수업에서 과제를 수행하기 위해 한 학기 동안 런던에 머물렀을 때, 버지니아 울프(Virginia Woolf)의 발자취를 찾아 블룸즈베리(Bloomsbury)에 있는 정원을 산책해보기도 했고 찰스 디킨스(Charles Dickens)가 살던 집을 찾아보기도 했다.

나는 우리의 방과 책상이 있는 공간의 힘을 믿지만 때로는 모험이 필요하다고 생각한다. 우리가 어디에 착륙하든 다른 나라는 새로운 관점을 제공하기도 하고 집에서는 얻을 수 없는 영감을 불러일으키기도 한다.

'휴가'는 한 걸음 뒤로 물러나는 마음가짐을 키울 수 있는 또 다른 기회를 제공한다. 작가는 휴가 때 두 가지 방식 중 하나를 선택할 수 있다. 어떤 사람은 일을 쉴 때 에너지를 충전할 수 있고 평소보다 더 많이 쓰겠다고 다짐하지만, 어떤 사람은 즐거운 활동에 자극을 받고 가족이나 친구들과 어울리는 데서 에너지를 회복하기도 한다.

아울러 다른 모든 것들이 그렇겠지만 우리의 선택은 비용을 수반하므로, 무엇을 포기할 수 있는지 자신에게 물어야 한다. 휴가 때 나는 문턱의 계절에서 체득한 가르침을 응용해 생산보다는 소비를 하려고 노력했다. 스스로에게 공간을 주려고 했으며 필요한 경우에는 더 많이 허용했다. 이 시기는 자연스럽게 글쓰기로부터 물러날 수 있는 시간이지만, 만약 당신이 글을 계속 쓰고자 한다면 이 기간 동안에는 마감일이나 원고 분량에 대해 걱정하지 않도록 기대치를 약간 수정하자.

보다 장기적인 피정이 될 수 있는 '대학원'이라는 방법도 있다. 이 전통적인 프로그램은 더 강한 몰입을 요구하기 때문에 당신의 삶 중에서 2~3년을 다시 배분해야 한다. 내 경우에는 나름대로 머리를 써서 내 관심사에 맞게 과목을 조정해 캘리포니아의 집에서 통학할 수 있게끔 로-레지던시 프로그램(low-residency program)을 선택했지만, 결국 커다란 트렁크를 휘청거리며 기숙사 계단을 올라갔다. 나는 힘들어서 벌겋게 상기된 얼굴로 교정을 바라보았다. 1월의 눈은 하얗고 미동도 하지 않았다. 바람도 불지 않았다. 벌거벗은 나뭇가지는 단호했다.

'아, 이게 아닌데.'

나는 궁금했다. 내가 어쩌다 한겨울에 이 먼 기숙사까지 오게 되었을까?

'어쩌다는 무슨, 수강 신청을 잘못해서지.'

나는 첫 수업 2시간 전에 학교 기숙사에 도착할 수 있었다. 수업을 마치고는 기숙사 지하 식당에서 혼자 저녁을 먹었다. 나는 대학원 기간 동안 피정을 한 것이다. 1년에 11일 동안 두 번 기숙사로 들어가 낮에는 수업을 받고 밤에는 글을 썼다. 지금 생각해보면 결과적으로 나를 위한 선물이었다.

대학원 과정은 글쓰기의 삶을 둘러싸고 일시적이지만 새로운 리듬으로 생활할 기회를 제공해준다. 그 시절 나는 아직 엄마가 아니었고, 미디어 연구라는 주제에 매료되어 정말 열정적으로 공부했다. 강의실에도 가장 먼저 도착했다.

기숙사에서는 책상 앞에 앉아 구식 히터가 어떻게 작동하는지 인터넷을 뒤졌다. 나는 여태껏 이런 히터를 본 적이 없었다. 결국 여기저기 잘못 건드리다가 한밤중에 엄청난 증기를 내뿜고 말았다. 나는 마지막까지 그 히터를 능숙히 다루지 못했지만, 그 덕분에 추위에 관한 의외의 사실을 알게 되었다. 추워지면 내 몸의 모든 감각이 예민해지고 낱말들이 더 잘 떠올랐다. 유학이든 휴가든 대학원이든 피정은 언제나 하나의 가치를 동반하는데, 신체적·정신적으로 영감을 촉발해준다는 것이다.

두려움의 정체

네 번째 날, 위드비 섬에서 맞이하는 마지막 아침이 되었다. 나는 호텔 뷔페로 내려가 접시에 훈제 연어, 허브치즈, 키슈(quiche)를 담았다. 나와 일대일 세션을 함께해준 멘토 제스(Jess)가 기다리고 있었다. 시간이 30분밖에 없었다. 우리가 처음 만났던 날 두 사람 모두 긴장을 많이 한 상태였지만, 공통의 관심사 요가 이야기로 금세 친해질 수 있었다.

"니콜, 전부터 보니까 수업 때 항상 노트에 뭘 쓰던데요."

나는 워크숍 기간 중 수업 시간에 글을 쓴 적은 없었지만, 내가 쓰고 있는 이 책에 대해서 이야기해주었다.

"글쓰기에 관한 책을 쓰고 있어요. 글쓰기 책이면서, 내 삶에 대한 이야기이기도 하고, 작가의 삶을 열 가지 계절로 풀어보고 있죠. 이 책을 읽는 독자 또한 작가로서 살아가길 원하는 나와 같은 사람이리라 생각하고 대화하듯 써내려가고 있어요."

제스는 고개를 끄덕이며 내게 앤 패칫의 또 다른 에세이 작품《이것은 행복한 결혼 이야기입니다(This Is the Story of a Happy Marriage)》를 추천해주었다. 나도 최근에 읽은 작품이었다. 그녀가 말했다.

"자신의 추억과 기억 사이를 오가면서 작가의 삶을 이야기하는 방식이 인상적이더라고요."

나는 제스에게 1인칭 시점으로 나의 이야기를 있는 그대로 서술하는 것이 신뢰할 만한 방식인지 물었다. 그녀는 자기라도 그렇게 쓸 것 같다고 말해주었다. 시간이 얼마 남지 않아서 지난밤부터 줄곧 생각하던 주제로 넘어갔다.

"나는 두려움을 나열해보는 연습을 종종 해요. 어젯밤에도 해보는 데 이번에는 잘 안 되더라고요. 분명히 두려운 것들은 많은데 잘 떠오르지 않았어요. 무언가 계속 놓치고 있었죠."

기억하는가? 앞서 '의심의 계절' 장에서 살펴본 두려움 나열하기. 위드비 섬에서 피정을 할 때도 나는 두렵다는 생각이 들어 다음과 같이 적었다.

- 나는 내 삶이 무료해질까 봐 두렵다.
- 나는 사람들이 나를 잘못 이해할까 봐 두렵다.
- 나는 내 기억들이 실제보다 더 크고 의미심장하게 느껴질까 봐 두렵다.
- 나는 내가 되고자 했던 사람이 되지 못할까 봐 두렵다.

마지막 일정은 요가였다. 제스와 나는 각자 방으로 돌아가서 옷을 갈아입은 뒤 요가 수업이 진행되는 스튜디오로 들어갔다. 다른 사람들은 이미 요가 매트를 깔고 앉아 있었다. 인원 수에 비해 비좁은 공간이었지만 바다가 보이는 곳이라 확 트인 기분이 들었다.

우리는 사자 자세인 심하사나(Simhasana)를 취하면서 이른바 사자의 숨결(Lion's Breath) 호흡을 연습했는데, 강사가 지금까지 한 번도 들어본 적 없는 어마어마한 사자의 숨결을 보여주었다. 마치 배 속 깊은 곳에서 뜨거운 불을 뿜어내는 듯했다. 그 모습에 나는 놀랍고 짜릿한 느낌을 받았다.

어느 정도 수업이 진행된 후 강사는 천천히 매리앤 윌리엄슨(Marianne Williamson)의 글을 낭송했는데, 그 구절이 발목에 타투로도 새겨져 있었다.

"우리의 가장 깊은 두려움은 우리가 나약하다는 것이 아니다. 우리의 가장 깊은 두려움은 우리가 헤아릴 수 없을 만큼 강력하다는 것이다."

그 순간 개가 기지개를 켜는 자세인 아도무카 스바나사나(adho mukha svanasana)로 엎드려 있던 내 두 눈에서 눈물이 떨어졌다. 가슴이 뜨거워졌다. 나는 이유가 바로 그것임을 깨달았다. 나는 언제나 작가가 되기를 염원하면서도, 정작 작가가 되기를 두려워했다. 나는 글쓰기가 내 삶의 중심이 되도록 살아왔는데, 그것이 잘못이었다. 그것이 두려움을 유발한 것이었다. 내 삶의 중심에는 글쓰기가 아니라, 다름 아닌 내가 있어야 했던 것이다. 나는 비로소 알게 되었다.

사흘간의 일정이 모두 마무리되었고, 나는 제스와 인사를 나누면서 내가 진정으로 꿈꾸던 게 무엇인지 알게 되어 너무나도 기쁘다고 말했다. 그녀도 정말 다행이라고, 축하한다고 화답해주었다. 우리는 서로 두 팔을 활짝 펼치면서 포옹했다. 나는 거의 20년 동안 풀지 못했던 응어리와 두려움에서 해방되었다.

제스는 활짝 웃으며 이 워크숍 프로그램에서 자신과 모든 멘토들이 바라마지 않는 것, 하려는 일을 진전시킬 수 있다는 자신감과 스스로를 온전히 인정하고 사랑할 수 있는 마음을 내가 찾게 되었다는 것에 진심으로 기뻐해주었다.

이 피정의 계절 동안 비록 단 한 줄도 쓰지 못했지만, 집에서 멀리 떠나와 사흘 밤을 보내면서 그토록 알고 싶었던 내 두려움의 정체를 보게 된 것만으로도 충분했다.

≋ 의식과 루틴 ≋
피정의 목적

피정의 계절을 너무 자주 맞이하는 것도 바람직하진 않지만, 피정과 피정 사이의 기간이 너무 길면 한 번 피정을 떠날 때 반드시 무언가를 얻어야 한다는 압박감을 느끼게 되어 곤란하다. 소모적인 고민을 하거나 낮잠으로 소일했다고 스스로를 자책하게 될 수도 있다.

피정은 말 그대로 일상으로부터의 도피를 통해 휴식을 취함으로써 나 자신과 대면하는 기회를 마련하는 데 있다. 욕심이 들어설 까닭이 없다. 그래서 적당히 주기적으로 피정을 하는 것이 좋다. 때가 되면 자연스럽게 알 수 있을 것이며 거기에서부터 시작하면 된다는 사실을 믿어야 한다.

피정을 계획할 때 당신의 비망록에 피정의 목적을 써보자. 무엇을 얻어야 한다는 목적 말고 피정을 왜 하는지, 어떻게 보낼 건지 생각해보는 것이다. 그런 다음 출발할 때 다시 읽어보자. 다음은 내가 피정을 떠나기 전에 적어놓은 피정의 목적이다.

- 나는 글쓰기에 깊이를 더할 수 있는 에너지를 얻고, 나 자신과 좀 더 깊은 관계를 맺고자 피정을 하려는 것이다.
- 나는 내 느낌이 가는 대로 휴식도 하고, 글도 쓰고, 책도 읽을 것이다.
- 나는 열린 마음을 유지하고, 절대로 스스로를 닦달하지 않을 것이며, 피정의 계절 동안 나타나는 내 감정을 온화하게 대할 것이다.

그리고 다시 집으로

"헨리야, 뭐하고 있었어?"

차 트렁크에 배낭을 싣고 아이 옆자리에 앉은 뒤 내가 물었다.

"빨간 비행기 찾고 있었어. 다른 것도 볼 수 있어?"

"아하, 하늘에서 비행기 찾고 있었구나?"

로스앤젤레스 공항 교차로를 빠져나가면서 앤드루가 선루프를 열어서 헨리가 하늘을 볼 수 있도록 했다.

"엄마도 비행기 타고 시애틀에 갔었지?"

"응, 맞아."

집으로 돌아오면서 우리는 이야기꽃을 피웠다. 주차장에 도착하자 헨리가 엄마 배낭을 메어보겠다고 고집을 부렸다. 그래서 한번 해보라고 했는데, 꿈쩍도 하지 않자 머쓱한지 먼저 가버렸다. 집 안으로 들어가자마자 나는 앤드루가 나를 위해 식탁 위에 차려둔 저녁을 먹었다. 앤드루는 헨리의 목욕물을 받기 시작했다.

잠시 후 나는 배낭을 열어 헨리에게 읽어줄《피터 래빗 이야기(The Tale of Peter Rabbit)》를 꺼냈다. 위드비 섬에 있을 때 랭글리(Langley)의 한 서점에서 구입한 것이다. 나는 마음씨 좋은 서점 주인과 한동안 수다를 떨었다. 건너편 호텔에 묵고 있는데 점심은 밖에서 먹을 생각이라고 했더니, 서점 문도 닫지 않은 채 나를 데리고 인근의 레스토랑으로 안내했다. 라틴풍의 해산물 요리와 조각 피자 같은 음식들을 팔았다.

"겉보기에는 평범해 보이지만 맛은 끝내주죠. 우리 서점에 오지 않았다면 이런 곳이 있는 줄도 몰랐을 걸요?"

이렇게 말하고는 익살맞게 윙크를 하더니 부랴부랴 서점으로 돌아갔었다.

나는 잠시 소파에 앉아 있다가 일어나 스트레칭을 몇 번 한 다음 주방 싱크대로 가서 수세미를 들었다. 우리의 역할이 다시 제자리를 찾았다. 나는 접시를 문지르면서 앤드루가 헨리를 향해 "거품 목욕할 거니? 장난감은 어떤 것 갖고 놀래?" 하고 묻는 목소리를 들었다. 나는 계속 접시를 닦으면서 내일 저녁에는 무엇을 만들까 생각했다.

설거지를 마치고서는 배낭 속 옷을 꺼내 세탁기에 넣었다. 집에 온 지 1시간밖에 되지 않았지만 이미 설거지하고, 식사 계획 세우고, 세탁기 돌리고, 기타 등등 여러 가지 일을 하는 일상으로 돌아온 것이다. 놀라울 것도 없었고 이상할 것도 없었다. 내 주변의 모든 것들이 여전히 멋졌다. 매리 올리버는 언제나 이 점을 되새기게 해준다.

공간과 여백이 없다면 우리의 생각은 마무리되지 않는다. 우리는 의지만으로 문장을 완성할 수 없다. 생각은 항상 전체가 아니라 조각조각으로 흩어져 있다. 그 생각은 우리 스스로를 제대로 들여다보지 않으면 합쳐지지 않는다.

우리는 돌아오기 위해 떠난 것이다. 우리는 집으로 돌아왔을 때 비로소 다시 시작할 수 있으며, 그렇게 해왔고, 그렇게 할 것이다. 그러나 집으로 돌아올 때는 낯선 느낌도 든다. 피정은 우리가 새롭게 충전하도록 돕지만, 그 에너지가 무한히 지속되지는 않는다. 또한 우리는 더 많은 낱말이 적힌 마음의 기념품을 갖고 돌아오지만, 필연적으로 우리가 떠나고 싶었던 그 일상에 다시 녹아들어야 한다.

헨리가 가르쳐준 새 노래를 흥얼거리면서 앤드루가 아이 방에서 살금살금 나오다가, 랩톱 키보드를 두드리고 있는 나와 눈이 마주쳤다. 앤드루가 웃었다. 나도 웃었다. 모든 것이 또다시 시작되었다. 나는 돌아왔고 나는 변화했다. 아주 조금일지라도 내 마음은 더 열렸으며, 햇빛에 이끌리는 꽃처럼 이야기를 향해 더욱 가까워졌다.

승리의 마지막 문장 또는 원고의 완성은 분명히 축하
받을 만하지만, 탄탄한 기반 위에서 일관성을 유지하
고 당신 스스로에게 집중했을 때만 가능한 일이다. 그
리고 그것은 끝이 아니다. 새로운 시작이다.

제
10
장

완성의

The Season of Finishing

계절

때로는 당신이 해냈다고 생각한 때가 시작의 가장자리다.

_나탈리 골드버그

어둠 속에서 글쓰기

그때 헨리는 우리 침대에서 조금 떨어져 있는 여행용 유아 침대에 잠들어 있었다. 앤드루는 전날 밤부터 감기 기운이 있어 누워 있었다. 오후 3시였다. 그늘이 드리워져 있고, 나는 랩톱 모니터 밝기를 어둡게 맞춰놓았다. 우리 가족은 헨리 어린이집 방학 기간에 맞춰 휴가를 내고 샌타바버라로 왔다. 선스톤 와이너리(Sunstone Winery)에서 피크닉을 즐겼고 해변 백사장에서 모래성도 만들었다.

하지만 이제 돌아가야 했다. 나는 '완성의 계절'에 와 있었다. 원고 마감일이 코앞이었다. 나는 며칠 동안 끙끙대며 한 단락 한 단락 이어가고 있었는데, 헨리가 일어나면 간식으로 먹일 땅콩버터 샌드위치를 네 조각으로 자르는 도중 그 장을 마무리할 수 있는 글감이 떠올랐다. 나는 서둘러 침실로 들어가 주변을 살폈다. 협탁 위에 호텔 메모지와 볼펜이 보였다. 나는 시간이 지나면 금세 잊어버린다는 사실을 알고 있었기 때문에 메모지와 볼펜을 집어 생각난 것들을 미친 듯이 쓰기 시작했다.

시간이 얼마나 지났을까, 앤드루가 침대에 누워 반쯤 잠들어 있다가 심하게 기침을 했다. 걱정이 되어 괜찮냐고 물었더니 아무 말 없이 손사래만 쳤다. 글을 쓸 상황이 아니었다. 앤드루가 가방에서 기침약을 꺼내 들고 컵에 물을 따라 마시다 사레가 들어 더 심하게 기침을 했다. 그 소리에 헨리도 깨어났다. 잠시 후 안정을 되찾은 앤드루는 따뜻한 욕조에 몸을 담그러 들어갔고, 나는 헨리에게 샌드위치를 먹였다. 여전히 글을 쓸 상황이 아니었다.

어느덧 해가 지고 저녁이 되었다. 앤드루는 아직도 식사 생각이 없었지만, 아침부터 계속 끼니를 거른 터라 설득해 호텔 로비 레스토랑에서 저녁을 먹고 올라왔다. 하도 기침을 해서 눈이 벌겋게 충혈된 남편은 다시 침대에 누웠다. 나는 헨리를 씻기고 오늘은 조금 일찍 꿈나라로 가자고 달랬다. 아이는 고맙게도 고개를 끄덕이고는 금세 잠들었다.

숨을 고른 나는 어두운 침실에서 랩톱 앞에 앉아 오후에 써놓은 메모지를 옆에 두고 타이핑을 했지만 잘 보이지 않았다. 더욱이 내 오래된 랩톱은 키보드 라이트 기능이 없어서 자꾸만 오타를 냈다. 그래도 나는 불을 켜지 않았다. 이런 불편이 하루 이틀 이야기도 아니었다.

이것이 내가 한계 상황 속에서 책을 완성하는 방식이었다. 작가이자 라이프 코치인 신시아 모리스(Cynthia Morris)는 그 어떤 열악한 환경에서도 가능성을 찾는 사람을 일컬어 '열렬한 기회주의자(Ardent Opportunist)'라고 불렀다. 나도 그랬다. 나는 다음과 같은 다양한 장소에서 글을 썼다:

- 우리 집 거실 소파.

- 우리 집 주방 식탁.

- 카페.

- 도서관.

- 존 F. 케네디 국제공항 로비 및 탑승 대기 공간.

- 로스앤젤레스 국제공항 로비 및 탑승 대기 공간.

- 호텔 객실.

- 우리 차 조수석.

- 우리 차 뒷좌석.

- 비행기 좌석.

- 우리 집 안뜰 벤치.

- 박물관 주차장.

- 사무실 옆 건물 앞 벤치.

- 공원 벤치.

- 우리 집 침대.

- 서점.

샌타바버라의 한 호텔에서는 어둠 속에서 글을 썼으며, 그것은 내가 기대하지 않았던 선물을 가져다주었다. 그 고요하고 신성한 순간에 나는 내 마음의 평온한 고치 속으로 들어가 거짓 없이 있는 그대로의 글을 썼다.

불빛이 없는 상황이라면 나아가는 길을 감지하는 데 제한이 있는 것처럼 느껴진다. 마치 오래전 내가 주말에 열렸던 북페스티벌에 가기 위해 이른 아침 집에서 출발해 미시건 주의 한없이 펼쳐진 구불구불한 도로를 운전하면서 느꼈던 기분과 같을 것이다. 길은 익숙했다. 이후 나는 몇 번 이 도로를 달렸고, 급한 회전 구간과 완만한 구간 사이 거리가 어느 정도인지 외울 정도가 되었지만, 처음에는 당연히 그러지 못했다.

내가 도착했을 때 이벤트 진행자 베스(Bess)가 도로에서 사슴을 발견할 때 이야기를 하고 있었다.

"아마도 사슴의 눈을 먼저 보게 될 겁니다. 그리고 한 마리를 봤다면 근처에 여러 마리가 있을 겁니다."

나는 그때 혼자 행사장 이곳저곳 둘러보면서 문득 E. L. 닥터로(E. L. Doctorow)가 들었던 비유가 생각났다. 헤드라이트 불빛이 가장 멀리 비추는 곳만 보고 운전하듯이, 책을 쓸 때도 그래야 한다. 그럴 수밖에 없다. 우리는 글쓰기 여정은 늘 이럴 것이다.

새벽에 왔던 길을 되돌아 달리며 동물을 차로 치는 일만 없기를 기도하는 동안에도 닥터로의 비유처럼 자동차 불빛 너머는 보이지 않았다. 그렇게 조심해서 운전하고 있는데, 심한 곡선 구간을 돌 때 입에 풀을 물고 있는 사슴을 발견했다. 어둠 속에서 하얗게 귀를 쫑

굿거리며 나를 응시했다. 주변에 다른 사슴들은 보이지 않았지만, 사슴의 눈을 먼저 보게 될 거라는 베스의 말은 맞았다. 사슴의 눈이 마치 등대처럼 나를 안내하는 것 같았다.

여명이 밝아오고 있었다. 아침이 되면 헨리가 일어나 우리 중 한 사람을 찾을 것이다. 우리는 아이의 기저귀를 갈고 아침을 먹이고 옷을 입히고 신발을 신겨 저녁이 되기 전에 집까지 운전해 갈 것이다. 그러나 그 순간만큼은, 아무리 짧게 끝날 순간이더라도, 가능한 한 많은 단어를 타이핑하는 것 말고 다른 할 일은 없었다.

글쓰기 프로젝트

시작한 것을 끝내기 위해서는 계획이 필요하다. 계획은 스스로 정했든 누가 정해주었든 마감일이 있는 상황에서 글을 쓸 때 유용하다. 우리가 다른 일들과 곡예를 벌이고 있을 때 길에서 뒤처지지 않고 느슨해지지 않도록 탄력을 유지해준다.

그렇지만 나는 계획을 빡빡하게 세우지 않는다. 어떤 하루가 다음 하루와 언제나 똑같을 까닭은 없다고 생각한다. 결국 행복하려고 하는 일이다. 우리에게는 조정하고, 물러서고, 재고하고, 재평가하고, 우리 자신에게 너그러울 여유가 필요하다. 계획은 모든 시간을 특별하게 느끼도록 해주지만, 여전히 할 일이 남아 있다는 사실도 일깨워준다. 이제 나는 당신에게 어떻게 이 책의 글쓰기 프로젝트를 시작하고 끝냈는지 이야기하려고 한다.

나는 직장생활을 하면서 수많은 프로젝트 책임자들과 함께 일했고 때에 따라 내가 프로젝트를 주도하기도 했다. 프로젝트를 진행하다 보면 장표 분석, 보고서 작성 및 제출, 회의 및 미팅, 공식적·비공식적 만찬 등 많은 일을 하게 되는데, 이 모든 과정의 끝에는 항상 마감이 있다. 다행히 나는 프로젝트를 관리하는 일을 하는 사람과 결혼했기에, 남편 앤드루에게서 많은 도움을 받을 수 있었다. 기획하고, 구성하고, 계획해서 일하는 방식은 작가로서의 삶에도 엄청난 영향을 미쳤다.

하지만 앞서 밝혔듯이 내가 느슨한 계획을 선호하는 것과 마찬가지로, 계획에 따른 갖가지 지침들이 당신을 억누르는 무자비한 표식이 될 필요는 없다. 다만 글을 쓰는 삶이라는 맥락에서 프로젝트 관리는 목표를 세우고 꿈을 키우고 기대치를 다루면서 당신이 시작한 작업을 완성하는 데 필요한 것들을 담는 그릇이 될 수 있다.

돌이켜보면 나는 계획적인 사람은 아니었다. 학창 시절 일찌감치 졸업 논문을 준비하기 시작했지만, 계획이 있어서라기보다 지금부터 하지 않으면 못할 것 같다는 두려움 때문이었다. 수업 과제 제출 바로 전날 8페이지짜리 보고서를 쓰면서 밤을 새운 적도 없지만, 벼

락치기를 싫어하는 성격 때문이었다. 시나 에세이를 쓰는 데 관한 이야기라면, 마감이나 할 일 리스트와는 거리가 멀어도 한참 멀었다. 나는 아무 때고 영감이 떠오르면 썼다. 그렇게 하는 것이 옳다고 믿었다. 내 20대 시절에는 시시때때로 영감이 떠올랐다(만약 당신이 20대라면 적어도 10년은 영감만으로 쓸 수 있다).

그러나 지금의 내 삶은 달라졌다. 나는 지금 직장, 가정, 육아에 얽매여 있다. 또한 나는 계속해서 글을 쓰고 있고, 블로그를 관리하고 있으며, 글쓰기 커뮤니티도 운영하고 있다. 이 밖에도 여러 가지 일을 하고 있다. 나는 이제 계획적인 사람이 되어 있다. 사람들이 내게 그 많은 일을 어떻게 다 할 수 있느냐고 물어보면 "계획을 세워서 합니다"라고 대답한다.

글쓰기 프로젝트 관리는 몇 가지 경우에서 유익하다. 우선 당신이 큰 그림을 볼 수 있도록 해준다. 책을 쓰거나 블로그를 유지하기 위해서는 장기적인 노력이 필요하며, 또한 일정 기간 노력이 들어가려면 그 작업에 수반되는 것들을 비축해놓아야 한다. 갑자기 억지로 모으기는 어렵다. 일상의 삶 속에서 그때그때 미리 관찰하는 습관을 들일 수밖에 없다.

그렇게 해서 세부 사항이 명확해지면 그 작업을 완수하기 위해 어느 정도의 시간이 요구되는지 따져봐야 한다. 언젠가 한 모임에서 어떤 작가가 한 달 동안 5,000개 단어를 쓰는 것이 계획이라고 말하던 게 기억난다. 그렇게 말하면서도 그저 막연한 희망일 뿐이라며 자신 없어 했다. 그 순간 나는 간단한 나눗셈을 해봤다. 계산해보니 한 달에 5,000개면 하루에 160개 정도 쓰면 되는 것이었다. 갑자기 훨씬 쉬워 보였다.

프로젝트 관리의 또 다른 이점은 시간을 효율적으로 분배할 수 있다는 것이다. 필수적인 것과 덜 필수적인 것을 구분해놓으면 자리에 앉아 자신 있게 글을 쓸 수 있다('불만의 시즌' 장에서 본질주의자의 생각 정리법을 떠올려보자). 계획을 세워두면 주어진 주 또는 달에 무엇을 해야 할지 고민하면서 시간을 낭비하지 않아도 된다. 그렇다고 해서 영감이 끼어들 여지가 없다는 뜻은 아니다. 최소한의 여유 시간을 최대한 늘려줄 수 있다는 의미다.

하지만 프로젝트 관리에 절대로 의존할 수 없는 한 가지가 있다. 운동하거나, 화분에 물을 주거나, 산책할 때 갑자기 나타나 우리를 놀래주기도 하는 창조력 그 자체다. 이 위대한 힘은 고동치는 맥박을 따라 맴돌면서 우리를 앞으로 나아가게 해주는 원동력이다. 차트나 템플릿으로는 설명할 수 없는 것이다.

무에서 유를 창조할 수 있음을 인식하지 못한다면, 글을 쓰는 일이 가치 있다는 사실을 영영 깨닫지 못할 것이다.

프로젝트 계획 세우기 3단계

책 출간과 홍보, 워크숍 기획, 블로그 관리처럼 장기적 노력이 요구되는 프로젝트에는 반드시 조직 능력이 필요하다. 여기에 영향을 미치는 세 가지 단계가 있다. '전망', '일정', '자원'이 그것이다.

첫 번째 '전망' 단계는 수행할 작업을 결정하고 개별 작업으로 세분화하기 전에 큰 그림을 그려보는 과정이다. 당신은 상상하고 꿈꾸고 있지만, 아직 실제로는 아무것도 시작한 게 없다. 당신은 오래도록 버려둔 블로그를 활성화할 수도 있고, 어떤 매체에 정기적으로 칼럼을 게재할 수도 있으며, 장편소설을 쓸 수도 있다. 먼저 당신은 직장이나 가정에서의 책임과 같은 자신의 환경을 고려해야 하며, 글쓰기 시간을 제한할 수 있는 모든 상황을 계산해야 한다. 그런 뒤에야 일정을 세울 수 있다. 실제로 나는 2017년 12월 첫째 주에 이 책의 계약서에 서명했고 원고 인도일은 2018년 9월 1일이었다. 이 날짜가 마감일이었다. 이때까지 완성 원고를 넘겨야 했다. 이는 내가 9개월 동안 4만 개 단어를 써야 한다는 것을 의미했다.

두 번째 '일정' 단계에는 확실한 답변 또는 강력한 추정이 요구

된다. 말 그대로 일정을 결정해야 하기 때문이다. 블로그에 글 하나를 포스팅하는 데까지 얼마나 걸리는가? 한 권의 시집을 완성하려면 몇 개의 시를 써야 하는가? 당신의 완성 원고가 9개월 안에 담당 편집자에게 도착하려면 하루에 몇 개의 단어를 써야 하고 한 달에 몇 개의 장을 써야 하는가? 또한 개별 작업에 드는 시간을 파악해야 전체 일정을 수립할 수 있다. 진행해야 할 개별 작업에 어떤 것들이 있는지 나열해보자. 예컨대 이 책의 경우에는 다음과 같은 것들이 포함되었다.

- 전체 장(제1장~제10장) 초고.

- 프롤로그 초고.

- 에필로그 초고.

- 인터뷰.

- 인용 및 발췌를 위한 참고 도서 읽기.

- 초고 읽기(낭독).

- 초고 수정.

- 사실 여부 확인.

- 상투어 교체.

- 몇몇 독자의 사전 피드백.

- 최종 수정 및 탈고.

당신이 만든 개별 작업 리스트를 바탕으로 소요 시간을 파악한다. 일테면 서문 초고를 쓰는 데 2시간, 전체 초고를 낭독하는 데 4시간, 블로그 포스트를 쓰는 데 1시간 식으로 당신의 속도를 고려해 각각의 소요 시간을 책정한다(실제 작업을 마친 뒤 예상 시간과 비교해보고 추후 다른 일정을 세울 때 반영한다). 예상과 실제는 다를 수 있으니 너무 디테일할 필요는 없고, 전체 작업을 완료하는 데 들어가는 시간을 느슨하게 잡아본다.

이렇게 해서 책정된 시간은 얕거나 깊은 두 가지 유형의 글쓰기로 나뉘어서 소비될 것이다. 이는 당신이 보트에 안전하게 앉아서 바닷물의 투명한 표면에 손을 담그는 것과 당신이 스쿠버다이빙으로 물속 깊은 곳까지 들어가는 것의 차이다.

한계 상황에서의 글쓰기는 얕은 작업이라고 할 수 있다. 깊게 몰입할 수 없기 때문이다. 얕은 글쓰기는 대개 일정 초반에 이루어진다. 아직 정리가 안 된 상태에서 메모처럼 작성하고, 자료를 수집하고, 직장생활과 집안일을 해나가면서, 주의를 산만하게 만드는 소음과 하루의 조각들 사이로 틈틈이 초고가 완성된다. 가장 시간이 오래 걸리는 작업이기도 하다.

그런 다음에는 수정 작업을 반복하면서 두 번째와 세 번째 원고로 만들어가는 깊은 글쓰기가 진행된다. 시간과 노력을 더욱 많이 들여서 불완전한 생각을 밝히고 문장을 정교하게 다듬는다. 가차 없는 개정이 요구되는 기간이다. 두 가지 유형 가운데 아무래도 깊은 작업이 더 어렵지만, 글을 통해 드러나는 생각이 일관되고 거침없이 나아갈 수 있도록 길을 터주는 일이며, 그 길이 조금씩 반듯하게 잡혀가는 것을 보면서 희열이 느껴지기도 한다. 그리고 그 모든 것은 결코 우연이 아니다. 이미 당신이 계획하고 실행한 일들의 결과다.

이 책의 초고를 완성하고 그것을 두 번째 원고로 다듬기 시작했을 때 나는 한 장을 수정하는 데 1시간이면 충분하다고 예상했었다. 그런데 어느 날 주방 식탁에서 일하고 일어나보니 1시간에 한 장은커녕 겨우 다섯 페이지밖에 수정을 못한 것이었다. 그렇지만 당황하지 않고 일정표를 수정했다. 앞으로 일요일 오후는 1시간이 아니라 3시간 동안 원고 수정 작업에 집중하는 것으로 변경했다.

이제 세 번째 '자원' 단계를 살펴보자. 예전부터 앤드루는 내가 글쓰기에 전념할 수 있도록 나를 배려해주면서 "우린 한 팀인데 내가 보호해줘야지"라고 너스레를 떨곤 했다. 고마운 말이고 절실히 필요한 배려다. 우리에게는 자원이 필요하다. 당신이 너무 많은 일을 하고 있다면, 당신 옆에 가족이 있거나 누군가와 생활 공간을 공유하고 있다면, 필요한 것을 요청해보자.

어머니께서 매주 2시간 정도 아이를 돌봐주실 수도 있을 것이다. 주말에는 남편이 집안일을 하는 것으로 협의할 수도 있을 것이다. 룸메이트에게 토요일에는 친구를 데리고 오지 않도록 부탁할 수도 있을 것이다. 본문에 들어가야 하는 이미지를 혼자서 편집하기가 여의치 않다면 주변에 잘하는 친구에게 부탁해볼 수도 있다.

당신 주변의 사람들과 사물 모두가 당신의 자원이다. 도움을 구하고 나중에 그 은혜를 갚자. 인적 자원 말고 글쓰기에 필요한 물적 자원이 있다면 과감하게 구입하자. 아마도 다음과 같은 자원이 필요할 것이다.

- 대신 집안일을 해줄 사람.

- 아이 돌봄 서비스 또는 아이를 돌봐줄 사람.

- 최신 버전의 문서 편집 소프트웨어.

- 최신 버전의 이미지 편집 소프트웨어.

- 블로그 및 페이스북 페이지 운영자.

- 교정 및 교열을 해줄 사람(편집자).

- 배달 음식 서비스 또는 식사 준비를 해줄 사람

- 고성능 랩톱이나 데스크톱 컴퓨터.

- 추가 컴퓨터 메모리.

- 추가 컴퓨터 모니터.

이 책을 쓸 때 내가 필요로 했던 것들은 이랬다.

- 대신 집안일을 해줄 사람.

- 아이 돌봄 서비스 또는 아이를 돌봐줄 사람.

- 첨단 디지털 글쓰기 도구 일체: 랩톱 컴퓨터, 구글 문서, 스마트폰 앱 등.

- 태블릿 컴퓨터(터치펜 필수).

- 매일 20분 정도의 산책 시간.

- 요가 수업.

- 마사지와 침술.

- 피정: 바닷가 호텔, 카페, 글쓰기 휴양지.

- 커다란 머그잔.

이렇게 해서 계획을 세웠다면 그다음에 할 일은 무엇일까? 당연히 계획을 실행하는 것이다. 다만 처음 몇 주에서 한 달 정도는 정보를 모으면서 호기심만 가진 채 보내도록 하자. 거창하게 시작하면 금세 지칠 수 있다. 일상에 녹아든 루틴으로 만들어야한다. 일상을 조금씩 글쓰기에 맞추는 것이다. 한계 상황이 발생하는 지점과 에너지가 최고조에 이르는 때가 어디인지 확인해보자. 아울러 글쓰기 시간과 공간을 확보하기 위해 포기해야 할 것들도 점검한다. 2~3주 정도가 지나면 어느 정도 형태가 파악될 것이다. 필요한 경우 기대치를 재조정한다(아마도 몇 번).

유의할 사항이 하나 있다. 잘 짜인 글쓰기 프로젝트라고 해서 완성까지 보장하는 것은 아니다. 오직 실행만이 완성을 약속해 준다. 최선을 다해서 자주 그리고 많이 쓰면서 완성을 향해 한 걸음씩 나아가야 한다. 계획은 견고한 배가 될 수 있지만, 자동으로 항로를 개척해 운항하지는 않는다.

변환기의 글쓰기

아직 여름도 아닌데 섭씨 35도의 무더위가 밀려오는가 싶더니, 아침부터 먹구름이 몰려오고 비가 세차게 내리기 시작했다. 내 글쓰기 일정은 철저히 부서지고 있었다. 페이지는 넘어가지 않은 채 5분은 여기로 10분은 저기로 왔다 갔다 하면서 쓸데없이 분주했다. 점심 식사 후 머리를 식히려고 산책하러 나가서는 내가 왜 이러고 있는지 한심한 생각이 들었다.

진도를 나가지 못하고 있었다. 원고가 중간에 이가 빠져 있는데 어떻게 메워야 할지 막막했다. 마지막 수정이었고 열여섯 페이지만 남아 있었다. 여러 군데에 써놓은 메모를 긁어모아 대입해봤지만 이 부분에 해당하는 것이 아니었다. 다시 쓸밖에 도리가 없었다.

'이왕 이렇게 된 것, 이따가 다른 비유를 찾아봐야지.'

저녁 식탁을 차리고 헨리를 침대에 눕혀 동화책을 읽어주는 데까지는 했는데, 원래 일정이던 요가 수업에는 가지 않았다. 그러긴 싫었지만 갈 때가 아니었다. 나는 다시 랩톱을 열고 글을 쓰기 시작했다. 천천히 문장들이 모여지면서 어느 정도 빠진 이를 대체할 정도가되었다. 나는 그 장을 다시 한번 읽으면서 매끄럽게 연결되는지 검토했다. 산꼭대기에서 아래를 내려다보듯 풍경이 시원하게 펼쳐져 있는지 안개가 낀 곳은 없는지 살폈다. 그날 저녁은 비즈니스 컨설턴트이자 작가인 알렉산드라 프란젠(Alexandra Franzen)이 쓴 글을 떠올리게 해주었다.

"하루는 아직 끝나지 않았다. 단지 우리가 계속해서 믿고, 계속해서 생각하고, 계속해서 써야 한다는 사실을 상기시킬 뿐이다."

우리는 모두 정서적인 존재다. 그렇기에 감정의 기복이 생기는 것은 어쩔 수 없고 예측하기도 어렵다. 더욱이 나는 지난 한 해 동안 그기복이 너무 심했었다. 하지만 위 인용문과 같은 문장을 시의적절하게 삽입했을 때는 내 온몸으로 오싹한 전율이 퍼져나가는 것이다. 나는 이미 여기까지 썼다. 조금만 더 쓰면 된다. 그러나 글의 강도와무게는 유지되어야 한다. 나는 되돌아갈 수 없다. 나는 당신과 여기까지 왔다. 나는 완성의 계절을 맞이하고 있다.

글이 모여 한 권의 책이 될 때쯤이면 잠시 멈추고 홀로 선 채 그동안 자신이 얼마나 멀리 왔는지 경탄하게 된다. 자신의 뒤쪽으로, 글의 앞쪽으로 거슬러 올라가면 이제껏 지나온 행로를 볼 수 있는데, 매순간마다 한 줄 한 줄마다 지나온 일상이 고스란히 녹아 있다. 두려워했고, 힘들어했고, 기운을 냈고, 앞으로 나아갔다. 그렇지만 우리는 잘 알고 있다. 이 행로의 마지막에 가까워졌지만 아직 끝맺은 것이 아님을. 지금 이 시점에서도 우리의 수많은 이야기는 여전히 숨은 채 나오지 않았음을. 그래서 영원히 끝이 아님을.

헨리를 출산하기 위해 분만실에 있을 때 나는 2시간 동안 운동용 짐볼 위에 앉아서 점점 심해지는 진통을 온몸으로 받아내며 고통에 신음하고 있었다. 앤드루가 잇따라 등을 쓸어주고 팔다리를 주물러주었지만 진정되지 않았다. 나는 젖은 눈으로 남편의 눈을 들여다보며 말했다.

"그만해. 더는 견디지 못할 것 같아."

나는 무너지고 있었다. 다음번 수축은 견뎌내지 못하리라 생각했다. 진통제가 필요했다. 하지만 그 순간 아이를 밀어내고자 하는 강력한 충동이 나를 사로잡았다. 내가 알지 못하는 사이, 변환기를 넘긴 것이었다. 몸이 더는 버티지 못할 것 같던 시간, 필사적으로 고통을 끝내고 싶던 시간, 전에는 듣지 못했던 비명을 지르는 게 내가 할 수 있는 전부이던 시간이 지나간 것이다. 헨리는 그로부터 20분 뒤에 울음을 터뜨렸다.

완성의 계절 또한 전환기다. 마감일이 점점 다가오는 가운데, 마지막 원고 수정과 마무리를 하는 시간. 사람들이 정말로 내 글을 읽어줄까 근심하면서도 기대하는 시간. 그리고 마침내 '보내기' 버튼을 누르고 드디어 끝났다고 말하는 시간. 그것은 승리의 결말에 해당하는 작은 조각이며, 그 조각은 다시 당신이 있는 그대로 써내려가야 할 또 다른 이야기가 될 것이다.

책이 되는 마지막 그 순간까지

여름이 되었다. 나는 이맘때의 연례행사인 시력검사를 받은 뒤 온라인으로 와비 파커(Warby Parker)에 안경을 주문했는데, 막상 받고 보니 얼굴에 맞게 조정이 필요해서 에보키니(Abbot Kinney)에 있는 안경원에 들렀다. 안경사가 안경테를 달구면서 내게 무슨 일을 하느냐고 물었다. 나는 여느 때처럼 작가라고 대답했다.

"정말요?"

그가 놀라면서 말했다.

"굉장하군요. 나는 1년 반 전에 책을 썼는데 어디에서도 출판을 안 해주더라고요."

궁금해져서 이것저것 물어보니 더 많은 이야기를 해주었다. 듣고 보니 빨리 책이 나오기를 바라는 마음에 너무 급히 여러 출판사에 제안했고, 출판사에서는 완성도가 떨어지는 원고라서 거절한 듯 보였다. 자기 스스로는 완성 원고라고 생각할 수 있어도 그건 어디까지나 자신의 판단일 뿐이다. 게다가 아무리 완성 원고라고 출판사에 넘겨도 편집 과정에서 담당 편집자의 세심한 손길을 거치게 된다. 이 책도 마찬가지다.

그 뒤 그는 자신의 원고 파일을 하드디스크에 묵혀둔 채 생각날 때마다 불러내 읽으면서 틈틈이 수정하고 있다고 말했다. 현명한 판단이었다. 글을 다 썼어도 계약이 성사되기 전까지는 다듬고 또 다듬어야 한다. 안경사가 썼다는 글의 주제는 좋아 보였다. 나는 그에게 이야기가 재미있어 보인다고, 언젠가는 책으로 읽게 되기를 바란다고 말했다.

그는 융으로 꼼꼼하게 내 안경알을 닦으면서, 이번에 더 잘 다듬어 제안해봐야겠다고 말했다. 무척 진지했다. 나는 그에게 다시 한번 행운을 빌어준 뒤 안경원을 나와 주차한 곳까지 걸으면서 그가 한 말, 다 쓴 원고를 묵혀두고 수정하고 있다는 말에 진심으로 공감했다. 글과 나를 멀리 떼어놓고 다시 바라보는 일, 나의 글쓰기를 객관적으로 바라보려고 애쓰는 일은 중요하다.

내 글이 정말로 완성되었는지 알기 위해 나는 스스로에게 이렇게 질문한다.

"내가 걸을 수 있는 끝까지 걸었는가?"

대답이 "그렇다"라면 나는 현재로서 가장 어려운 부분을 해냈다고 믿는다. 시간이 흘러 돌이켜보면 아닐 수도 있다. 아니, 아닐 것이다. 나는 계속 성장할 테니까. 어쨌든 지금의 나로서는 완성이다. 원고가 완성됐다면 이제 그 원고를 더 많은 눈을 통해서 검증받아야 한다. 가족, 친구, 배우자, 연인, 동료 누구라도 좋다. 제3자의 시각으로 평가해줄 첫 번째 독자를 찾아보자. 이 부분이 생략되는 경우도 많지만, 되도록 여기까지 진행하자. 최소한의 객관성으로 최종 수정을 할 수 있는 소중한 기회다. 아마도 그 최종 수정은 잘라내고 덜어내는 과정이 될 것이다. 그렇게 함으로써 실제 책이 될 형태와 최대한 가까워지게 만든다.

빠뜨릴 뻔한 것이 하나 있는데, 큰 목소리로 직접 낭독해보는 일이다. 보통은 초고가 완성되었을 때 하면 좋지만, 여유가 있다면 두 번째와 세 번째 수정이 완료되었을 때도 소리 내 읽는 과정을 거치면 완성도를 높이는 데 큰 도움이 된다. 원고를 프린트해서 천천히 읽으며 낱말들이 허공에서 어우러지는 것을 듣는다.

나는 낭독할 때 더듬게 되는 부분을 우선해서 체크한다. 우리 대부분은 글을 쓸 때 평소 자주 쓰고 선호하는 단어에 의존하는 성향을 갖고 있다. 글은 다양한 어휘를 통해 풍성하고 윤택해진다. 큰 소리로 낭독하면 이 부분이 잘 드러난다.

같은 낱말이 자주 등장한다 싶으면 표시해놓았다가 문서 편집 프로그램의 '찾아 바꾸기' 기능을 활용해 교체한다. 내 경우 첫 책의 초고를 완성하고 낭독했을 때 '넛지(nudge)'라는 단어를 스물세 번이나 사용했다는 사실을 알았고 너무 늦지 않게 수정할 수 있었다.

책과 원고는 마치 살아있는 존재처럼 집을 점유한다. 오래된 잡지한 권이 펼쳐지고 접힌 채 침대 옆 협탁 위에 놓여 있다. 프린트한 원고 더미는 책상 위에 쌓여 있다. 그 옆으로 참고 도서들이 빌딩처럼 솟아 있다. 지난 2주일 동안 나는 돌봄의 계절을 계속 거부했다. 조금만 참아달라고 부탁했다. 마감일을 목전에 둔 가운데, 요가나 전신욕은 물론 일찍 잠자리에 들 시간조차 없었다. 그래도 완성의 계절이 되면 몸은 고달프더라도 마음은 활기차고 정신은 고양되며, 설사 약간의 불안과 두려움이 오더라도 감사와 기대가 그 모든 것들을 압도한다.

그 기간 동안 집 안은 어수선해지나 그 또한 완성의 계절이 허락해주는 일시적 직무 유기다. 매주 하던 대청소는 매주 욕실만 청소하는 것으로 대체된다. 주방 바닥에 발자국이 생긴다. 오븐은 차갑게 식어 있다. 엑스트라 버진(extra virgin) 올리브유를 뿌린 팝콘이 에너지를 충전해준다. 그렇지만 며칠 뒤 꺼내게 될 샴페인은 이미 냉장고에 들어 있다. 내 몸은 내가 임계치에 다다랐다는 사실을 알고 있지만, 아직 내게 경고를 보내오지는 않고 있다.

헨리가 소리를 지르며 강아지를 쫓다가 돌아서서 나에게 안긴다. 나는 아이를 꼭 껴안아주고 이마에 키스하면서 말한다.

"잘 자, 푹 자, 내일 아침에 만나는 거야"

그런 다음 다시 모니터로 고개를 돌린다. 이 일이 모두 끝나면 몸에서 공기가 빠져나가는 듯 느껴질 것이다. 그러나 그때까지는 의자에 앉아서 계속 글을 쓸 것이다. 나는 사실 한 번 더 피정을 떠날까 하다가 집에 머물기로 했다. 이 책의 마지막 장은 '완성의 계절'이기에 첫 장인 '시작의 계절' 때와 마찬가지로 한계 상황에서 글을 쓰는 것이 옳다고 생각했다.

세탁기는 윙윙 소리를 내고 있고, 헨리는 조금만 더 놀게 해달라고 아빠를 조르고 있으며, 앤드루는 아랑곳없이 헨리에게 자장가를 불러주고 있다. 어디에도 고요함은 없지만 내 글은 자기 길을 찾아가고 있다.

≈ 의식과 루틴 ≈
축하와 기념 그리고 또 다른 시작

최종 원고 수정, PDF 파일로 저장, 백업, 담당 편집자에게 전송 등 체크 리스트의 모든 항목 확인을 마쳤고 더는 다른 작업이 남지 않았다면, 당신은 소설가 토니 모리슨(Toni Morrison)이 말한 '다소 멜랑콜리한(kind of melancholy)' 감정을 느끼게 될 것이다. 이 우울함과 쓸쓸함은 책을 마무리하면 꼭 따라오는 부산물이다.

이를 계기로 당신은 또 다른 문턱의 계절에 빠질 수도 있으며, 의도적으로 피정의 계절로 들어설 수도 있다. 완성의 계절은 축하하고 환영해 마땅한 시절이지만 그리 오래 지속되지는 않는다. 당신과 나 두 사람 다 알고 있듯이, 완성이라고 끝은 아니기 때문이다. 하나의 이야기만 풀렸을 뿐 여전히 이야기는 계속되어야 한다. 하지만 지금 이 순간 만큼은 축하하고 기념하자. 당신이 하고 싶은 대로.

· 가장 좋아하는 레스토랑을 예약한다.

· 그동안 힘들었던 일들을 적어보고 불태운다.

· 잠깐 동안 똑바로 서서 땅이 나를 떠받치고 있음을 느껴본다.

· 친구들을 초대한다.

· 부모님을 초대한다.

· 비망록에 이 영광스러운 날에 대해 기록한다.

· 혹사했던 몸을 돌본다.

· 언제 그랬냐는 듯 일상에 적응한다.

· 빵을 굽는다(요리를 한다).

지금까지의 여정을 자축하고 기념하는 일이라면 무엇이든 좋다. 나는 남편 앤드루 그리고 아들 헨리와 함께 말리부로 떠날 것이다. 내 어린 시절 글쓰기에 대한 추억을 고스란히 담고 있는 시커모어 캐니언까지 차를 타고 달릴 것이다. 그곳에서 무엇을 찾게 될지는 알 수 없지만, 나는 그곳으로 돌아가보는 것이 옳다고 생각했다.

나는 그 엷은 바람에 씻긴 모래 언덕을 올려다보는 느낌을 다시 느끼고 싶다. 그 시절과 다른 몸으로 다른 삶을 살아가는 나를 그 언덕이 다시 한번 품어줄지 알고 싶다. 내 어린 시절의 한 조각을 탐험할 장소가 있다면, 내 일기장 한 페이지에 담아낸 내 마지막 생각을 낚아챌 장소가 있다면, 그곳은 바다일 것이다. 바다가 나를 부르고 있다. 투명한 바닷물과 잔잔한 파도 앞에서, 나의 온 마음을 담아, 나의 이야기를 있는 그대로 바람에 풀어줄 것이다.

언젠가 사라지기에 소중한 삶

I

우리가 태평양 해안 고속도로를 따라 내려가고 있을 때 회색 안개 기둥이 바다 위를 맴돌고 있었다. 헨리는 어린이집에 말해두었기 때문에 문제없고, 나와 앤드루와 이 성지순례를 위해 휴가를 냈다. 수요일이었고, 엄청난 출근 교통량이 도시로 몰려들고 있었지만, 우리는 반대편으로 미끄러지듯 빠져나갔다. 토팡가(Topanga) 해변에서는 서퍼들이 파도와 숨바꼭질을 하고 있었으며, 가족 단위로 찾아온 사람들이 주차할 곳을 찾거나 아이스박스를 차에서 내리고 있었다. 우리는 계속 달렸다. 포인트듐(Point Dume), 주마(Zuma), 엘마타도어(El

Matador), 말리부로 갈 때 들르리라고 생각할 수 있는 모든 해변을 그대로 지나쳤다.

"아, 드디어 왔네!"

시커모어 캐니언 캠프장이 보이자마자 흥분감이 몰려왔다. 왼쪽에는 그때 놀던 작은 해변이 있었다.

"틀림없이 저 앞이야. 캠프장에서 저곳까지 걸어가곤 했거든."

굽은 길을 따라 돌자 해안에 펼쳐진 모래 언덕이 모습을 드러냈다. 고속도로가 건설된 1920년대 이후 해풍이 모래를 쌓아 올려 만들어진 장관이었다.

나는 차에서 내려 무거운 자동차 문을 힘차게 닫았다. 아래쪽 파도로 생겨난 물보라가 마치 인사하듯 내 얼굴을 덮었고, 강렬한 태양이 뒤쪽 산허리를 반짝이는 빛으로 물들였다. 눈에 보이는 시원한 광경으로 마치 겨울인 것 같았지만, 뜨거운 기온은 지금이 어느 계절인지 알려주었다. 한여름의 열기가 등쪽으로부터 밀려오면서 목덜미에 땀방울이 맺히기 시작했다.

지난주 나는 일본 서해안 돗토리에 있는 모래 박물관에 관한 기사를 읽었다. 신칸센도 서지 않아 그곳 해안은 1년 내내 조용하고 수 킬로미터에 걸친 모래 언덕만 해변에 솟아 있다. 그런데 어느 순간 풍경이 확 바뀐다. 전세계 수많은 조각가들이 모여들어 하루 9시간씩 2주 동안 모래로 조각 작품을 만드는데, 모래 조각이라 항구적이진 않지만 몇 달 정도는 모습을 유지하면서 장관을 펼쳐놓는다. 도시의 시장은 이 조각들이 일시적이라는 게 오히려 매력 포인트라고 말했다.

"모든 형태는 결국 사라지거나, 손상되거나, 무너지게 마련입니다."

프란츠 카프카(Franz Kafka)가 말했듯이, 우리의 삶도 언젠가 사라지기에 소중한 것이다.

II

나는 앞으로 계속 올라갔다. 낮은 수풀을 가로지르며 양손으로 야생 호밀을 헤치는 동안, 양쪽 발은 자꾸만 풀 속으로 가라앉았고 숨이 가빠오면서 폐가 타는 듯했다. 다른 방문객들은 이미 정상에서 내려오고 있었다.

숨을 헐떡이며 꼭대기에 올랐더니 나뿐이었다. 나는 몇 분 동안 앉아서 숨을 골랐다. 내가 오른 이곳은 해변 전체를 담을 수 있을 정도로 높이가 적당했다. 해변에 쌓인 해초들이 소금기를 빨아들였고 바위가 파도를 양쪽으로 쪼개면서 천둥소리를 내고 있었다. 그때도 나는 이 광경을 흡수했으며, 절대로 나를 떠나지 않고 있었다.

'시 1992' 분홍색 노트에는 말리부 가족 여행 때의 일들이 적혀 있다. 일찍 일어나 아침도 안 먹고 개구리와 올챙이를 잡으러 갔던 일,

캠프파이어를 하다가 머리카락을 태웠던 일, 따뜻한 물로 10분 샤워하기 위해 25센트를 냈던 일 등이 고스란히 담겨 있다. 그때 내가 봤던 장면들, 내가 맡았던 냄새들이 아련하게 떠올랐다.

앤드루와 헨리는 아래에서 사진을 찍고 있을 것이다. 자리를 털고 일어나 내려가려는데, 놀란 도마뱀 한 마리가 수풀에서 튀어나왔다. 나도 깜짝 놀랐다가 이내 웃음을 터뜨렸다. 모든 것이 평화로웠다. 모든 것이 그대로였다. 바다는 내 글쓰기의 삶에서 언제나 영감을 주는 고마운 존재다. 새로운 낱말과 새로운 리듬, 나는 행복했고 내 노트에 확실히 기록되었다.

우리는 시커모어 캐니언까지 달려가고 있지.

대폭발이 일어날 거야.

아무리 1주일이라고 해도,

무척이나 빨리 지나가겠지.

우리는 해변으로 갈 거야.

모래밭에서 놀 거야.

양동이와 삽을 가져와서,

시끌벅적 공연을 펼칠 거야.

오토바이 한 대가 경쾌한 엔진 소리를 내며 지나간다. 머리 위로 펠리컨 한 쌍이 수평선을 향해 유유히 날아간다. 파도는 저 아래 검은색 달걀처럼 보이는 우리 차보다도 높아 보인다. 태어나는 순간을 기억한다면 이런 것일까? 놀란 울음소리와 더불어 나타난 첫 번째 탄생. 이제 나는 여기에 앉아서 또 다른 탄생이 있었던 때를 기억해 본다. 10년 후, 내가 처음 글을 쓰던 때, 단순한 문장만 겨우 쓰던 때, 단순한 사실 말고는 아무것도 전하지 못하던 때, 나는 여기에 있었다. 우리는 서로를 젖은 모래밭에 묻어주었다. 나는 새벽에 눈을 떴다. 이 모든 것들이 따뜻한 여름에 시작되었다.

두 번째 탄생. 우리의 창작력은 우리가 작가적 충동을 의식하고 자연스럽게 펜을 들어 우리를 통과하는 낱말들을 페이지에 미끄러지도록 만들고 나서야 펼쳐지게 된다. 이것은 우리가 창의성과 친밀한 관계를 맺을 때 갖게 되는 고유한 이야기의 뿌리이며, 우리는 이 뿌리를 찾기 위해 삶을 살아가는 것인지도 모른다.

이것이 우리의 여정이다. 작가로서의 길을 무릅쓰면 우리 자신을 진정으로 알 수 있다. 계속 나아가고자 하는, 계속 쓰고자 하는 용기가 없다면 우리 마음의 일부는 어둠 속에 남겨질 것이다. 그렇지만 그 끝없는 고민과 두려움이 만들어내는 균열이야말로 가르침이 있는 곳이다. 우리 자신 그리고 우리가 이야기를 전할 사람들을 위한 가르침이다.

산과 사막은 내 영혼이 갈망하던 곳은 아니었다. 하지만 바다는 달랐다. "바다가 나에게 가르침을 주기 때문에 나에게는 바다가 필요하다"는 시인 파블로 네루다(Pablo Neruda)의 말처럼, 영원한 악보 위로 계속 쓰이는 파도의 리듬은 내 존재 깊숙이 흐르고 있는 암류다. 나는 왜 글쓰기가 내 삶이 되었는지 여전히 궁금한 것이 많지만, 바다의 포효와 논쟁할 수는 없다.

III

시간은 정오에 이르고 있었다. 앤드루가 운전하는 동안 나는 베니스(Venice)에 있는 로즈 카페(Rose Cafe)에 예약했다. 브런치로 유명한 곳이다. 다시 안개가 돌아왔고, 우리는 말리부 컨트리 마트(Malibu Country Mart)와 페퍼다인대학교의 높은 잔디 언덕을 지나면서 한동안 교통 체증을 견뎠다.

로즈 카페에 도착한 우리는 바깥쪽의 테이블에 자리를 잡고 버거와 샐러드 먹으면서, 다가올 헨리의 세 번째 생일을 맞아 계획한 여행에 관해 이야기했다. 내 주변 사람들은 우리가 로스앤젤레스에 완전히 정착할 것인지 궁금해했지만, 솔직히 나는 아직도 그 대답을 모르겠다. 실제로도 우리는 이곳을 떠날지 말지 서로의 의견을 자주 묻고 있다. 지금의 나를 만들어준 이곳을 떠나게 될 가능성은 얼마든지 있다. 그렇게 되면 시커모어 캐니언은 아침에 운전해서 갈 수 있는 현실의 장소가 아니라 머나먼 추억이 될 것이다.

말리부 해변을 떠나기 직전, 나는 납작한 알처럼 생긴 조약돌을 발견했다. 작은 구멍이 뚫려 있는 이 회색의 돌멩이가 얼마나 긴 세월에 걸쳐 물에 씻기며 만들어졌는지 알 수는 없었다. 나는 손을 뻗어 이번 여행의 증표로 챙겼다. 그리고 집에 돌아온 다음 이 돌을 위드비 섬으로 피정을 갔을 때 주워온 조약돌 옆에 나란히 놓아두었다. 이 또한 새로운 의식일까? 돌 모은 것이? 무엇이 됐건 상관없었다. 내가 서 있던 장소를 기억나게 해줄 것이며, 내가 그곳에 갔었다는 증거가 된다면 그뿐이다.

그로부터 사흘이 지났고, 나는 몇 개의 메모를 더 적었다. 아침에 헨리의 어린이집 친구 생일 파티에 참석하려고 샌타모니카(Santa Monica)에 갔다가, 돌아오는 길에 점심을 먹고 지금은 집에서 글을 쓰고 있다. 초콜릿 한 조각을 먹고 물을 마신 다음 몇 단락을 썼다. 나는 배터리 전원이 40퍼센트가 된 것을 확인하고 랩톱을 닫은 뒤 충전기를 꽂았다. 오늘 오후에는 쓸 만큼 썼다는 느낌을 받았다.

나는 주방으로 가서 내일 저녁에 요리할 가스파초(gazpacho)에 쓸 토마토를 썰었다. 토마토 속을 발라내는데 또다시 질문이 떠올랐다. 토마토가 가스파초로 다시 태어나지 않는가? 나는 마음이 바뀌어

재빨리 손을 씻고 랩톱을 향해 종종걸음으로 뛰어갔다. 떠올랐으면 써야 한다. 고질병일 수 있지만, 이어지는 생각이 끊어지는 위험을 떠안을 수는 없었다. 그 엄청난 후회감은 어떻고.

그날 햇빛과 함께 일어났던 일은 기적이 아니었을까? 이글거리는 햇빛을 뚫고 산 정상에 올랐을 때, 나는 그 높은 곳에서부터 푸른 바다를 내려다볼 수 있었고, 무엇보다도 나 자신을 똑바로 보게 되지 않았던가. 하늘이 마치 포털처럼 닫히기 전까지 그 따뜻함과 희망으로 어린 소녀의 온몸을 씻겨주던 그 빛.

프롤로그 | 작가의 삶은 계절로 이루어진다

- *Braving the Wilderness: The Quest for True Belonging and the Courage to Stand Alone* by Brené Brown

제1장 | 시작의 계절

- *Still Writing: The Perils and Pleasures of a Creative Life* by Dani Shapiro
- *Rumors of Water: Thoughts on Creativity and Writing* by L. L. Barkat

제2장 | 의심의 계절

- *The War of Art: Winning the Inner Creative Battle* by Steven Pressfield "Outsmarting Our Primitive Response to Fear" by Kate Murphy, New York Times: https://www.nytimes.com/2017/10/26/well/live/fear-anxiety-therapy.html
- *Crossing the Unknown Sea: Work as a Pilgrimage of Identity* by David Whyte
- *Big Magic: Creative Living Beyond Fear* by Elizabeth Gilbert

제3장 | 기억의 계절

- *At Home in the World* by Joyce Maynard
- *I Know Why the Caged Bird Sings* by Maya Angelou
- The Complete Poems of D. H. Lawrence by D. H. Lawrence

제4장 | 불만의 계절

- *Brave Enough: A Mini Instruction Manual for the Soul* by Cheryl Strayed
- *Essentialism: The Disciplined Pursuit of Less* by Greg McKeown

제5장 | 돌봄의 계절

- *Women's Bodies, Women's Wisdom: Creating Physical and Emotional Health and Healing* by Christiane Northrup
- "Slow Blog Manifesto" by Todd Sieling: https://www.digitalmanifesto.net/manifestos/11/

제6장 | 양육의 계절

- Ursula K. Le Guin, 1989년 미국공영라디오(NPR) 토크쇼 프로그램 〈프레시 에어(Fresh Air)〉 출연 당시 진행자 테리 그로스(Terry Gross)와의 인터뷰에서 인용. https://www.npr.org/2018/01/24/580222946/sci-fi-titan-le-guin-wanted-to-stand-up-and-be-counted-as-a-writer-with-kids
- *The Yellow House* blog: http://casayellow.com/2014/01/22/a-cup-of-kindness-yet/#more-3243

제7장 | 문턱의 계절

- *Desert Solitaire* by Edward Abbey

- "Seasons" on *The RobCast*, a podcast by Rob Bell: http://robbell.podbean. com/e/episode-115-seasons/
- "The Four Phases of Creation—Part Three: The Fertile Void" by Kate Northrup: https://katenorthrup.com/four-phases-creation-part-three-fertile-void/
- *Simple Matters: Living with Less and Ending Up with More* by Erin Boyle
- *Letters to a Young Poet* by Rainer Maria Rilke

제8장 | 눈뜸의 계절

- *Present Over Perfect: Leaving Behind Frantic for a Simpler, More Soulful Way of Living* by Shauna Niequist
- *The Complete Poetical Works of Henry Wadsworth Longfellow* by Henry Wadsworth Longfellow

제9장 | 피정의 계절

- "Lessons in Stillness from One of the Quietest Places on Earth" by Meghan O'Rourke, *New York Times*: https://www.nytimes.com/2017/11/08/ t-magazine/hoh-rain-forest-quietest-place.html
- *The Power of Habit: Why We Do What We Do in Life and Business* by Charles Duhigg
- "The Revolutionary," interview with Lin-Manual Miranda by David Hochman, *Delta Sky Magazine*, November 2016: https://view.imirus. com/209/document/12358/page/82
- *A Return to Love: Reflections on the Principles of "A Course in Miracles"* by Marianne Williamson

제10장 | 완성의 계절

- Writing Down the Bones: Freeing the Writer Within by Natalie Goldberg

- "Your Creative Routine Will Fail You... But How to Recover" on *Original Impulse,* a blog by Cynthia Morris: https://www.originalimpulse.com/creative-routine-will-fail-recover/

- *Process:* The Writing Lives of Great Authors by Sarah Stodola

에필로그 | 언젠가 사라지기에 소중한 삶

- "Japan's Sand Museum, a Home to Ephemeral Treasures" by Motoko Rich, New York Times: https://www.nytimes.com/2017/04/10/world/asia/japans-sand-museum-a-home-to-ephemeral-treasures.html

- *On the Blue Shore of Silence: Poems of the Sea* by Pablo Neruda

옮긴이 김후

연세대학교 경제학과를 졸업한 뒤 독립연구가로서 역사·철학·문화·정치·사회·경제 등 다양한 분야의 지식을 바탕으로 저술 및 번역 활동을 펼치고 있다. 지은 책으로는 《활이 바꾼 세계사》(제43회 한국백상출판문화상 수상)와 《불멸의 여인들》《불멸의 제왕들》이 있으며, 옮긴 책으로는 《어떻게 동물을 헤아릴 것인가》《밀수 이야기》《전쟁 연대기》《맛의 제국 이탈리아의 음식문화사 Al dente》《세상이 버린 위대한 폐허 60》《설명할 수 있는 경제학》《일자리의 미래》 등이 있다.

있는 그대로의 글쓰기

초판 1쇄 인쇄 2020년 9월 18일
초판 1쇄 발행 2020년 9월 25일

지은이 니콜 굴로타
펴낸이 조민호

펴낸곳 안타레스 유한회사
출판등록 2020년 1월 3일 제2020-000005호
주소 서울시 마포구 신촌로2길 19 마포출판문화진흥센터 314호
전화 070-8064-4675 팩스 02-6499-9629
이메일 antares@antaresbook.com 블로그 antaresbook.com
페이스북 facebook.com/antaresbooks 인스타그램 instagram.com/antares_book

한국어판 출판권 ⓒ 안타레스 유한회사, 2020
ISBN 979-11-969501-4-9 03800

안타레스는 안타레스 유한회사의 단행본 전문 출판 브랜드입니다. 삶의 가치를 밝히는 지식의 빛이 되겠습니다.
이 책의 한국어판 출판권은 시빌에이전시를 통해 Shambhala Publications, Inc.와 독점 계약한 안타레스 유한회사에 있습니다. 저작권법에 따라 보호를 받는 저작물이므로 무단 전재와 복제를 금합니다.
이 책 내용의 전부 또는 일부를 이용하려면 반드시 저작권자와 안타레스 유한회사의 서면 동의를 받아야 합니다.
이 책의 국립중앙도서관 출판예정도서목록(CIP)는 서지정보유통지원시스템 홈페이지(seoji.nl.go.kr)와 국가자료공동목록시스템(nl.go.kr/kolisnet)에서 이용하실 수 있습니다(CIP제어번호: CIP2020038596).

*책값은 뒤표지에 있습니다. 잘못 만들어진 책은 구입하신 곳에서 바꿔드립니다.

Wild Words